To Wed a Wicked Earl
by Olivia Parker

壁の花の舞踏会

オリヴィア・パーカー
加藤洋子・訳

ラズベリーブックス

壁の花の舞踏会

主な登場人物

シャーロット・グリーン……………………社交界の令嬢。
アダム・ファラモン…………………………ロスベリー伯爵。
ヒヤシンス・グリーン………………………シャーロットの母。
ルイゼット・ファラモン……………………ロスベリーの祖母。
マデリン・デヴィーン………………………シャーロットの親友。
ガブリエル・デヴィーン……………………ウォルヴェレスト公爵。マデリンの夫。
ロザリンド・デヴィーン……………………ガブリエルの妹。
トリスタン・デヴィーン……………………ガブリエルの弟。
ハリエット・ビーチャム……………………マデリンのいとこ。
コーデリア・ギルトン………………………ギルトン子爵夫人。
ウィザビー……………………………………子爵。

1

〝紳士たるもの、淑女《レディ》を救出するのにためらってはならない〟

一八一三年八月　ウォルヴェレスト城で開かれた花嫁選びの舞踏会にて

「これはこれは。今宵はまたじつに美しい」

ミス・シャーロット・グリーンは、ぽかんとしてウィザビー子爵を見つめた。本来ならば、礼儀正しく笑顔を返すべきところだが、唇が動きそうにない。しかたがないので小さくつぶやいた。「まあ、ご親切に、マイ・ロード」

「親切などではなくて」いやらしい視線が胴着《ボディス》の上を移動していくのにあわせて、左右がくっつきそうなもじゃもじゃの白い眉が上下に動いた。「つまり、あなたは実にそそる人だ」

耳障りな声で囁いたのは、おそらく、シャーロットの母親に聞かれないためだろう。

くだらないお世辞におざなりに相槌《あいづち》を打ちながら、シャーロットは笑顔を見せないよう唇をきゅっと結んだ。頭が禿げかかった年配の子爵に勘違いされてはたまらない。

「つぎの曲は、ぜひ踊っていただけませんか？」子爵がシャーロットの胸に向かって尋ねる。

冗談じゃない！　シャーロットはそう叫びたい気もちだった。きちんとしつけられたおかげで、心の声が口からこぼれ出ないよう、なんとか堪えた。慎重にひと呼吸おいて、ふさわしい返事を必死に考えた。

口ごもっているシャーロットを前にして、子爵のもじゃもじゃ眉が信じられないというように傲慢《ごうまん》に吊り上がった。まったく、眉毛の半分でも頭に生えていたら、それなりの髪型に整えられるだろうに。

「あの、しばらく休憩しようと思っていたところですの、マイ・ロード」シャーロットが苦し紛れに言うと、子爵が背筋を強張らせた。「それでも、お言葉に感謝しています」

ちかづいてくるシャーロットの母親が、苛立たしげなため息を洩らした。

子爵の好意に、ついでにいえば誰の好意であっても、もっと積極的に応えなければいけなかったらしい。シャーロットは誰もが認める〝壁の花〟なのだから。そうは言っても、ありがたいと思えるわけがない。

「娘をお許しくださいませね」シャーロットの母親が割って入った。「恥ずかしがっているだけですから」

シャーロットは母親が口にした弁明にうんざりしていた。恥ずかしがってる？　いつも彼女を苛立たせる言葉だ。母の善意の取り繕いには、いつだって七歳の女の子のような気分にさせられる。男性に対してどうしようもなく臆病《おくびょう》な現実と、それとは関係がない。今夜ダンスを断ったほんとうの理由は、誰にも申し込まれなかっただけのこと。

そう、つまり……酔っ払いや、好色漢や、祖父ほどの歳の男性以外からダンスを申し込まれなかったということ。ウィザビー子爵のように三つを兼ね備えている人など問題外だ。

でも、シャーロットには自分を哀れんでいる暇はなかった。まもなく午前零時。彼女の勘が正しければ、ずっと抱きつづけてきた夢がじきに叶う。

ひょっとしたら、ロード・トリスタン・デヴィーンその人と婚約するかもしれない。

幸運にも――奇跡以外のなにものでもないと世間からは思われているのだろうが――ウォルヴェレスト公爵が弟であるトリスタンの花嫁を探すために開いた舞踏会の出席者に選ばれた。彼女はトリスタンに恋心を抱きつづけてきた――横転して潰《つぶ》れた馬車から、彼が母と自分を救い出してくれた、あの運命の日からずっと。心の底から、無条件に、夢中になった。

唇を嚙みながら、ほかの花嫁候補たちのことを考え、自分のチャンスにもう一度思いをめぐらせた。候補はほかに四人。友人のマデリン・ヘイウッド（ロード・トリスタンではなく、彼の兄である公爵と結婚するはずだとシャーロットは睨んでいる）、フェアボーン家の双子、そしてハリエット・ビーチャム。双子はマデリンの公爵さまを狙っているから、真のライバルはミス・ビーチャムだけだ。

つぎにワルツが演奏されると、花嫁候補たちは舞踏場の北側に並び、彼の決断を待つことになる。

胸の中で心臓がバクバクしていた。そのときがやってくるのだわ。

ありがたいことに、ウィザビー子爵は夢心地のシャーロットを放っておくことにしたようだ。子爵が差し出した腕に、シャーロットの母親がしがみついた。きっとリュウマチが痛むのだろう。

「幸運が訪れますように」シャーロットにだけ聞こえるように、母のヒヤシンス・グリーンが小声で言った。「あのハンサムな顔の奥に少しでも分別があるなら、彼はきっと正しい決断をするわ」

壁際の長椅子へと二人がよろよろ歩いていく。シャーロットがほほえむと、母は肩越しに励ますような笑顔を送ってよこした。

シャーロットの口から小さなため息が洩れた。そう、ロード・トリスタンはきっとわたしを選んでくれる。

前夜、ロード・トリスタンは、ディナーが終わるとシャーロットを連れ出して、候補者の中ではきみが抜きん出ている、と言った。ほんとうに誠実なのはきみ一人だけだ、これからの人生を共に過ごすとしたら、きみしかいない、とも言った。

彼は心からそう思っていたの？　彼の言葉を信じているなら、どうして疑念に苛《さいな》まれるの？

そう言われるのは嬉しかったけれど、なんだか台詞を棒読みしているように聞こえなくもなかった。

男が確固たる足取りでちかづいてくるのに気づき、目をしばたたいて物思いから覚めた。焦点を合わせようと目を細めた。背が高くて、黒髪で、ほんの少し威張った歩き方をする人。ロード・トリスタン。

自分をつねってみなければ。ほんとうにこの古城にいて、彼のプロポーズを待っているの？　すべてが息を呑むほどロマンティック……たとえ、スキャンダラスなやり方だったとしても。

「こんばんは、ミス・グリーン」彼が笑顔で手を差し出す。

シャーロットはその手をとった。どこへ連れていかれようとかまわない。舞踏場の中央へと誘われる足元に、寄木細工の床など不要だった。宙に浮いているのだもの。

彼の間合いのとり方は申し分なかった。ワルツを奏でる最初の音と共に動きはじめた。くるくると回りながら踊る二人に言葉はなかったが、シャーロットはにっこりせずにいられなかった。ロード・トリスタンの腕に抱かれる喜びに体を委ねた。

不意に背中がカーッと火照った。肩越しに後ろを見ると、ロード・トリスタンの友人で悪名高い女たらしのロスベリー伯爵が、ダンスパートナーと流麗な動きで背後をかすめていった。ハンサムな悪道者の視線を捉えた瞬間、めくるめく熱情が凍りついた。

ロスベリー伯爵のような魅力的な男性に見つめられることに慣れていないせいだが、それ以上に彼の視線は激しく、警告を含んでいた。一瞬にして過ぎ去ったその視線に、シャーロットはどきりとした。

勝手な想像をしてはだめ、なんの意味もないのよ、と自分に言い聞かせる。きっとパートナーの言葉に応えただけだわ。

ワルツはあっけなく終わって、ロード・トリスタンはシャーロットを母親のもとへと連れて戻った。息を弾ませながら左足を引き、膝を曲げてお辞儀し、なんとかぎこちない笑みを浮かべると、ロスベリー伯爵と〝彼の視線〟はすっかり頭から消え去った。

お辞儀をしたロード・トリスタンが、背筋を正す前に動きを止めて……そして目配せした。目配せ！　いたずらっぽくほほえんで、彼は悠然と人波に姿を消した。

全身が喜びで弾けそう。ロード・トリスタンの振る舞いにあんなふうに応えたけれど、それでよかったのかたしかめたくて母親に目をやったが、長椅子に置かれたクッションに埋まったヒヤシンス・グリーンは、ハンドバッグの中をせっせと探っているところだった。

シャーロットは振り返り、部屋の奥に並ぶ女たちを見つめた。ライバルの列に加わる時間だ。花嫁の名前が発表されるまで、残りわずか数分。この瞬間が拷問のようだと思っていたけれど、あの目配せですべてが変わった。いまのシャーロットには確信があった――花嫁に選ばれるのはこのわたし！

「うーん、つぎはどのタルトにするかな」

ロスベリー伯爵、アダム・バスティアン・オーブリー・ファラモンは、舞踏場の奥に並ぶ女たちを品定めしていた。「おやおや」にやりと笑ってつぶやく。「全員が礼儀正しく上品なレディだと思っていたけれどね（タルトにはふしだらな女の意味がある）」

「わたしは菓子の話をしてるんだ、わかってるだろうに」ロード・ピカリングが意地きたなく菓子を眺め回しながら答えた。蜂蜜《はちみつ》がたっぷりかかったスコーンを選ぶと、太くて短い指で摘み、口に押し込んだ。「それで、トリスタンは誰を花嫁に選ぶと思う？」

ロスベリーは面喰らいながらも、ピカリングの口から飛んできたスコーンの屑を巧みにかわした。

「わたしはヘイウッドの娘に賭けるよ」ピカリングはスコーンの破片を飛び散らしながらつづけた。「オックスリーは双子のどちらかを選ぶと言っていたがね。まったく！　だが、これだけはたしかだ。あのひどく内気な娘を選ぶことはありえない。ミス……ええと……ミス……いやはや、わたしとしたことが！　きみはまさか彼女の名前を憶えてはいまいね？」

「ミス・グリーンだ」ロスベリーは自衛のために一歩退きながら、はっきりと答えた。えり抜きの五人の娘たちを観察し、ただ一人の〝壁の花〟にふたたび視線を留めた。痛ましいほどに奥手なミス・シャーロット・グリーン。

ウェストを飾るレースのリボンをぐいっと引っ張っている。部屋にいる全員の視線が自分に注がれ、ライバルの視線はまるで針のように神経に突き刺さる、といった風情だ。ちゃんと見えていますと言わんばかりに、眼鏡はボディスに押し込んである。眼鏡など不要なふりをしているが、ロスベリーは、そんな彼女のささやかな秘密を知る数少ない人間の一人だった。

同情にも似た妙な疼《うず》きを覚えた。彼のような無情な男でさえ、ミス・グリーンのような不幸な人間に、多少なりとも哀れみの心を持つことはできるらしい。彼女たちはみな、このふざけたゲームに否応なく参加させられたのだ。これにはロンドン中があきれ返ったが、彼はちがった。あきれるより憤慨した。

偉そうなことを言える立場ではないが、放蕩者の弟トリスタンを結婚させようとする公爵の計画は、正道をはずれている。十四日間にわたる催しの最後の夜に、候補者の中からトリスタンが花嫁を選ぶとは、いやはや。候補者を選抜したのは公爵自身で、そこからトリスタンに一人を選ばせるとはいえ、公爵も目を光らせていた。そして間もなく決断の時が訪れる。抑えきれない期待感で、部屋の空気がうなりだしそうだ。若きトリスタンが誰を花嫁にするのか、男たちは最後の賭けを急ぎ、候補者の母親や後見人たちは、公爵家の一員と婚約を果たすのが自分の娘や被後見人であることを祈った。

背後でささやき交わす女たちのあいも変わらぬおしゃべりが、ロスベリーの物思いを侵略する。振り返ると、女たちは頰をピンクに染め、くすくす笑い出した。

「きみに襲われるのではないかと女たちが怯《おび》えなければ、きみだって選《よ》り取りみどりだろうに。賭けてもいい」ピカリングがからから笑った。

「わたしが欲しいのは一人だけだ」

タイミングを見計らったかのように、レディ・ロザリンド・デヴィーンが一瞥《いちべつ》をくれることもなくロスベリーの脇を通り過ぎていった。

「つまり、いまの時点で欲しい女ということか、それとも断られたからこそ彼女をものにしたいと？」

「おそらく」ロスベリーは首をすくめた。「まあ、あれだ、その二つは大差ないと思うがね」

いつもどおり、ピカリングにはレディ・ロザリンドのことを話しているのだと思わせておいた。

ロスベリーの人生で、そしてとりわけこの六年間、彼は本心を隠す技を磨いてきた。もちろん、カードのテーブルでもそれは大いに役立つ。事実をすべて与えられた時（もしくは与えられなかった時）、人々がなにをどのように信じるのかは、まったく驚きに値する。自分を私人だと思っているし、社交界のゴシップや憶測には嫌気がしていた。だからよく回る舌には警戒の目を注ぎ、真実に迫ってきそうになると、間違った道へ誘導するのに必死になった。

正しいほうへ導いてやる気などない。信じたいものを信じていればいい。

ピカリングは別の菓子に伸ばした手をとめ、怪訝《けげん》な目を彼に向け、哄笑した。「図星だろう。きみは追いかけるスリルを楽しんでいるのだ。手に入れることよりね。賭けてもいい。まあ考えてみれば、妹にきみからの求婚を受け入れさせなかった公爵を、責められないな。わたしに妹がいたら、やはりそうするだろう」

ロスベリーにじろっと睨まれ、ピカリングは咳払いをした。「事実を言ったまでさ」慌てて弁解する。「ロスベリー家はひどい人間ばかりだ。何代にもわたって。ちがうか？　彼女に飽きたら家に送り返すだろうと、公爵にはわかってるんだ。彼女はたしかに魅力的だが、きみにはまるで関心がない。仮にきみとどうにかなりたいと思ってるなら、兄の言うことなど無視して、きみにちかづこうとするはずだ。彼女は今夜、一度だってきみを見ようとも――」

「ピカリング？」

「なんだ？」

「黙って食べていろ」

部屋の奥では、従僕がトリスタンにバラの花束を手渡したところだ。興奮のざわめきが起きる。トリスタンが温室育ちの真っ赤な花を捧げるのは、はたしてどの女か。

「教えてくれよ、友人のよしみで！」ピカリングが催促した。部屋の向こうで繰り広げられている出来事に、二人とも注意を戻す。「きみとあいつは親しい関係だ。誰を選ぶと思う？」

「ビーチャムの娘だ」ロスベリーはさらっと言ってのけた。震えているミス・グリーンがまた目に留まった。

かわいそうな子羊。彼女の心も初心《うぶ》な憧れも、粉々に砕かれる。内気な娘にチャンスが訪れることはない。

「ちくしょう！」ピカリングがお手上げの仕草をしてわめいた。「トリスタンが誰を選ぶか、何日も前からわかってたんだろう？」

ロスベリーはうわの空でうなずいた。もっとも、トリスタンは打ち明けてはくれなかった。

見ていればわかることだ。

「やられた！　わたしとしたことが、うっかりしていた。ニューマーケット（サフォーク州にある競馬で有名な町）で連勝のきみなら、勝ち馬を当てるのはお手のものってわけか」ピカリングはテーブルから砂糖がけのクッキーを取り、ぶつぶつ言いながら踵を返した。

　賭けに負けた痛手を甘いもので癒しながら、ピカリングがふらふら離れていくと、舞踏場に静寂が訪れた。ロスベリーはもっとよく見ようと、息を凝らす客たちのあいだを縫って歩いた。居並ぶ花嫁候補たちの前をトリスタンが歩いてきて、シャーロットの前で足をとめた。シャーロットの青白い肌が緊張で赤く斑《まだら》に染まるのを見ながら、頭の片隅を疚《やま》しさがよぎった。目を逸らそうにもできない。

　彼女の反応を見届けずにいられないのはなぜだ？　これは本心なのか？　魂の織り地に薄情が絡みついてしまっているのか？　彼女の瞳になにを見ようとしているんだ？　傷心？　苦悩？　拒絶？

　安堵。頭の奥でささやく声がした。

　ここを出て行こう。社交シーズンがようやく終わる。自分にはなんの関係もないことだ。

　その瞬間、客たちが期待に身を乗り出して、ロスベリーの視界を塞いだ。

「邪魔だ」苛立ちが口をついた。どうでもいいじゃないか、と自分に言い聞かせ、思いをほかに向けようとした。結末はわかっている。ミス・ビーチャムが勝ち、他の女たちは、しばらくのあいだ涙に暮れる。それを思うと身震いがした。涙はいつでも彼をしらけさせた。

もう行こう。通りかかった従僕が掲げるトレイからグラスを取り、一気に喉に流し込む。飲み終わるとドアへ向かったが、客でひしめく舞踏場を横切るのは容易ではなかった。

ほどなくして、何人かの客があたりをはばかりながらも嬉しげに息を呑み、何人かが抑えた憤りに体を震わせた。今年の社交シーズンでもっとも注目を集めた催しに幕が引かれた。トリスタンが婚約者を選んだ。あらたな――みなの前で婚約した――カップルのために、オーケストラが明るいワルツを演奏しはじめた。

めでたく大団円を迎え、客たちはまた動きはじめた。ロスベリーは寄木細工の床を大股で歩いた。みんながダンスをはじめたおかげで、群集がまばらになったのはありがたい。

招待客が泊まる棟へつづく廊下まであと一歩というところで、捨てられた女たちはどうなっただろうと思い、肩越しに振り返った。だが、赤ん坊でいっぱいの保育室並みの騒々しさで泣き喚く女の姿はそこにはなく、それぞれがパートナーとワルツの輪に溶け込み、楽しそうに〝結婚市場〟へと舞い戻っていた。

一人をのぞいては。

ミス・グリーンはぽつんと立ち、頬を真っ赤にして、手袋をはめた手を揉みしだいていた。

きっと誰かがダンスを申し込むはずだ。公爵が候補に選んだ女たちだ。いずれも結婚相手にふさわしい娘たちだし、それに……ほかの女たちは踊っているのに、ミス・グリーンだけぽつんと立っているからって、それがなんなんだ？

大丈夫。彼女にもパートナーが現れる。どこかの紳士――ロスベリーとはべつの部類の紳士――が彼女とダンスを踊り、拒絶された心の痛みを和らげてくれるはずだ。

ロスベリーは二歩進んだ。足首に鎖が巻き付いているように重い。

「ああ、まったく」そう言葉に出すと、鎖が解けた。くるりと振り向き……シャーロットにぶつかりそうになった。

というよりは、彼女がロスベリーにぶつかるところだった。急いで舞踏場を出ようとして、驚くほどの速さでここまで来たらしい。

太腿に彼女の尻が触れ、ロスベリーは息を呑んだ。「きゃあ！」くるっと回った彼女が顔をあげたので、あやうく額で彼の顎を強打しそうになった。「ロード・ロスベリー！　ここにいらしたなんて、気づきませんでした」

「後頭部に目がついていないかぎり、気づかないだろうね」ロスベリーはわざと貪欲な笑みを浮かべ、貞淑な女が見せる反応を彼女にも期待した。つまり、くすくす笑い出し、おおげさに飛びのくだろうと。

ところが、目をぱちくりさせて見あげただけだった。

彼女の視力がどれほど悪いのか、ほんとうはよく知らなかった。顔がぼんやり見えるだけなのかもしれない。それに、小声でしきりにつぶやいている。まるで詠唱。「わたしは泣かないわたしは泣かないわたしは泣かない」

そのときだった。大粒の涙が二つ、まつ毛の先からぽとんと落ちて――激しく瞬きしたせいで――頬を伝い、ロスベリーのダークグリーンのベストに落ちた。

小さなしみを見下ろすと、胃が締め付けられた。なにがどうなっているんだ？　シャーロットの顔を見つめた。きれぎれに息を吸い込み、涙に濡れた目を見開いている。涙はまだまだ出てくるに違いない。

しょんぼりした顔を見つめていたら、体中の空気をすっかり彼女に吸い取られたような気になった。馬鹿ばかしい。彼女の心を傷つけたのは、わたしではない。たとえそうだったとしても、わたしには良心などない。放蕩者で鳴らしている。うまいワインと威勢のいい美女たちに囲まれて享楽に耽《ふけ》る、放縦《ほうじゅう》な生き方。相手への興味が薄れればさっさと背を向けるし、女が独占欲を見せるようになったらおしまいにする。端的に言って、肉体的快楽のみを追求している。そのことに満足してもいる。

ところが……今度ばかりは勝手がちがった。ミス・グリーンは内気で知られているが、笑顔をたやさないのを――隅っこに取り残されて、友人たちが踊るのを眺めているときでさえ――ロスベリーは見て知っていた。

だが、いまの彼女に笑顔を見せろと言っても無理な相談だ。たとえロスベリーが金を払うと言っても。今宵ここに集まった花嫁候補たちの中で、トリスタンのことを本気で思っているのは彼女だけだということも、ロスベリーにはわかっていた。まったく、トリスタン自身もそれを知っているくせに。

ロスベリーが黙っていると、シャーロットはうつむいて頬をさらに赤くした。まさか、気絶したりしないだろうな？

「そんなに急いでどこへ行こうとしていたのですか、ミス・グリーン？」

彼女は上品に咳払いをした。「新鮮な空気を吸いたいと思いまして」

「つまり、ここを出て行こうとしていた？」

ミス・グリーンは小さくうなずいた。

「どうしてですか？　トリスタンがあなたを選ばなかったから？」

答えようとしない彼女の顎の下に指をあてがい、顔を上向かせた。口角に涙が溜まっていた。その涙を、親指でやさしく拭うところを想像してみる。そんな思わせぶりな行動をとれば、本音をあかすことになる。客たちに噂話や憶測の種を提供することになるのはもちろんのこと。だから思い留まった。それでも彼女の底知れぬブルーの瞳を見つめているうちに、足場を失い、深みに落ちていくような気がした。

ミス・グリーンの下唇が震えだし、小さく悲痛な嗚咽《おえつ》が洩れた。

「シーッ」と、ささやいたものの、自分の耳にすら、狼が子羊をむさぼり食う前に宥《なだ》めようと発する猫なで声に聞こえた。彼女が泣きじゃくる前になにか言わなければ。「あなたのダンスの相手は足首をひねったのかな？」

「はあ？」

「ダンスの相手ですよ。ラストワルツなのに、あなたが踊っていないことはいやでも気がつく」

「相手はいません。申し込まれていませんの」彼女が静かに言った。

「ああ。それなら、踊っていただけますか？」ロスベリーは一歩さがり、折り曲げた腕を差し出した。

誰か、この日を歴史に記しておいてくれ。自分の時間を犠牲にしてまで善行をなしているのに、報われることはまったくない。

ミス・グリーンは大きなため息をつき、肩をすくめて彼の腕を取った。

「わたしが期待するほど乗り気ではなさそうだ」笑いを堪えながら言い、踊りの輪に彼女を誘った。

「まあ。ほんとうにごめんなさい」ロスベリーの巧みなリードですんなりとステップを踏みながら、シャーロットはまたため息をついた。「あまりいい一日ではなかったので」

「謝らなくてもいい」腕の中の彼女はとても繊細で、まるで空気と踊っているようだ。その感覚に呼応するように、ロスベリーは彼女の腰にあてた手に力を入れた。そうしなければ、彼女はターンしたとたん壁まで飛んでいきそうだ。

「ただ、その……」ミス・グリーンは彼の心遣いに気づきもせず、話をつづけた。「つまり、ずっと彼を思っていたから。いつからかって言うと……まあ、そのずっと前からで」咳払いをしてさらにつづける。「ご存知かしら？　わたしたちの乗った馬車が市場で横転したとき、彼が潰れた馬車から母とわたしを救い出してくれたんです。そのうえ、御者の怪我の手当てをして、暴れる馬を落ち着かせてくれました」

「英雄ですね」

「ほんとうに。運命に違いないと思いました――この舞踏会に招かれたことは」そこでため息をつく。「それにきょう、彼が……彼が目配せしたから」

「目配せ？」

「ええ、目配せです」

「ああ、なるほど。たしかに目配せには意味がある」

ミス・グリーンはきょとんとした。「どういうことですか？」

「わたしには皆目わかりませんよ。でも、あなたはなにか意味があると確信したのだから、きっとそうなんでしょう」

ロスベリーがそ知らぬ顔で眺めていると、彼女の目が笑いを含んでキラリと光ったが、それも一瞬のことだった。諦めたのか、その目が曇った。「いまとなってはどうでもいいことですわね？　でも、わたしは彼が望むものになろうと必死でした」

「彼がなにを望んでいるのか、どうしてわかったのですか？　リストを作った？」ロスベリーはクスッと笑った。

「ええ、そう、リストを作りました。彼の好きなものならなんでも知っています。彼の好きなもの、彼の嫌いなもの――」

なんて馬鹿な。言葉も出ない。女学生の憧れと大差ないではないか。しかし、そういう類の憧れはすぐに消え去るものだが、ミス・グリーンは何年ものあいだ、トリスタンを慕いつづけてきた。

「それでわたし……」彼女はごくりと唾を呑み込んだ。必死に涙を堪えているようだ。

ロスベリーは彼女をくるっと回した。

「……それでわたし、彼に好かれていると思ったんです。何度となくほのめかしていたし……」

「彼はあなたを弄《もてあそ》んでいたとしか思えませんね」厳しい口調になった。

我慢ならなかった。友人であろうとなかろうと、この二週間のトリスタンの振る舞いは子どもじみていたと言わざるをえない。駆け引きのなんたるかがまるでわかっていない。悪い男の手管ならロスベリーもわかっているし、実際に自分もそういう男だが、拒絶された女の苦しみを目の当たりにする前に、さっさと逃げ出していた。いまのいままで。

ダンスの輪に加わってからはじめて、ミス・グリーンがロスベリーの顔を見上げた。瞳は悲しみに暮れた深いブルーだ。「わたしは馬鹿ではありません。だから、彼に誠意がないこともわかっていました」

「いや、あなたはわかっていなかった。家具にぶつかったり、壁に向かって歩いたりすることに精を出していたからね。眼鏡をかけたほうがいい、ミス・グリーン」

彼女が顎を上げる。「ちゃんと見えていますわ。ご親切に」

「いや、見えていない」

「見えています」

「わかった」ロスベリーは弧を描くようにしてテラスのドアの前を通り過ぎた。壁に沿って椅子が並んでいる。人が座っている椅子もあれば、空いている椅子もあった。「さあ、ミス・グリーン、あなたの母上はまだ椅子に腰をおろしておられるかな？」

彼女は淡いピンクの下唇を引き、彼の肩の先をじっと見つめ、満足気な笑みを浮かべた。

「もちろんです、マイ・ロード。母は腰をおろしていますわ」

「端から数えて何番目の椅子？」

「三番目」躊躇《ちゅうちょ》なく答える。

ロスベリーが眉を吊り上げた。「ほんとうに？　自信はある？」

「ええ。もちろんです」そうは言ったが、瞳には不安の色が浮かんでいた。

「あなたは自信があるようだが、ミス・グリーン、ほんとうのところを教えてあげよう。あなたが母上だと言ったのは、実際には二本の杖と重ねられた婦人もののショールだ。散歩することにした誰かが置いていったのだろう」

「まあ、そんな」ミス・グリーンの声はか細かった。ところが驚いたことに、小さなクスクス笑いがその唇から洩れた。

彼女を笑わせて思いがけず湧きあがった満足感を、ロスベリーは抑え込んだ。「求婚者たちに魅力的にみせようと必死になってやっていたことが、あなたのためにはなっていなかった、残念ながらね」

「求婚者なら誰でもいいわけではありません、彼だけです。あなたは馬鹿だと思われるかもしれないけれど、眼鏡をかけた女性は好みではないと、彼が言うのを耳にしたので、それでわたし……」ミス・グリーンはそこで言葉をとめた。目を細めて疑惑の眼差しを向けている。

「急に心変わりしたのはなぜ？」

ロスベリーは聞き違えたのかと思った。「いまなんと？」前屈みになって顔を近づけると、やさしいレモンの香りが鼻をくすぐった。

「あなたはわたしを助けにいらしたのね、マイ・ロード」

彼女が〝あなた〟を強調して言うのを聞き逃さなかった。おおかた〝卑劣な野獣〟とでも言いたかったのだろう。

「踊りたかったのです」ロスベリーは小さく肩をすくめた。「あなたはありもしないことを考えてうぬぼれているようだ」

「いいえ、わたしがぶつかったとき、あなたは出て行こうとなさっていたわ」

「いや」ロスベリーは顎を引いて反撃した。「ダンスのパートナーを探していたのです」

「誰もいないドアのところで？」

「ミス・グリーン」嘘を見抜かれたようだ。「あなたはいつもダンスのパートナーを尋問するんですか？」

「なぜそうなさったの？」

なんてことだ。彼女は厭《いや》な女の見本だ。馬鹿げた質問を二十ばかりもされなければ、レディにダンスも申し込めないのか？

「わたしがなにを考えているか、おわかりになりますか？」

「わたしが答えなくても、自分から言うつもりでしょう。ご自分の罪を贖《あがな》う機会を求めていらっしゃるんだわ。紳士に変身したくて」

「そうなのかな？」声に皮肉が混じるのを敢えて抑えなかった。

「図星ですか？」

「まったくもって違うね」彼女がこの言葉をまともに受け止めない場合に備え、レースの縁どりのボディスに視線を走らせてから目を見つめた。

だが、シャーロットにはわかっていた。ロード・ロスベリーのような男が、自分の姿かたちに見惚れるわけがないと。少しばかりお人よしで、信じやすい性格かもしれないが、少女のような魅力――というより女としての魅力のなさ――を、ぶしつけに値踏みしたのは、関心があるからではなく、追求をそらす方便にすぎないとわかっていた。それにシャーロットは、そんなに簡単に思い留まったりしない。

彼の反応が、シャーロットの好奇心を刺激した。図星だったにちがいない。

「今夜はずいぶんとお行儀がよろしいんですね。あの方がいらっしゃるせいかしら。レディ・ロザリンド・デヴィーンが」

「どうやらあなたは、完全に勘違いしているらしい――」

「それはどうでしょう」

「――それにとんでもなくお節介だ」

「幸運を祈っていますわ、マイ・ロード」シャーロットはできるだけやさしく言った。「あなたに必要なのは運ですものね」

指の下で彼の肩が強張るのがわかった。でも、言葉が口をついて出るのをとめられない。彼の役に立ちたいだけなのだから。

「正直に言って」シャーロットは続けた。「違う結末がありえたとお思いですか？　この何百年も、ロスベリー伯爵家は罪やスキャンダルと同義語だったのでしょう？」そのとおりだ。策略と悪徳で鳴らしたロスベリー家を信用してはならない。「問題はそこにあるのですわ。聞きたくもないでしょうけれど、放蕩者のご先祖たちが種を撒いて雑草だらけになった道を、あなたが超えられなくても無理ありません」

ロスベリーの頬が引き攣《つ》るのを見て、シャーロットは言いすぎたと思った。

二人はアルコーヴに近づいた。雪花石膏《アラバスター》の円柱に沿って背の高いクリーム色のシルクのドレープが帯状にかかっている。シャーロットが次の言葉を口にする前に、ロスベリーはワルツの姿勢をやめて彼女のウエストを摑んだ。

回転する動きに乗じてシャーロットを抱き上げ、シルクの渦の中にすっぽり収めた。ここなら誰にも見られない。

耳の奥で心臓が激しく鼓動していた。「言いすぎました」シャーロットは慌てて言い、布地に隙間を探した。

ロスベリーは脅すようにうなずいて一歩踏み出し、彼女の行く手を阻んだ。あたたかなウイスキー色の瞳が、硬質な琥珀色に変わった。「舞踏場の真ん中は、舌戦にはふさわしくないのでは？」

体が震え、シャーロットは腕をさすった。彼は誇り高い男性だ。親友のマデリン・ヘイウッドは、彼を見ると黄褐色のライオンを思い出すといつも言っている。正直すぎる言葉で彼のプライドを傷つけてしまった。きっとそう。もちろん、あれがいちばん賢いやり方だったとは思わない。礼儀正しかったとも思えない。ダンスを申し込んでくれた彼を、侮辱するなんて。

けっきょくは自分を窮地に追い込んだだけだ。この口が災いして、にっちもさっちもいかなくなった。謝罪の言葉ぐらいで彼の怒りがおさまるとは思えない。

この人は誰もが知る悪い男だ。その気になれば、シャーロットの人生を踏みにじることだってできる。手はじめに舞踏場の真ん中で彼女を虜《とりこ》にするとか。ほんの気まぐれに。

女を利用しては捨てるともっぱらの評判だ。彼が求めているのは愛情なのだ、と女が信じ込んだとたん、つぎの獲物を求めて去ってゆく。しかも女たちは進んで彼の魔手にかかり、その瞳に宿るのは欲望ではなく愛だと信じ込むのだそうだ。

自分が無表情のままでいることを願いつつ、シャーロットは顔をあげた。でも彼はあまりにもハンサムだから、冷静でいるのは難しい。革紐で束ねた艶やかなアシュブロンドの髪がひと筋ほつれて、額にかかっている。

ふと馬鹿みたいなことを考えた。女たちを思いどおりにするために、彼は魔法を使うのではないかしら。

なんだかライオンに捕まったネズミの気分だ。猫科の猛獣は捕らえた獲物をどうするの？――隅っこに引き摺《ず》っていって玩具《おもちゃ》にする。貪《むさぼ》り食う前に。

シャーロットはごくりと唾を呑み込んだ。「どうなさるおつもりですか？」

「単純なことだ」彼がゆっくりと言った。「そんな怯えた顔をしなくていい。取って食いはしないから」

「わたし、そ、そんな」不覚にも口ごもった。「わたしのような女は相手になさらないでしょうから、こうしていても安全だと思っています……あなたと二人きりでも……」まわりに垂れ込めているシルクの布地を曖昧に指差す。「……このカーテンの後ろに隠れていても。二人きりで。たった二人きりで」

シャーロットがしどろもどろに弁明するあいだ、ロスベリーは腕を組み、冷ややかに彼女を観察していた。「勝手な思い込みはしないように、ミス・グリーン」

「ええ、そうですね。そろそろ行かないと」

「まったく。だがその前に、なぜレディ・ロザリンドが……わたしの手には届かないと思うのか教えてもらえないだろうか。あなたの説明をどうしても聞きたい」

その瞬間、肩の緊張が解けた。彼がシャーロットをここに引っ張り込んだのは、むろん不埒なことをするためではない。どうしてそんなふうに思ったの？

レディ・ロザリンドと知り合いだから、それでここに連れてこられたのだ。ロスベリーと口をきいたとたんに卒倒しない貞淑な娘は、ほかにいないだろうから。

シャーロットはため息をついた。どうやら彼は、事実を告げられるのは好きではないらしい。まず彼の怒りを鎮めるのが礼儀だろう。「それは、つまり……あなたが彼女を口説き落とすには、助けが必要だと思います」

「あなたの助けが？」

「たぶん」

彼の引き締めた顎にふだんは見せない頑固さがちらついた。「くだらない」女を魅了する視線はシャーロットに留まったままだ。「助けなど必要ない。特にあなたの助けは」

「そうですか」鼻持ちならない男。「べつに申し出たわけではありません」

シルクのカーテンの向こうでは、ワルツが終わろうとしていた。

「もう行かないと」シャーロットはきっぱりと言ったものの、そこでぐずぐずした。男性に求められるのってどんな気分なのだろう。男性に崇拝され、望まれる女。女たちから嫉《ねた》まれる女。男性に——この男に——追いかけられるってどんな気分？　こんな立ち居振る舞いでレディ・ロザリンドに敵《かな》う？　彼の関心を撥ねつけるなんてこと、できるの？

シャーロットは小さく頭を振り、馬鹿な空想は終わりにして、と自分に言い聞かせた。礼儀を失しないよう小さな笑みを浮かべ、失礼、と言って彼のかたわらを通り抜けた。

ロスベリーはさっと彼女を抱き寄せ、隠れ場所から滑るように出ていった。踊りの輪に自然に溶け込む。傍目には、豪華な装飾物に二人がうっかり巻き込まれたように見えているのだろうか。

ロスベリーの手がしっかりと添えられた背中も、もう一方の手にやさしく握られた手もカーッと燃えているみたい。彼の動きが速すぎて、呼吸が喉につっかえる。

華やかにワルツが終わった。ロスベリーが握っていた手をやさしく放すと、シャーロットのスカートが揺れながらもとの位置に戻った。

「詮索《せんさく》するつもりはありませんでした」なにか言わなければと思った。「あなたを侮辱するつもりも」

「気にすることはありませんよ」

シャーロットの唇から震える吐息が洩れた。「母のところまで連れていってくださいませんか」

「いや、それは。理由はおわかりでしょう。あなたとダンスを踊ったというだけで、叩かれてはたまりませんからね」

「まあ、どうしましょう。たしかに、母が失礼なことを」

あのときまで、女のハンドバッグはドレスを引き立てるだけのもので、まさか武器になるとは思ってもいなかった。だが、ミス・グリーンの母親はそう思ったようだ。「あれは忘れられない」

シャーロットは身がすくむ思いだ。「ごめんなさい。母はわたしを守ろうと必死だったし、あなたは……」本人を前にしていることに気づき、シャーロットは頬を赤らめた。

ためらっている彼女に、ロスベリーは強張った笑顔を見せた。「とても悪い男?」

「そんなところです」シャーロットはほっとした表情だ。

「だったら」ロスベリーは片笑みを浮かべた。「その〝とても悪い男〟があなたの気もちを楽にしたようだ」

「それはどうでしょう。あなたを見るたびに、あなたの悪行を思い浮かべずにいられなくて、それで肌がカッと火照って」シャーロットは息を呑み、真っ赤になった。「まあ、わたしったら、なんてことを」

ロスベリーは苦笑いを浮かべた。「事実だから仕方がない」

近くに大きな石があったら、ミス・グリーンは真っ先に隠れているだろう。

「気にすることはありませんよ、ミス・グリーン。もっとひどい言われ方をしてきましたから。はるかにひどい言われ方を」これまでつけられたあだ名はどれももっともだと思っていた。だが、ミス・グリーンは礼儀正しいレディで、礼儀正しいレディは人を侮辱するような言葉は吐かない。いくら相手が侮辱されて当然であっても。「それに」ロスベリーは言い添えた。「あなたは大司教や国王を屈辱したわけではない。わたしは自分がどんな人間かわかっています」

シャーロットはほんの一瞬ためらい、頭をさげた。「ダンスを踊っていただいてありがとうございました」

彼がお辞儀する。

そのまま踵を返して歩き出し、五歩ほど進んだところで肩越しに振り返った。シャーロットがボディスから眼鏡を取り出してかけるのを、妙な満足感を覚えて眺めた。ロスベリーは笑いを噛み殺し、いつものように思いに耽った。どうしてこんなに彼女のことが気になるのだろう。

たしかに何世代にもわたって、ロスベリー伯爵と言えば、放蕩者で賭け事好きで、大酒飲みで女たらしと相場がきまっていた。その場でただ一人、ダンスのパートナーがいない屈辱から、眼鏡をかけた壁の花を救い出した男など、一族の中にいたわけがない。

ロンドン一の壁の花にどうして関心をもったのか不思議がる数人の客の好奇の視線を無視し、ロスベリーは部屋をあとにした。彼自身がロンドン一のろくでなしだ。つぎの獲物は彼女だと、みなが思ったにちがいない。

そう思われても仕方がない。たしかにそういう男だ。誘惑して支配する。心を奪って操る。女たらし。

きっと笑い種になるだろう、とロスベリーは苦々しく思った。眼鏡もなにもかも含めて、あの愚かな小娘にひそかに恋をしていると、みなが知ったら。

2

〝紳士たるもの、愛するレディを口説くにも礼儀作法を忘れてはならない〟

一八一四年四月　ロンドン

「お休みなさい、さようなら！　別れといっても、考えてみれば悲しいような、嬉しいような――」

ピンクのベゴニアの大きな植木鉢が、爽やかな夜気の中を飛んで芝生に当たり、粉々の磁器と水と痛めつけられた花が散乱した。

愛しい人がいる三階の窓の下に立って『ロミオとジュリエット』の一節を口にしても、心震わす場面の再現にはならないようだ。とくに男のほうが酔っ払っていて……あきらかに厄介者扱いされている場合は。窓から投げつけられる品々が、なによりの証だ。

シャーロットは自室の窓辺で頬杖をつき、隣家の庭を見下ろしていた。

絶世の美女で遺産相続人、レディ・ロザリンドの隣に家を借りてから、退屈している暇がなかった。雄鶏みたいに胸を膨らませた男たちが、引く手あまたのレディにお目どおりを、それが叶わぬならひと目だけでも姿を見たいと、日がな一日玄関の前を行ったり来たりしている。きっと彼女には心が休まるときがないに違いない、とシャーロットは頭を振りながら思う。お気の毒に意をけっして舞踏会に出かければ、翌日には面会を求めて男たちが押しかけてくる。花や菓子の籠《かご》、ロマンティックなバラッドを手土産に。なかには馬を捧げる者もいた。たまに招き入れられる者もいるが、たいていは丁重に追い返された。いま下にいる男も断られたくちで、なんとしても彼女の心を摑みたいと、酔った勢いでやって来たのだろう。

シャーロットの存在には気づきもせず——鉢植えがそばをかすめたことさえ気づいていない——男はつぶやいたり口笛を吹いたりを繰り返していた。まるでコリー犬を呼ぶように。シャーロットは口元を歪めて悲しげに頭を振った。美人を前にすると、男はこんなにも愚かになるのだ。

地平線を曙光《しょこう》が染めはじめて、スズメのさえずりがはるか遠くに聞こえる。窓の下で飲んだくれのロマンチストが喚くせいで、スズメたちは怖がって逃げたに違いない。

なぜ誰も治安判事を呼ばないの？　隣人たちはみな、果てしなくつづくパーティーで疲れきり、やっと眠りについたところなのだろう。シャーロット自身も母親と舞踏会から帰宅して、つい先ほどベッドに入ったところだ。困ったことにそういった夜は、緊張を解いて眠りにつくのが一苦労だった。

「ああ、ちくしょう」男はわめきながらあたりを見回していた。「なあ、どこにいるんだ！」

夜明け間近とはいえ、あたりはまだ暗くて静かだ。彼以外に人影は見あたらない。少なくとも邸宅が並ぶこの界隈では。誰に話しかけているの？

男はふんぞり返って鬱蒼《うっそう》とした木立ちへと歩いてゆく。シャーロットは眼鏡の位置を直して、芝生の上に散らばる品々を吟味した。

石鹸のかけらがひとつ、飾りのついたクッションが三つ、凝った装飾のインク壺、蠟燭《ろうそく》の燃えさしがいくつか、婦人用のブラシ、それに木製のアヒルらしきものまで。彼が何度もここに来ているのはたしかだ。

紙がはためく音に、シャーロットははっとした。ちょうど窓から便箋が一冊落ちてゆくところだった。一瞬、考えた。実はこの男性、酒に酔っているのではなく、窓からの落下物のどれか、それとも全部を頭に受けてそれでふらふらしているのかも。

視線を下に向けると、男の姿はなかった。諦めたの？　闇に目を凝らすと、木々の間に背の高い影がかろうじて見分けられた。カバノキに手を突いている姿は、木が倒れないように支えているようにも見えるが、実際には逆だろう。

葉を落とした太い枝が邪魔で顔は見えないが、上着もベストも着ていないのはわかった。白いシャツの前をだらしなくはだけている。

シャーロットはつかの間空想に耽った。彼は平民、きっと不道徳な従僕。でもそれにしては威厳がある。だらしのない格好をしていても、おのずと表れる威厳があった。

まわりの邸宅の窓から洩れる薄明かりの中でも、女の目を楽しませる、逞《たくま》しい体つきなのがわかった。臆面もなく永遠の愛を口にする未熟な若者ではない。紛れもない大人の男だ。

どうにも頑固そうだが、男とはそういうもの。長身で贅肉はいっさいなく、引き締まった腰と尻、逞しい脚をぴたりと包むブリーチは、穿くのがさぞ大変だったろう。えもいわれぬその姿に、思わずため息が出そうになった。

どうして目を逸らせないの？　さっさと窓を閉めてベッドに戻りなさい。

木陰の男がなにごとかつぶやき、シャーロットは我に返った。質《たち》の悪い部類の男なのはあきらかで、そういう男には絶対にちかづかないと誓ったばかりだった。べつに彼らがシャーロットの家のドアをしつこく叩いたわけではないが、それでもいちおう。

空っぽのブランデーのデキャンタを、男が芝生から拾いあげた。渋い顔で片目をつぶり細い口を覗き込む。空《から》だとわかると肩をすくめ、肩越しに放った。

その時冷たい風が吹き、ロンドンの春にはまだ冬が居座っていることを思い知らされた。身震いしてウールの白いショールを掻き合わせた。

「名前がいったいなんだろう？」闇に紛れていた男が朗々と語り出し、深みのある声が暗闇に響きわたった。シャーロットは寝るときに穿く分厚いウールの長靴下から飛び出しそうなほど驚いた。「わたしたちがバラと呼んでいるあの花の、名前がなんと変わろうとも、薫りにちがいはないはず……」

間の悪いしゃっくりでジュリエットの台詞を中断すると、男は木陰から大股で出て来て……とたん、枝にぶつかりそうになって首を引っこめた。

大きなブーツが片方、地面に散らばる品々に追加された。

シャーロットは息を呑んだ。まさかブーツが加わるとは思っていなかったが、そのせいではない。彼女を驚かせたのは、酔っぱらいの正体がついにわかったからだ。

ほかでもない、ロード・ロスベリー。悪名高き放蕩者にして道楽者。カードや競馬にうつつをぬかすギャンブラー。そして派手な女性遍歴。去年の秋、ウォルヴェレスト城で開かれた花嫁探しの舞踏会で、しぶしぶながらもシャーロットを救ってくれた、あのロスベリーだ。

筋肉美の典型――〝美〟という言葉が男性を形容するのに適切かどうかはべつにして。伯爵の煤けた風評は品行方正な適齢期の女性を遠ざけはするが、それでも伯爵から目を離せないし、ため息をつかずにはいられない。

優れた踊り手でもあるロード・ロスベリーは、過去四年間に、七回〝半〟もシャーロットにダンスを申し込んだ。〝半〟というのは、シャーロットの母親がダンスフロアに繰り出してきて、ロスベリーの手から娘を無理やり引き剝がし、彼の前腕をハンドバッグで繰り返し叩いたときのことだ。

気恥ずかしくてたまらなかったのに、シャーロットは母親に引き摺り出されながらも、振り返ってロスベリーを見つめずにはいられなかった。そして彼もまた、シャーロットの姿を見送っていた。彼はなぜそうしたのだろう。

それでもやはり、シャーロットにとっても他の年頃の娘にとっても、ロード・ロスベリーを頭に思い描くのは恐ろしく罪深い行為だった。ロスベリー伯爵位には、何百年ものあいだ、罪と醜聞がつきまとってきた。シャーロット本人のためにも、名誉のためにも、彼に相手にされないのは幸運なことだ。とびきり魅力的な女性にだけ好意を捧げるのが彼の流儀だった。

あの夜だけは例外だけれど。

ロスベリーの寛大な振る舞いは、全身に震えが走るほどの衝撃だった。でもいまはもう、そんなことで舞い上がったりしない。彼は親切にしてくれただけ。それ以上のことはなにもない。彼にとってはただのダンス。淫らなものでもロマンティックなものでもなく、下心などなかった。彼がシャーロットを求めていたら、とっくの昔にわかっていたはずだ。

それにしてもすてきな人。またため息が出た。長身で逞しくて、邪悪な心とは裏腹に、教養ある優雅さを備えた服装と立ち居振る舞い。なにをしていても――歩いていても、踊っていても、談笑していても、馬に乗っていても――魅力的だ。

けさだけはべつ。

でも、愛は男を変えるようだ。意志を挫き、決意を試し、分別を失わせ、愚かな振る舞いをさせる――たとえば明け方の四時に窓の下に立って、いろいろなものをぶつけられたり。

もちろんロスベリーは、きょうのこの朝だからここに来たはずだ。ロザリンドの弟、ロード・トリスタンの親友ではあっても、公爵は自分が不在のときに彼が妹を訪ねることを禁じている。そして公爵と夫人はいま、ウェールズへ新婚旅行中だ。

つまりレディ・ロザリンドは、兄の鉄壁の保護がないままここにいる。

小さなため息が洩れた。ロスベリーはどうしてわからないの？　麗しきレディ・ロザリンドが望めば、どんな男性でも手に入る。それなのにわざわざ、ろくでなしと関わりになる道を選ぶ？　それにしても、けさのロスベリーはどうしてしまったの？　こんなふうにのぼせあがる人だとは、思ってもいなかった。にわかには信じられない光景だ。

シャーロットは頭を振ってそんな思いを振り払った。名門の出の人たちはよくわからない。窓から離れてベッドに戻る前に、もう一度だけロスベリーに視線を向けた。

彼はまた木陰から出てくるところだった。強さをます風に揺れる枝はもう、彼の姿を隠してはくれない。

散らばったものをうまくまたぎながら、灌木《かんぼく》の茂みへと向かっていた。髪を後ろで結ぶ革紐がなくなって、襟足でふわふわと揺れる濃い金髪が少年っぽく見えないこともない。

「おまえはなぜに？」ロスベリーがゆっくりと問いかけた。酔っ払いのたわ言というより、評判どおりの女たらしのささやきに聞こえるのは、フランス語で話しているからだろう。

シャーロットは耳を傾けながら、フランス語のレッスンを真面目に受けておいてよかったと思った。

「ひと晩中そこに隠れているつもりか？　出て来てわたしを慰めてくれぬのか？」

ロザリンドの部屋の窓の下に生い茂る木立ちから、大きな黒い影が現れた。艶やかな毛並みが薄明かりに光るだけで、美しい馬は闇に溶け込んでいた。

「よしよし」ロスベリーは手を伸ばし、耳のあいだの漆黒の毛をくしゃくしゃにした。まるで溺愛する子どもにするように。

人に語りかけるように馬に語りかけるなんて、どういう人なの？ それもフランス語で。

「思ったとおりだ」ロスベリーがやさしく話しかけた。「臆病者め。女を怖がるなんて」

馬は鼻を鳴らし、優雅な頭を揺すった。

「おまえになにがわかる？ わたしの心は誰のものでもないと、彼女にどうしてわかる？ 人の心が読めると、彼女は思っているのか？ いつか彼女を手に入れてみせる」

「まあ、それはどうかしら」シャーロットはふふっと笑い、はっとなった。まさか、彼の耳に声が届いた？

ロスベリーが顔を仰向けた。

聞こえてしまったらしい。手で口を塞いでも、時すでに遅しだ。

「誰だ、そこにいるのは？」ロスベリーは英語で尋ねた。「姿を見せろ」

全身の筋肉が凍りついた。息をひそめ、空耳だと思ってくれることを祈った。寝室の闇に紛れようと後退する。

隣の家の窓に動くものが見えた。驚きに口をあんぐり開けた。伯爵が気づかないうちに、誰かが――十中八九、ロザリンドが――かなり大きな書物を窓から差し出していた。

ロスベリーの頭の真上に。

目的は明らかだ。

シャーロットは身を乗り出し、慌てふためいて堅苦しい話し方になった。「伯爵さま！」

大声を張り上げ、指差した。「本が！」

酔っ払っているせいだろう、シャーロットの宣言に驚いたようすもなく、いつもどおり優雅で威厳のある物腰のまま、伯爵は眉を吊り上げた。「本？　すまないが、わたしは本をくすねたりしない」

「ちがいます！　頭をさげて《ダック》、恋煩いのお馬鹿さん！」

「アヒル《ダック》？　ひとつ欲しいのか、かわいい人《シェリ》、たしかあそこにひとつ落ちていたはずだ」無造作に芝生の先を指す。

ロスベリーが視線を上げた。時すでに遅し。瞬きをする間もなく、本が鈍い音を立てて伯爵の頭を直撃した。馬が走ってまた木立ちに逃げ込んだ。

ロスベリーはうめいて崩れ落ち、広い胸にあった手が力なく芝生の上に滑り落ちた。

「なんてことなんてことなんてこと」シャーロットはおろおろするばかりだ。どうしたらいい？

窓枠を摑《つか》んで身を乗り出す。動くものはなにもない。生き物の気配もない。遠くにいた鳥たちでさえ静まり返っていた。

彼のことなど放っておいて、ベッドに戻るべき？　そうよ、もちろんそうするべき……でも、そんなことはできなかった。自分を救ってくれた男性を救いに行かないなんて。ああ、彼は死んでしまったのかも！

ブーツに足を突っ込み、紐を結ばず部屋を出た。すばやく階段を下りて玄関ホールへ向かうあいだ、ブーツがパタパタと脚を叩いた。足音を忍ばせて裏口へと急ぐ。ドアを抜けると駆け出した。スピードを落としたのは低い生垣を飛び越えたときだけ。ブーツの紐につまずいて伯爵の上に倒れそうになったが、なんとかバランスを取った。

走ったせいで息を切らせながら腰に手をあて、うつ伏せの伯爵を眺めた。ゆっくりと一定のペースで胸が上下するのを確認し、ほっとした。頑丈で引き締まった体を視線で辿《たど》り、すてきに乱れた服に気づいた。こんな時にこんなことを考えるなんてどうかと思うけれど、彼はとても……とても長い。ベッドは絶対に大きいと思う。そうでなければ、ベッドの縁から足がぶら下がってしまうだろう。

向こう側にある自分の部屋の窓をちらっと見た。彼を助けにわざわざおりてくるなんて、馬鹿みたい。

まったくもう。じきに夜があける。彼を置き去りにするわけにはいかない。急いで彼を起こして、人に見られる前に立ち去らないと。ナイトガウン姿のまま、暗い庭で札付きの男と二人きりのところを見られる前に。

「ここにいてはならないわ」つぶやきながら心配そうに眉を寄せる。「たとえ意識がなくても、あなたはわたしの評判を落としかねないもの」

3

〝紳士たるもの、精神はつねに健全で、神経は研ぎ澄まされていなければならない〟


「伯爵さま？　しっかりしてください」

ロスベリーは新鮮な空気を吸いこんだ。レモンを思わせる香りが肺の奥まで染みわたると、それに反応するように痛みが走った。

サファイア色の瞳が目の前にぼんやりと浮かんでいた。「命知らずの者に手出しはなさるな」

「今夜のシェイクスピアはこれぐらいにしてください、マイ・ロード」

一瞬、彼女の頭のあたりで空気が煌《きらめ》いたように見え、ロスベリーはさらに困惑した。「あなたは天使？」自分のつぶやく声が耳に届く。

「大丈夫ですか？」そう尋ねた穏やかな声は、笑いを堪えているようだ。

後頭部に激痛が走り、ロスベリーはまた目を閉じた。身も心も軽い至福の忘却へ戻りたい。

「ちくしょう」

「倒れた時、きっと岩に頭をぶつけたんですわ。悪態はおやめになって、マイ・ロード」天使の声が上から聞こえた。

「わたしは死んだのか？」

一瞬の沈黙の後、布地が擦れる柔らかな音が聞こえた。彼女に抱かれているようだ。ほのかにレモンの香りがする。

うーん。ロスベリーはほほえんだ。「あなたは太陽の匂いがする」

なんてくだらないことを。死んで……天国にいるのだろう。いや、それはありえない。地獄へつづく灼熱の道を進むしかないのだと、まわりからは言われている。

「いいえ、死んでなどいませんよ」平板な天使の声。「そう願っている人もいるでしょうけれど」

「生意気な天使だな」小声で言った。目は閉じたまま、両肘を支えにして上体を起こす。そのとたん、めまいに襲われぐらっとした。「くそっ、まったく――」

華奢《きゃしゃ》な掌が唇に押しあてられ、ロスベリーを驚かせ、罵りを封じこめた。「言ったはずです」軽く戒める。「悪態はおやめください」

唇に触れる掌があたたかい。

「自業自得ですもの」まるで無愛想な子守女の口調だ。「あのレディはあなたを必要としていません」

レディ？　どこのレディだ？　このレディか？

ロスベリーの発言は、彼女の掌によって封じ込められた。もっとちがう気分のときなら、それに激痛が走らなければ、彼女が驚いて息を呑む声を聞きたさに嚙みつくところだ。だがいまは、おとなしく横たわっているのが最善と判断した。それに、彼女はただもういい匂いだった。

「下品な言葉を口にしないと約束してくださいますか？」

「ムム……」これを〝イエス〟の意に取らないようなら、いよいよ嚙みつくしかない。念のため、片方の手を胸にあてた。

「わかりました」笑いを堪えているようだ。「なにをおっしゃろうとしたのですか？」

ロスベリーの口は自由になったが、彼女の手はまだちかくに控えているかもしれない。

こめかみにかかる髪がやさしく払いのけられた。「わたしには想像するしかできません」

「ちく……」はっと気づき、口をつぐむ。「なにが起こったのだ？」

「それなら想像してみればいい」先祖伝来の短気な気質が損なわれなかったことに気づき、嬉しくなった。

ため息まで慎ましく女らしい。彼女を見たいのはやまやまだが、目を開けたら気分が悪くなるかもしれない。

「なにがあったか、憶えてらっしゃらないのですか？」彼女がためらいがちに尋ねた。

「いや、はっきりとは」

「とても怒っている女性が、とても重い本を窓から落としたのだと思いますわ」

記憶が一気に戻った。激流となって。ひとつを思い出すと、芋づる式につぎが甦った。

タウンハウスの自室に座っていた。一人で。親友が花嫁に選んだのがミス・グリーンでなかったことを祝って、ウィスキーのボトルを半分空けた。トリスタンが消えても、ミス・グリーンに手を差し伸べることはできない。そう思ったら、ボトルにまだ半分残っていることを思い出した。それからのことはよく憶えていない。

いや、そうではない。ロスベリーは酒に強い……場合によっては。つまり、昼食をたっぷり食べていれば。それに、夕食もたっぷりと。記憶をはっきりさせようと頭を振った。そうだ、たしかに憶えていた。千鳥足で部屋を出て厩《うまや》へ向かい、ここまで馬を走らせて公爵の妹に誠心誠意のプロポーズをしようと思ったのだ。それのどこが悪い？　どうせ結婚しなければならないのだから。彼女は美しいし、心やさしい。それから……じつのところ、彼女のことはよく知らない。だが、女はみなそうだ。美しき他人。一人を除いて。

その一人とは、いつの間にかするりと心に入りこんできた人。分け隔てのない笑顔で、自分にもよいところがあると思わせてくれる人――それゆえにロスベリーを傷つける。それなら距離をおいて無関心を装うしかない。小心者だから。

まつ毛をパタパタさせながらトリスタンを見つめていた六年間、彼女はロスベリーを一顧だにしなかった。だからほかの女を追いかけまわした。彼女への思いを頭から締め出してくれる女、彼女が親友に恋焦がれていることも、彼女の存在も忘れさせてくれる女に出会えることを願って。彼女のトリスタンへの気もちが、ただの憧れであればいいのにと願った。憧れではなく愛だとしたら、それを自分のものにしたかった。

「社交界でのあなたの評判を考えれば」そのとき天使が指摘した。「こういう騒ぎは日常茶飯事なのでしょうね」

彼女の推測を打ち消そうとしたが、思い直した。誰と話しているのか、そろそろ目を開けて確かめてもよいだろう。

何度か瞬きをし、やっとのことで見あげた先にあったのは、ハート型の小さな顔だった。かわいらしい顔。艶やかな男たらしの顔でもなければ、冷淡な娼婦の顔でもなく、女らしい上品な顔。この顔を知っている。この顔が大好きだった。

「ミス・シャーロット・グリーン」やっとのことで口にすると、彼女の顔をもっとよく見ようと思い切って頭を上げた。

ナイトガウンを脚にまとわりつかせて座り、深いブルーの瞳で心配そうに見下ろしている。いつもは丸い眼鏡の奥に隠れている、みごとなサファイア色の瞳だ。

じつを言えば、ロスベリーが魅力的と感じるタイプとは正反対だった。ロスベリーの好みはグラマーで背が高くて活発な女。それに比べると、シャーロットは痩せすぎで背が低すぎで、物静かすぎる。けっして目立つタイプではない。彼女自身がそうありたいと思っているのだろうか。

若い男たちは、彼女のすばらしさを軽視し、頓珍漢な振る舞いを陰で笑っている。だがロスベリーは、彼女の瞳の奥にひっそりと隠れる情熱に気づいていた。自分の美貌とそれに付随する力をよく承知していて、腰をくねらせながら歩く垢抜けた女や娼婦たちの煌びやかさとはちがい、ミス・グリーンは自分の魅力にまだ気づいていない。いつも壁にへばりつき、床を見つめたままめったに目をあげず、親しい友人以外と口をきくのは稀《まれ》だ。異性との会話が求められる場面は避けて通る。

そんな地味な女のよさに気づくことが、不思議だった。彼女に目がいくこと自体、おかしい。だが、いつもそうだった。彼女が部屋に入ってくると、すぐに目がいく。

無性に腹がたってきた。

あんな醜態を彼女に見られていたのかと思うと、屈辱を覚える。意識をはっきりさせようと頭を振った。ロザリンドの部屋の窓に向かって、シェイクスピアを朗読していた？　うなりたくなるのを堪え、もう二度とジンには手を出さないと心の中で誓った。いや待てよ、ウイスキーだったか？　よく思い出せない。

「ミス・グリーン、今夜のわたしの醜態を公言しないと約束してくれたら、どれほどありがたいか」

彼女はほほえんだ。「お約束しますわ。それで、ご気分はよくなりました？」

ロスベリーはわずかにうなずいたものの、酒の酔いとずきずき痛む頭のせいで、思考は混乱したままだった。

「よかった」ミス・グリーンは安堵のため息をついた。「あなたが彼女に殺されて、わたしが罪をかぶることになったらどうしようと、心配でした」

「驚くほど無利無欲な人だ」

ロスベリーの皮肉に、彼女は苦笑いしただけだった。「酔っ払っていても辛辣《しんらつ》なんですね。お見事と申し上げますわ」わずかに身を屈め、意味ありげにささやいた。「あの方ですけど」窓を指差す。「どんなものであれ、あなたの好意を受け入れるつもりはなさそうですわ」

「わかっている」ロスベリーはささやき返し、薄目を開けて彼女を見つめた。

ミス・グリーンはいたわるように彼を見ている。「それでも彼女につきまとうおつもりですか？　公爵がかわいい妹にあなたをちかづけないようにしていることは、周知の事実です」

むろんロスベリーだって知っている。ロスベリーの求愛を拒絶した女、もしくはまわりの説得で拒絶せざるをえなかった女は、レディ・ロザリンドだけではない。だが、拒絶されても少しも堪えなかった。簡単に忘れ去ってきた。

「それはつまり、わたしが自堕落な男だから？」

「ええ」ミス・グリーンがきっぱりと答える。「不品行の烙印《らくいん》は障害になりますもの」

「たしかに」とりわけ、本人がそれを否定しない場合には。

女たらしのあぶない視線で彼女を尻込みさせようと思った。こちらの私生活に首を突っ込ませないように、それよりできることなら、娘に甘い母親のもとへ逃げ戻らせるように。だが、体の自由がきかない状態では、片眉をあげることすらままならない。

「ところで、あなたはどこからここへ？」飲みすぎを悔やみながら、ロスベリーは尋ねた。

「一分前には姿がなかったのに、次の瞬間ここにいた」

「まだ起きていたんです」

「こんな時間に？」いま何時だか、彼自身もよくわかっていない。まだ暗いとはいえ、夜はじきに明ける。

まどろむミス・グリーンの姿が脳裏に浮かんだ。ほどいた髪が枕に広がって、まるで黄金色の旗だ。あるいは、寝相が悪くてナイトガウンの裾が腰までめくれ上がり、クリームのように滑らかな太腿があらわに――。

「お医者さまを呼びましょうか？　顔が赤くなってきたわ」

ロスベリーは唾をごくりと呑み、すてきに愛らしい光景を頭から追い出した。「いいや、わたしは大丈夫」大丈夫なはず。これまでも、なんとかしてきた。事実、大丈夫な振りをする名人なのだから。少々のウィスキーぐらい。

うなずくミス・グリーンの髪の上を、ロスベリーの視線がさまよう。三つ編みにした長い髪が、胸の上で憩っている。耳を縁どるカール、三つ編みから逃れたほつれ毛。

ロスベリーはほほえみ、彼女の他の部分にも視線を走らせた。ナイトガウンの詰まった襟の白いリボンから下へ、襞《ひだ》に隠れた足があるだろう場所まで。最後に顔に視線を戻すと、彼女はほほえんだ。かわいらしい顔はいかにも傷つきやすそうだ。

「安心しましたわ。もう行かないと。人に見られる前に」

「ここにおいで」ロスベリーは自分のささやき声にはっとした。これまでに経験したことのない、不思議な気分だった。どういうわけか、彼女を抱きしめたくてしかたがない。なんてことだ、やはり医者が必要かもしれない。

さらに驚いたことに、彼女は逃げ出すそぶりも見せない。それどころか這ってちかづいてきて、ロスベリーの腰元でとまった。ミス・グリーンは口がうまくて欲深な浮気女ではない。品行方正で礼儀正しい娘だ。ロスベリーのような男とは距離をおくタイプのはずなのに。

手の届くところに彼女がいる。手を差し伸べて耳もとのカールを摘んだ。手を放すとくるんともとに戻る。

どうして手を払わない？　こんなにずうずうしいことをしているのだから、そうされて当然なのに。彼女はそうしなかった。まるでロスベリーをじっくり観察するように、目を細めている。

「さあ」ロスベリーはゆっくりと瞬きした。「寝室に戻ったほうがいい」

「わたしが考えていることが、おわかりになりますか？」突然彼女が尋ねた。

「なんだろう」ロスベリーはちょっと笑ってみせる。

「わたしたち、お互いが必要ですわ」

ロスベリーの笑顔が崩れた。瞬きするのがせいいっぱいだ。この会話がどんな展開になるのかわからなかったし、知りたいとも思わなかった。そうだ、ロザリンドがまた窓から何か投げる前に、ここを離れなければ。代わりにミス・グリーンに当たったりしたら、たいへんだ。

「起き上がるのに手を貸してくれますか？」こんなことを頼みたくなかったが、そうでもしなければ倒れるような気がした。

ああ、まったく。誰に向かって冗談を言っているんだ？　彼女の手の感触をもう一度味わうための口実でしかない。

「もちろんです」シャーロットは立ち上がり、手を差し延べた。

ロスベリーはその手を握り、転ばないように慎重に起き上がった。

立ち上がると頭上の枝に摑まった。頭の激しい痛みは最高潮に達するとだんだんにおさまり、鈍い痛みに落ち着いた。目を閉じ、しばらくして開くと、目の前にミス・グリーンが両手を揉み絞りながら立っていた。

「ほんとうに大丈夫ですか？」

「大丈夫なはずだ、大丈夫だ、おそらく」

「冷えますね。わたしのショールをお使いになりますか？」

やさしい申し出に笑みがこぼれそうになるのをしかめ面で隠し、頭を振った。

ミス・グリーンがちかづいてきて、ロスベリーの肩と髪から枯葉や泥を払ってくれる。爪先立ちになって、怪我の具合を調べる。彼女に見えやすいよう、ロスベリーは頭を下げた。

「血は出ていません。小さなこぶがあるだけ。ご自宅に戻って氷で冷やせば、腫れはすぐにひきますよ」

ロスベリーはうなずきながら、ほんの一瞬、ほかの誰かになった気分を味わった。品行方正な若いレディから、非難ではなく好意を寄せられるに値する誰かに。「わたしたちはお互いが必要だと、あなたは言いましたね？」好奇心に駆られた。

「そのとおりです。つまり、ロード・トリスタンに拒まれたわたしは、どうしたらふさわしい夫を見つけられるのか？　そして、自堕落な遊び人と思われているあなたが、どうしたらレディ・ロザリンドの心を勝ち取れるか。それが駄目なら、どうしたらふさわしい花嫁を娶ることができるか？」

「ふーむ。たしかに問題だ」年を追うごとに大きくなっている問題だ。間違った女の後を追って、舞踏会から舞踏会へとさまよい歩く運命なのかと、自分を呪いたくなる。ほんとうはとっくにふさわしい女を見つけているのに、彼女にはほかに好きな男がいて、こっちを見向きもしない。

それにしても、ロスベリーが彼女を必要とすると、どうしてミス・グリーンは考えたのか。もしかしたら、トリスタンが消え去ったいま……。

「ミス・グリーン、つまりわたしとあなたが結婚すればいいと、そう言いたいのですか？」

彼女はかわいらしい瞳をまん丸にして、笑い出した。「まあ、そんなこと、違いますわ」手をひらひらさせながら言う。「へんなことをおっしゃらないで」手を口にあてて笑いつづけている。大笑いというのではないが、いかにもあとから思い出し笑いをしそうだ。

それに、なにがへんなんだ？　結婚の申し込みを拒絶されることは見越していたが、彼と結婚することのどこがそんなにおかしいんだ？

「あなたとは結婚できませんわ……あなたみたいな方とは。わたしもときには感情に駆られて行動しますけれど、遊び人を本気で信じてはいけないと、しっかり学びましたから。あなたは誰もが認める一流の遊び人ですもの」

「それならどうして、わたしにはあなたが必要だと？」もはや苛立ちを隠すことなどできない。

ミス・グリーンは笑いをなんとか抑えた。「わたしが言っているのは、マイ・ロード、友情ですわ。お互いに意見を――」

「友情？」ロスベリーは自分の耳が信じられず、あっけにとられてその言葉を繰り返した。もしかしたらまだ意識が戻っていないのだろうか。彼女の言葉を正確に聞きとったとは思えない。

ミス・グリーンの笑顔は、自分のほうが賢いと思っている人のそれだ。「お聞きになったことのある言葉ですよね？」

ロスベリーは目を細め、おもしろいと思っていないことをわからせようと渋い表情をつくった。「もちろん。友人は大勢いる」

「女性の友人、もしくは知りあいのことを言ってるんですわ」

「だったら、女の友人も大勢いる」

ミス・グリーンは目をくるっと回した。「ええ、でも、ほんものの女性のお友だちはいらっしゃる？　親密な関係だったり、熱烈な恋人同士ではなかった女性。もっとはっきり言えば、あなたに肉体的不都合を起こさせない女性」

考えるまでもなかった。沈黙こそが答えだった。

「ほらね」ミス・グリーンは嬉しそうに言い、肩をすくめた。「あなたにはわたしが必要ですわ」

唇を動かしているつもりなのに、言葉が出てこなかった。ほっそりとしたこの娘は、本気で友人になろうと申し出ているのか？　なぜ？　彼と関わりをもつことは、勇気のいる冒険のはずだ。

ロスベリーは顎を撫でた。なんとまあ世間知らずな。

「ああ」ロスベリーは悲しげな笑顔を浮かべた。「あなたはいちばん大事な点を忘れている、ミス・グリーン」

「それは……？」

彼女は眉をひそめた。「それはどうして？」

「男と女は友人になれない。ありえないんだ」

ロスベリーは笑いを噛み殺した。彼女は実に騙《だま》しやすい。騙すつもりがあるならの話だが。彼女はすぐに真に受ける。これまでの人生、名誉を汚されたり金品を巻き上げられたり、駄馬を摑まされたりせずに、よく生きてこられたものだ。

皮肉な笑みを浮かべないよう咳払いをした。「なぜなら、いいですか、純真無垢《むく》なお嬢さん、欲望が邪魔をするからです。欲望がなにかは知っているね？」

ミス・グリーンは唇を結んでうなずいた。「もちろん」

「そうか、それは残念です。こと細かに説明してあげたものを。実例を挙げながら」

「欲望は罪です」

「そうだ、そのとおり。わたしが大好きなものだ」ロスベリーは淫らな笑みを浮かべたが、彼女は瞬きをしただけだ。

「つまり？」ミス・グリーンは動じた様子も見せず、先を急がせた。

ロスベリーはため息をついた。「それはだ、いずれどちらかが……相手に恋心を抱くようになる」その点において、ロスベリーはすでにリードを奪っていた。

ロスベリーを見つめる彼女の目が再び細くなった。なかば腹立たしく、なかば魅力的でもある、値踏みするような視線だ。「ご自分はとっても魅力的だと思ってらっしゃるのね？」

気のきいた皮肉でも言おうと、ロスベリーは口を開きかけたものの、彼女の前で醜態を演じたことを思い出し、代わりに笑った。「それは、むろん、いまのわたしは魅力的ではありません。だが、いつもは……」

「驚くほど謙虚な方なのですね」ミス・グリーンがそっけなく言い返す。

「どう考えるかはあなたの自由だ。しかし実際のところは、二人の行き着く先を知りたくて矢も盾も堪らなくなり――」

「以前にも試してみて、失敗したとおっしゃりたいのかしら？」

「それは違う。わたしが言いたいのは、友人とは、なると決めてなるものではない、ということです。二人ともよちよち歩きの赤ん坊ではないのですよ、ミス・グリーン。それに、男と女がただの友だちになることはできない。ありえないことです」口を挟もうとする彼女を黙らせようと、ロスベリーは手を上げた。「仮に友人になれたとしても、時がたつにつれて異性としての魅力に目が向き、恋愛感情が友情にとって代わる」ロスベリー自身についていえば、とっくにそうなっている。彼女と〝友人〟になれば、状況は悪くなるばかりだ。

「それなら、いちばん大事な点をお忘れなのはあなたですわ」

「それは……」

「相手がわたしでは、欲望など生まれません。耳元で約束をささやく男性がいたとしても、その方はつぎの息でべつの女性に結婚を申し込んでいますもの。それに」口を挟もうとしたロスベリーを遮るように、彼女は少し強い口調でつけ足した。「相手があなたなら、自分を抑えられるでしょうし。ですから、いろいろ考えて……」

「それならどうしてわざわざ？　そんな関係からあなたはなにを得られるのですか？」

「それはあなた次第ですわ、マイ・ロード」ミス・グリーンが手を差し出した。

彼女の優美な指先を見つめながら、ロスベリーの頭にはひねくれた考えがよぎった。この女の怒りを煽《あお》って、レディ・ロザリンドのように自分の頭上に物を投げつけさせるにはどうしたらよいだろう？　人懐っこい彼女の顔を見ていると、想像さえままならない。彼女は現実ではないんだ。ウィスキーの飲み過ぎと頭を強打したせいで、おかしな夢を見ているんだ。

手を伸ばして彼女の手に触れ、つかの間その指を包み込み、おもむろに掌をあわせて握手をした。

ロスベリーが手を離せないでいると、ミス・グリーンは結んだ手を心配そうにちらっと見た。

その手を口元にもってきて、甲にやさしくキスをする。

不思議なことに、真っ先に浮かんだのは誘惑ではなかった。彼女がなにを考えているのか、それを探り出すことばかり考えていた。なにか魂胆があるのだろうか？　トリスタンの親友だから、友だちになろうとしているのか？

「もう行かないと」ミス・グリーンの目に苦悩にも似たものが垣間見えた。彼に背中を向けて歩き出し、不意に止まってくるりと向きを変えた。「たぶん、七月のホーソーン家の仮装舞踏会でお会いできますね？」

ロスベリーは毎年招かれているのに一度も出席したことがない。オーブリー・パークはノーサンバーランド州にあるホーソーン家の地所にほど近いが、ロスベリーは用事にかこつけて断ってきた。出席することになんの意味もない。「三カ月も先のことなのに、出席するともう決めているのですか、ミス・グリーン？」

彼女は苦笑いを浮かべた。「毎年出席していますもの。いとこのリジーがうるさくせがむので。おまけに母は霊的なものが大好きで、あそこに行くと〝呪われた〟小道やら洞窟が近くにあるものですから。母は自分の小旅行にわたしを引っ張りまわすんです」

なんと言ったらいいかわからず、ロスベリーはうなずいた。友好的で下心のない会話を女と交わしたことなどなかった。考えてみれば不思議だが、ほんとうだ。いつも誉めそやし、巧みに誘導し、誘惑してきた。あるいは相手がそうするよう仕向けてきた。

「おやすみ」ロスベリーが声をかける。

「おやすみなさい」ミス・グリーンはほほえんで踵を返した。「ご存知ですか？」肩越しに言い添える。「あなたみたいな男の方と、口をきいてはいけないことになっているんです」

「会話が許されていない人間と友だちになるのは、いささか難しいようだ」ロスベリーがつぶやいた時には、彼女はすでに去った後だった。遠ざかる後姿を眺めながら、ロスベリーの罪深い意識が小ぶりで気持ちのよさそうな丸い尻に向いた。くねくね揺れるのはどう考えてもわざとではないが、実に魅力的だ。

姿を現しても安全だと判断したのか、ロスベリーの種馬、ペトルーキオ（シェイクスピア作『じゃじゃ馬ならし』に登場する快男児の名前）が隠れ場所から出てきた。鼻面でロスベリーの背中を突いて集中の邪魔をする。

「そうせかすな」ロスベリーは愛馬に向かってつぶやいた。「女のことになると、わたしは蝶のように気まぐれになる」

鞍の前橋《ぜんきょう》を摑んでひらりとまたがると、急な動きのせいで一瞬めまいがした。それを封じこめて速歩《トロット》で馬を駆る。

頭上の窓とその住人のことはすっかり忘れ、帰りの道はずっとミス・グリーンのことを考えていた。どこまでも純真で、どこまでも理解しがたい提案のことばかりを。

こんな馬鹿げたことを、彼女がすっかり忘れてしまってくれることを願った。ロスベリーと関わりになることの愚かさを、彼女だって気づいているはずだ。しかしその一方で、没交渉よりは、友だちになれたほうがましだと考えている自分もいる。

それに、ついにやにやしたくなる自分もいた。

嘲笑が口元に浮かぶ。そんな考えを心の奥に押し戻す。ミス・グリーンは純真だ。風変わりだが、とにかく純真だ。彼女みたいな女は自分のような男と関わりあいになるものではない。

ほんの一ブロック離れたタウンハウスに帰り着くと、ロスベリーは書斎で寛《くつろ》ぎながら、家政婦が用意したえらくまずい飲み物を飲んだ。頭をすっきりさせてくれると、家政婦は請け合った。

足元では愛犬のウルフハウンドが寝息をたてている。肘先には手紙を載せたトレイがあって、ロスベリーが目をとおすのを待っている――一通は伯爵未亡人である祖母からのものだと気づき、うなった。

親愛なる祖母はだんだんもの忘れがひどくなり、手紙の内容にはいつも驚かされる。ロスベリーを憶えていることもあれば、誰だかわからない時もある。午後は毎日、ナポレオンやミセス・ネズビットという名の巨大なおしゃべり兎とお茶をすると書いてよこすこともある。あれやこれやで、彼女のことを注意深く見守る必要があった。罪のない奇行はいいとしても、ロスベリーがすぐに結婚しなければ、伯爵領の一部を売り払うと脅すのは困る。

幸いなことに、オーブリー・パークと馬の繁殖施設以外は被相続人を直系卑属のみに限定する不動産だし、これまでのところ、その残りふたつも売ると脅されたことはなかった。

ロスベリーは椅子の背にもたれて目を閉じた。静寂と空虚を楽しんだことはなかった。ずっと昔の忘れたい出来事を思い出すからだ。

幸いなことに、暗い記憶を辿る最中に、淡いブロンドのカールと内気な笑みがひょいと現れた。一人のときはいつもそうだ。

片目を開けて手紙の束をちらっと見ると、他より目立つものが一通ある。それを引き抜いて裏に返した。ホーソーン侯爵の封印がある。

年に一度の仮装舞踏会だ。適齢期の息子をもつホーソーン家は、社交シーズンの間もめったにロンドンに出てこない。未婚女性のいる家がこの舞踏会を逃すわけがない。たとえ社交シーズンの最中に、荷物を詰めて一週間もロンドンを離れなければならなくても。

そろそろ出席してもいいか、とロスベリーは自分に言い聞かせた。ホーソーン家は長年、ロスベリー家、とりわけ母や祖母と親しくしてきた。そんなことを考えながら、足元に寝そべる犬の頭をやさしく叩く。

そう考えれば、あの若いレディに会うためだけに出席することにはならない。魅力的なサファイア色の瞳で人を質問攻めにする女。そしていまや、ロスベリーの友人になるという馬鹿げた幻想に酔いしれている女。

4

〝紳士たるもの友人を大切にしなければならない。いきなり押しかけてくる友人であっても〟

三カ月後

ロスベリー伯爵は、裸で寝る。

だから、寝室の窓を囲むバラの格子垣《トレリス》を、紛れもなく人がよじ登る音で目覚めたとき、彼がうろたえたのも無理はない。

くそっ。しかも、おかしくも好色な夢を見ていたところだった。〝おかしい〟というのは、羊飼いの女に心ひそかに惹かれるとは思ってもいなかったからで、〝好色〟とは、羊飼いの女から手を離すことができなかったからだ。顔は見えなかったが、きわめて官能的な女で、先っぽがバラ色の乳房がボディスからはみ出していた。そこに顔をちかづけ……

ギシギシいう音につづいて細い枝がポキンと折れる音がして、まどろみからいきなり引き出された。

起き上がって肘を突き、片目を開いたそのとき、ひだ飾りつきのパラソルが窓敷居を越え、コトンと床に落ちた。

いったい何事だ？

ロンドンの泥棒や殺人鬼やあぶれ者は、いったいいつから拳銃と棍棒の代わりに派手なパラソルを用いるようになったんだ？

頭をすっきりさせようと振ってみる。ユニークな武器の選び方はべつにして、押し入ろうとしている曲者に打ち勝つ手段を、早急に講じる必要がある。だが、時間はないし、一夜分の無精ひげを誇示しつつベッドから飛び出しても、侵入者が怯むとは思えない。

それでも、寝ぼけ眼でふと思いつき、にやりとした。世の羨望《せんぼう》の的のアラブ種牝馬で溢れる厩舎をくれてやると言えば、あるいは相手は畏れ入るかもしれない。

そのとき、開け放した窓のあたりから、あきらかに女のやさしいうなり声が何度か聞こえた。彼のにやにや笑いが砕け散る。

「おや、おや」彼はつぶやき、マットレスにドサッと倒れた。「またしつこい女か？」つくづくもううんざりだ。

その昔、ロスベリーの崇拝者たちは、彼と距離を置いていた。シルクの扇の陰からうっとり眺めるとか、舞踏会ですれちがいざまに目配せするとか……ディナーテーブルの下でこっそり彼の腿を摑むとか、その程度だった。

経験を積むにつれ、自分の好みにあう美女だけを選び、彼がなによりも価値をおく場所へと誘い込むすべに長けてきた――そう、ベッドの中。彼の美貌と金があれば、成し遂げるのに難しい目標ではない。

だが、今シーズンはすべてが変わってしまった。

女たちが群れをなして押し寄せてくる。彼が放蕩生活に終止符を打ち、妻を娶ることにしたと、ゴシップ紙がすっぱ抜いたせいだ。

くだらない記事だが、彼の尻に厚切りのステーキを括《くく》り付け、結婚しか目に入らない雌犬たちを解き放ったも同然だ。

だが、類は友を呼ぶというか、放蕩者には奔放な女が集まるというか、彼女たちはロスベリーの屋敷に押し入るのになんのためらいもなかった。

なにやらゴソゴソ音がして、壁にぶつかる音がつづいた。壁をよじ登ろうとしている人間は、かなり苦戦しているようだ。

「こんな時間に、いったい何者だ？」彼はつぶやき、目にかかる前髪を払った。大胆な恋人の一人が、もう一度彼のベッドに潜り込むため必死になっているのか？

うんざりする。あるいは頭の空っぽな娘が、彼を引くに引けない状況に追い込み、父親に彼が撃ち殺される前に、その口からプロポーズの言葉を引き出そうという魂胆でやって来たのだろうか。

どっちにしても、女を叩き出す不快感に耐えなければならない。女のそういう必死さに応えるつもりはないのだから。まあ、かつてはあったが、馬鹿な行動は慎まないといけない。

青白い月明かりが床に細長い影を落とし、やさしい南風が薄布のカーテンを躍らせる。眠るのにもってこいの心地よい晩だ。動いたせいなのだろう、小さな喘《あえ》ぎ声がしだいにちかづいてきて、女がついにてっぺんに到達した。

苛立ちと不安が妙な具合に交じり合った気分のまま眺めていると、手袋をはめた手が窓敷居を摑んだ。闖入《ちんにゅう》者の正体はじきにわかるだろう。

レースのフリルがついた帽子のつばが現れた。つまり若い女だが、月明かりを背中に受けているので顔は陰になっていた。うんうん言いながら両腕を伸ばし、上体を窓敷居の上まであげようとしている。

片脚を振りあげて窓敷居をまたぎ越そうとしたとたん、ビリビリと音がした。ガウンの裾のひだ飾りがバラの棘に引っ掛かったのだろう。彼女は悪態をつき、一秒後に文字どおり部屋に落っこちた。

「ううう っ！」

こちらの存在を知らしめるのは、彼女が起き上がってからにしようと待っているのだが、彼女は床に寝転がって天井を眺めることに満足しきっているようだ。

視線が胸に向かうのは自然のなりゆきだ。よじ登った疲れでさかんに上下している。

ロスベリーは起き上がり、両脚をベッドから出した。薄いシーツが腰まで滑り落ちたが、無視することにした。体を見おろし、裸であることについて考察する。レディの前であるから、慎しみとしてブリーチかなにか身につけるべきだろう。でも、やめにした。あいにくふんだんに持ってはいない。慎みのほうは。ブリーチではなく。

しばらくすると、娘はささやかな休息を終えて立ち上がろうとし、窓敷居をまたぎ越したとき足に引っ掛かって裂けた裾につまずいた。窓から身を乗り出して下を覗き、下にいる誰かに小さく手を振る。

ロスベリーは重心を移動しながら窓に目をやった。娘の父親と教区牧師が、下の茂みで待ちかまえているのだろうか。

娘は振り返ると、暗闇で人を探すように首を傾げた。震えているのが息遣いからわかる。肌に息が吹きかかるのが感じ取れる気がした。

ゆっくりと忍び足で二歩、こちらにやってきた。

「わたしを探しているのですか？」

「まあ！」娘は飛びのき、窓から落っこちそうになった。

腰を浮かせたのでシーツが膝まで滑り落ちた。

「大丈夫です」娘が安心させるように片手をあげた。もう一方の手で窓枠に摑まっている。

「あなたにびっくりしただけですから」

「わたしにびっくりした？」

「ええ」彼女は窓枠を押して離れ、スカートについた葉や花びらを払い落とし、手袋を脱いで小さな指先を調べた。そこになにを発見したのかわからないが、肩をすくめて検分を終わらせ、首を傾げた。暗闇の中で彼の居所を探っているのだ。「どこにいらっしゃるんですか？」

「ああ、ここです」彼はこともなげに言った。屋敷に闖入者を迎えるのは日常茶飯事だと言いたげに。「ベッドの上」

「なんですって？」彼女は叫んだ。「あなたのベッドの上？」

「そのとおり」

「どうしてそんなことが？」

「それは、ここがわたしの寝室であり、寝室には、おかしなものだがベッドがつきものだ。そこまでショックを受ける理由が、わたしにはわかりかねる」

「そんな、ご冗談でしょう」彼女は小さく笑った。彼がからかっていることを願っているようだが、疑念もそこにはあった。「冗談はそれぐらいにしていただけません？」

彼は腕を組んだ。「だったらお尋ねするが」彼は慎重に尋ねた。「あなたはどこにいるつもりなんですか？」

「あなたの書斎ですわ、もちろん」

「もちろん」彼はうんざりと鸚鵡《おうむ》返しに言った。ベツレヘム精神病院から患者が逃げ出したという話は聞いていないが、うっかり聞き逃したのかもしれない。

「さあ」彼女が無愛想な子守女の取り澄ました口調で言った。「準備はできてますか？」首を傾げ、もう一度彼の居所を探している。「善は急げと言いますでしょう。わたしはどこに腰掛ければよろしいですか？」

「ここには椅子なんてありませんよ」

「どうしてないんですか？」

「理由は簡単」彼は言葉を強調して言った。「あなたがいるのはわたしの寝室だからです。もっとも、わたしのベッドに飛び込みたいならべつですが……それとも、わたしの腕に抱かれたいのなら。その場合、べつの日にしてもらえれば、喜んでお泊めしますよ。ただし……」いたずら心を起こして、顎の無精ひげを掻きむしる。「……あなたがその気にさせてくれるのなら、それも一興」

彼女のささやき声はほとんど喘ぎにちかかった。「わた、わたし、あなたの寝室にいるんですか？」聞き覚えのあるその声に、彼の心が疼いた。

今度はゆっくりと言った。「これで三度目になるが、そうです」まさか闖入者があの人のはずない……。

彼女は屈んでパラソルを拾った。武器として使うつもりなのはあきらかだ。上体を起こしたとき、顔のあたりでキラリと光るものがあり、眼鏡をかけているのだとわかった。

彼は目を細めた。知り合いの娘たちの中で、この手のほっそりとした体で眼鏡をかけているのはただ一人。だが、シャーロットは呆れるほど内気だ。独身男のタウンハウスに襲撃を仕掛け、寝室に侵入してくるわけがない。シャーロットのはずはない。眠気で頭がぼんやりしているせいだ。

　彼女はボディスに手を突っ込み、くしゃくしゃの紙を取り出して月明かりにかざした。「だったら、この見取り図は間違いだらけなんだわ」地団太を踏む。

「あなたが言い出したことだからお尋ねするが、誰の寝室にいるかわかっているのですか？」

「もちろんですわ」彼女はこっちに目を凝らし、腕をひらひらさせた。「見ず知らずの殿方の部屋に、わたしが勝手に忍び込むとお思いですか？」

「その質問にはどう答えればいいのか、わかりかねます」いったいどうなってるんだ？　これは夢のつづきか？　彼は咳払いした。「だが、ひとつだけわかっていることがある」

「なんですの？」

「夜の夜中に、わたしのタウンハウスにあなたが忍び込んでくるとは、思ってもいなかった」

　彼女は肩をすくめた。「人のタウンハウスに忍び込むなら、夜がいちばんなんじゃありません？」

　たしかにいいところを突いている。

「それに」彼女の言い方は、円盤形のチーズほどの知能もない人間を相手にするときのそれだ。「玄関のドアをドンドン叩いて、まわりに住む人たち全員を起こすわけにはいきませんもの」

「ええ、そりゃまずいです」

「ロスベリー、ご気分でも悪いんですか？　しゃべり方にまるで元気がないのはどうしてですか？　あなたの寝室に忍び込んだことは後悔しています――ほんとうに間違えたんです――でも、わたしが来ることはご存じだったはずでしょう」

「わたしが？」

「ええ、もちろんあなたが。急な話ですもの、わたしたちがこっそり会うには、あなたのタウンハウスしかありません。わたしが出席する催しに、あなたはめったに顔を出されないし。共通の友人はいませんものね」

「まったく無謀にもほどがある。いいですか、あなたがここに見えられることを、わたしはまったく知らなかった」

彼女の口がわずかに開いた。「つまり、あなたは知らないとおっしゃりたい……」言葉が尻つぼみになり、彼女の背筋が伸びた。憤慨しているとしか思えない。「なんて厚かましい！　わたしをずっと無視していらしたの？」

「かもしれない」彼は肩をすくめて認めた。「始終無視していますからね、大勢の女を。そうせざるをえないのです。全員に注意を向けていたのでは、時間がいくらあっても足りない」

彼女が窓辺を行ったり来たりしはじめた。しきりとなにかつぶやいているが、ロスベリーにはほんの数語しか聞き取れなかった。〝傲慢〟と〝頑固〟それに〝お調子者〟。

「ちょっと待って」彼女が言い、彼の前で立ちどまったが、まだ距離があるから彼の姿を完全に見ることはできない。「わたしの手紙は受け取られたのでしょう？」

手紙……手紙。脳味噌がフル回転をはじめた。女からの手紙はしょっちゅう受け取っている。そして、弁護士に命じて大半を捨てさせている。

彼女が苛立たしげにため息をついた。「あなたに送った手紙ですわ。こっそりお会いしたいと――今夜――告げた手紙。急用なのですもの」

「もう一度言う」忍耐も限界にきていた。「そういう手紙はしょっちゅう受け取っている」

「考えてみてください、ロスベリー」

彼に考えられるのは、自分がベッドに裸でいることと、この部屋に二人きりだということだけだ。彼女が自分の貞操はどうなってもいいと思っているのはたしかだ。だとすると、夜中に寝室に忍び込んできた理由はふたつ。彼を恋人とみなしていて、密会をお膳立てしたかった。あるいは、彼を罠にかけて結婚までもっていきたかった。おそらく両方ともだ。だが、結果は彼を怒らせただけだった。そのことに彼は当惑し、警戒心を抱いた。

ため息をつき、乱れた髪を指で梳いた。「きみの望みはなんなのかを言って、さっさと帰ってくれませんか、ミス」

「ミス？　いつからわたしを〝ミス〟って呼ぶようになったのですか？」

完全にお手上げだ。ゆっくりと頭を振るしかない。

「わたしですわ」彼の琴線に触れる、例のいじらしい口調で彼女が言った。「シャーロット」

わかった。夢ではない。まさに悪夢だ。

彼はぽかんと口を開けた。やっぱり夢を見ているのかもしれない。目の前に立っているのが誰だかわかり、驚愕《きょうがく》に胸を強打された気分だ。

彼女が月明かりの射す場所に動いたので、頬の丸みや優雅な首の線や、帽子のリボンに絡まる淡い色の巻き毛が照らし出された。

シャーロット。内気で物静かで、いたってまともな娘――だが今夜だけは例外だ。なにが彼女を決死の壁よじ登りに駆り立てたのか、原因をつきとめなければ。なんといっても二人は友だちだ。彼女はそう主張している。まったくの一人よがりだが。

彼が調子を合わせたせいで、友だちになることを望んでいるし、楽しいことなのだと、彼女は思い込んでしまった。

シャーロットに言わせると、二人の友情が生まれたのは花嫁選びの舞踏会の晩だそうだ。あの場にいた紳士の誰からもダンスを申し込まれなかった屈辱から、あなたが救ってくれた、と言い張り、彼のことを〝しぶしぶヒーロー〟と呼んだ。それは事実ではない。

だが、彼女の言いたいままにさせ、あの晩のことを、彼女が面白おかしく語るのを聞いて、笑いさえした。

シャーロットは愛らしい女だ。衝動的だが、それとおなじぐらい愛らしい。彼の最低の姿を、彼女は見ている。まあ、最低というのはおおげさだが、事実は変わらない――それでも彼女は手を差し伸べてくれた。彼のような男にとっては驚くべきことだ。あの晩、ロザリンドの部屋の窓の下で、頭を強打したうえに酔っ払っていたのだから、シャーロットが介抱してくれなかったら、死んでいたかもしれない。

彼女を求めているが、けっして一線は越えないと心ひそかに誓った。そんな危険な綱渡りをするうえで、とても役に立つ事実が三つある。

ひとつ目。彼と結婚するなんてことはぜったいにありえない、と彼女は思っている。

ふたつ目。彼女はいまもトリスタンに思いを寄せているらしい。

三つ目。彼女はロスベリーを、最新の事業、つまり〝友人計画〟に〝採用〟した。

まったく、なんて忌々しい言葉だ。〝友人〟。

〝友人計画〟を内密に行わねばならないとは、シャーロットも気の毒だ。母親はたいていそうだろうが、彼女の母親も彼を札付きの悪党とみなし、娘に、彼と話すことも、そばに近寄ることも禁じていた。そのため、社交行事で公園やほかの場所に出かけるときに、〝ばったり〟出会うよう事前に打ち合わせをしておかなければならない。

考えてみれば奇妙な関係だ。それに、奇妙な取り合わせだ。肩に垂れる黄褐色の髪が目に入ったので、そこから連想が生まれた。二人はまるでライオンとネズミだ。

まったく馬鹿げている。ついに完全に頭がおかしくなってしまったようだ。

「シャーロット」彼はつぶやき、こめかみを揉んだ。「きみがわたしの屋敷に、それも寝室にいるなんて、とても信じられない」

「だったら、わたしを誰だと思ってらしたの？」からかうように頭を振り、見取り図をひげ剃り用テーブルに置いた――だが、パラソルは持ったままだ。「今夜、ほかに誰かが来ることなっていたのですか?」

「大勢の女たちがね」

腕を胸の前でしっかり組んだところを見ると、その返事が彼女には気に入らなかったようだ。腕を組むのは守りの仕草。そして、彼はボディランゲージを読むことに長けている。とくに彼女のボディランゲージを。

窓にちらっと目をやる。「きみは勇敢な人だな。それに敏捷だ」あくびをして、両腕を頭の上に伸ばした。「前にここをよじ登ろうとした女は、ドレスのレースがバラの蔓に絡まって身動きがとれなくなった。かわいそうに。さかさにぶらさがったまま、明け方まで発見されなかったのだから」そのとき、彼は留守にしていたが、庭師が言うには、蔓を切って彼女を助けおろしたところ、誰にも言わないでくれと心付けをはずんだそうだ。

「ずうずうしいお話、ありがとうございます」

「きみを喜ばせられるのなら」頭のてっぺんの髪を手で撫で付けた。

「あなたって」彼女が辛辣に言う。「恥知らずの浮気者ですね」

目に垂れる前髪の下から、彼女をじっと見つめた。「いつもながら、きみの非難にはむっとさせられる。わたしの人格に泥を塗るのもいいかげんにしたまえ」

「お行儀よくするはずでしょう」

「しているとも」むっとしたふりで言う。「だが、あきらかにきみはしていない」

「冗談はそれぐらいに」

「冗談なんかじゃない。悪党とは関わりにならないと言っておきながら、きみのやっていることはいったいなんなんだ」

「馬鹿を言わないで。あなたのせいではありませんか」彼女の足が苛立たしげにトントンと床を蹴る。「冗談ではなく、わたしたち、目下の問題に目を向けるべきですわ……でも、わたしがなぜここにいるのか、おわかりではないようだけれど」

「つまりこういうことかな。きみは突然の啓示を受けた。そう、そうにちがいない。ほら……もう何カ月ものあいだ、きみは完璧な紳士を探しつづけたが、それればかりでは息が詰まるから悪い男も試してみようと思った。それで、手はじめはわたし」そこで膝を叩いた。暗いから彼女に見えはしない。「きみがほかの男に目移りしないよう、せいぜい努力するつもりだ」

彼女は深く息を吸い込み、反撃に出る構えだ。「彼女はあなたの訪問を受け入れましたか？」シャーロットが話題にしたのはロザリンドのことだ。言い寄ろうとしたが、きみのように評判の悪い男に妹のまわりをうろうろされては困る、と彼女の兄に釘を刺され、それでもめげずにこの一週間、ロスベリーは彼女の召使に名刺を渡してきた。シャーロットはそう思っているが、一枚も渡してはいない。

「いや」ロスベリーは言い、シャーロットをじっと見つめた。

ロザリンドを追いかけているふりをしているのは、シャーロットのそばにいたいからだとわかったら、彼女はどうするだろう？　なんて言うだろう？　彼女はロスベリーの結婚を事業だと思っており、おかげで埋もれていた自信を見つけ出した。彼女自身もあるとは思っていなかった自信を。それがかがり火のようにロスベリーを惹きつける。目印はもう充分にあるのに。

彼女は協力しているつもりでも、実際には時間を無駄にしているだけだ。シャーロットのそばにいたいがために、ロザリンドにいまも夢中なふりをするのはいささか後ろ暗いが、そうせざるをえなかった。もっとも、後ろ暗いことは彼の得意技だ。

「心配なさらないで」彼女がつぶやいた。「ほかに考えがありますから」

「わたしは心配していない」彼は肩をすくめた。

だが、シャーロットはしている。

ウォルヴェレスト公爵のタウンハウスの庭であの日、彼女に警告したはずだ。女と男は友だちにはなれない。いつの日かかならず、どちらかが相手に恋心を抱くから。むろん、彼は除いて。すでに抱いているのだから。

だが、二人の関係からは友情しか生まれないことを、彼は知っていた。それ以上にはならない。きっと彼の恋心も消え去るだろう……いずれは。それまで身を慎もう。それがどんなに辛くても。

そんなふうに彼が口を酸っぱくして言っても、シャーロットは信じようとせず、自分は友だちになれると言い張った。それを信じられたら。彼に寄せる信頼は、まったくの的外れとはいえ、揺るがなかった。

今夜、彼女が一線を越えた。暗黙のきまりを破り、真夜中に彼の寝室にやってきた。「これだけは言っておく」きつい言い方になっていた。「今夜のきみの行動には、正直驚かされた」

面倒なことになる前に、彼女を正道に戻さなければならない。想像の世界に慰めを求めるだけでいつまで我慢できるかわからない……自分を否定すればするほど、想像の世界は現実的なものになってゆく。

たとえば彼女がおかしな帽子について、たわいのないおしゃべりをするとする。そのままではみっともないから、改良を加えて見栄えをよくするとかなんとか、女がやりそうなことをぺちゃくちゃしゃべる。すると、自分の膝に乗る彼女の姿を想像してしまう。むろん眼鏡をかけていて……それに靴下、それ以外はなにもつけていない。

くそっ。どうしていつも、淫らなほうへ向かっていくんだ？　自分の節操のなさにはほとほと愛想が尽きる。考えることは家畜とおなじではないか。

彼の堕落した頭の中にどんな淫らな空想が渦巻いているか、彼女はまったく知らない。それはいいことだ。ひじょうにいいことだ。もし彼女が知ったら、とたんに彼の人生から消えてしまうだろう。

暴走する想像を締め出そうと目を閉じた。「訊きたいことがある……きみは内気で知られている。男の前ではしどろもどろになるか、ひと言も口をきけないかどちらかだ。だが、わたしと一緒だとまったくそういうことはない。どうしてだ？」

答はわかっていたが、それでも尋ねた。彼に対してロマンティックな関心はまるっきり抱いていない、それが答だ。

彼女はその質問に驚いたようだが、すぐに落ち着きを取り戻した。「それは、たぶん、あなたといると安心できるからですわ。馬鹿げた話に聞こえるのはわかっています。だって、あなたは放蕩者の長い系譜に連なるお一人ですもの。でも、あなたがほかの人に思いを寄せていることを知っています。長いあいだずっと。レディ・ロザリンドの前にも、わたしの友人のマデリンに、妻になってくれと頼んだ。それとも愛人だったかしら？　よく憶えていませんが」彼女は頭を振った。「どちらかだったわ。あなたは率直な方です。もしわたしに気があるのなら、ずっと昔に気づいたはずです。どこかの庭で襲いかかれていたはず」そこで小さく掠《かす》れた笑い声をあげた。

自分がどれほど挑発的か、彼女はまるでわかっていない。それに、彼女はロスベリーのことをまったく誤解している。

「想像できます？」彼女が笑いながら尋ねた。「あなたとわたしが？　庭で……情熱的に……抱き合う姿を？」言葉がゆっくりになり、彼女は真顔になった。想像を巡らせているのか？

むろん想像できるとも。事実してきた。繰り返し。

「ここにおいで」胸の思いを実行に移すためというより、彼女がどうするか見たかった。彼女は少しためらい、小さく一歩ちかづいてきた。

なぜだかわからないが、その仕草に彼は歯軋りしたくなった。気持ちを弄ばれて平気な男ではないと、彼女に何度言ったらわかるんだ？　あなたにもよいところがある、と彼女は頑固に言い張るが、けっしてそうではないと、何度言ったらわかるんだ？　酔っ払って醜態を曝《さら》すのを一度目にしただけで、害のない男だと思っているのか？

ロスベリーがどれほど堕落しているか、知らないのか？　これまでにした悪行の数々を、耳にしているのではないのか？　どうして助けにきた？　ほかの女なら、なにも見なかったふりをして背を向けていただろうに。それに、どうしてまだここにいる？　彼女にとってななにがいいことか、本人はわかっていただろうに。それに、どうしてまだここにいる？　彼女にとって付き合っても碌《ろく》なことにならない。

真夜中に部屋を訪ねるような愚かな真似を、彼女がするとは考えてもみなかった。友人であろうとなかろうと。こんなに慌てて話さなければいけない重大なこととは、いったいなんだ？　そうやって彼を誘惑していることに、気づいているのか？　公園やヴォクソールで偶然のふりをして会ったり、コーヒーショップの隣り合ったテーブルで人目を欺くためわざと背中合わせに座ったりするのと、自分の部屋にシャーロットを迎え入れるのとでは、意味合いがまったくちがう。

シーツを片手で摑んで立ち上がった。男の自制心を見くびるのがどんなに愚かか、教えてやるつもりだった。そう、彼におよぼす影響力を見くびってはいけないことを。なんといっても彼はただの男だ。そして、彼女は麗しい女。基本的な判断力がいちじるしく欠如しているとはいえ。

裸であることも、体中が熱く張り詰めていることも無視して、彼女に向かっていった。彼女には、後退する以外に道はない……あるいは、彼に襲いかかられる以外に。

5

〝紳士の服は、体にぴたりと合う精巧な仕立てでなければならないが、素材は目立たぬものを選ぶこと〟

シャーロットは無邪気な笑みを顔に貼りつけたまま、必死に冷静で落ち着いたふりをしていた。表向きは。内心では、いつでも駆け出せるよう身構えていた。

彼女には中間がない。恥ずかしくて声も出せないほどになるか、慌ててとんでもないことをしてしまい、身動きがとれなくなるかのどちらかだった。

「ロスベリー?」

彼の裸の胸を見ないように必死だった。きまりが悪くて頬が真っ赤になる。ここに来ることを彼は知っていると思っていた。それに、彼の寝室に忍び込むつもりはなかった。見取り図によれば、彼の書斎に入るはずだった。ネリーが方向を逆にしたにちがいない。

でも、いまさら引き下がれない。以前のシャーロットなら彼をひと目見たとたん、いちばんちかい出口に走っていただろう。

興奮と自暴自棄に動かされてきたのだと思う。今夜のシャーロットはと言えば、まさに自暴自棄だった。

ロスベリーの琥珀色の目が月明かりに煌いた。暗闇が頬の火照りを隠してくれることを、神に感謝するのはこれで何度目だろう。わざとなのかどうか、彼の視線はつねに挑戦的で誘惑的だから、無意味なおしゃべりで対抗するしかなかった。彼の〝見た目〟(彼女は好んでそう呼んでいる)は言うまでもなく。目にするたび、全身の骨が日向に出しっぱなしにされたバターみたいになる。

でもいま、彼の美しい顔をよぎるのは疑いだった。「用があるなら言ってくれ、シャーロット。それも急いで」彼がもう一歩ちかづいてきた。

彼女は足を後ろに滑らせ、裂けた裾を踏んだので、ドレスの背中が引っ張られた。

「今夜ここに伺ったのは、あなたの協力を求めるためです」彼のそばにいるので、肌が燃えるようだ。眼鏡のレンズが曇るのではないかなんて、馬鹿な考えが頭をよぎった。彼の影響力にはとても逆らえない。「なにをなさるおつもり、ロスベリー? ちかづきすぎではありません?」

「どうかしたのか、シャーロット?」からかうような口調だ。「今夜、ここに来たことを後悔しているのか?」

「まさか、そんなこと。わたしたちは友だちです。おたがいにロマンティックな関心は抱いていないはずです」これまで幾度となく会っているのに……何事も起きなかった。彼のことは社交界にデビューしたときから知っていた。この三カ月は友人として付き合ってきて、誘惑するそぶりを見せられたことは一度もなかった。彼がどんなふうに動くか知っている。なにかを――誰かを――欲しいとなると、ためらうことなく、ヘビのように襲いかかる男だ。

「それに、あなたがわたしの手紙に返事をくださるのを頑《かたく》なに拒むものだから、会って話をするしかなかったのですわ。あなたもご存じでしょ。レディたるもの、一人で殿方をお訪ねしてはならない。昼だろうと夜だろうと」

「自分の評判はどうなってもいいと？」

「だから、夜にお訪ねすることにしたんですわ。誰にも見られずに来て帰れますもの」それに、グリーン家の屋敷は角を曲がったところだ。彼女が今夜ここに来るのに、海軍大佐並みに細かな作戦を立てる必要はない。貸し馬車を頼む必要すらないのだ。

「目が覚めてきみがいないことがわかったら、ご両親はどうされる？」

「歳のいった両親をもつ利点はそこです。二人ともぐっすりとよく眠ります」

「身の安全は考えなかった？」彼は空いているほうの手を伸ばし、帽子のリボンに絡まった巻き毛を解こうとした。

彼女がその手を払う。「もちろん考えましたわ」そうつぶやき、開いた窓を顎でしゃくった。「お供を連れてきました、ネ――……あ、ええと、ジョージを」

「それで、彼は……」

「いちばん腕っ節が強い召使です」

彼が窓のほうへ視線を移した。それでほっとした。ロスベリーの凝視を一身に浴びるのはしんどい。それに、彼がシーツ一枚しか身にまとっていないことに、不意に気づいて仰天していたのだから。その姿で、彼はじわりじわりとちかづいてきていた。シーツの下はどんなかしらとあらぬ想像をしないよう、ほかのことを考えなければ。庭いじり。そう、庭いじりは楽しい。芍薬《しゃくやく》にドイツ鈴蘭《すずらん》、菊……。

「シャーロット」彼が言い、視線を彼女に戻した。「きみがあそこに待たせているのは、召使のお仕着せを着た台所付きメイドではないか」

彼女は目をぱちくりさせ、一瞬言葉を失った。「あなたの目はまるで鷹の目ですね」驚きつつ、認めた。

「よく言われる」

「あなたはどう思うか知らないけれど、ネリーはとても頼りになります」彼がもう一歩ちかづいてきた。あたたかくて清潔で、かすかにブランデーの匂いがする。体がぐるぐる回転しながらさがっていく感じ。もう一歩、足を後ろにずらしたが、踵が壁に当たってコツンといった。「かの――彼女は男と互角に戦えます。男より強いくらい」思わず口走り、彼がもの問いたげに片方の眉を吊り上げたので、馬鹿みたいにうなずいた。

「ほんとうですわ」うなずきながら、つづけた。「以前に、泥棒が台所のドアから押し入ろうとしたことがあって。泥棒が入ってくるのを、彼女は暗がりで待ちかまえていて、牛の腿肉で思いきり頭を殴ったんです。泥棒をその場でのしたんですよ。たいしたものでしょう？」ああ、くだらないおしゃべりをやめることができたら。

「だが、きみのネリーはずっと下のほうにいる」彼は和やかに指摘し、視線をちょっと下にさげ、赤くなったシャーロットの全身をざっと眺め回した。「ここで、わたしと、よからぬことが起きたら……どうなるかな？」

彼と気もちのうえで張り合いたかった。彼が付き合ってきた女性たちとはちがって、彼がそばにいても、いたって冷静でいられるところを見せたかった。それに、彼はからかっているだけ。それがちょっと気に障る。でも、そのおかげで強くなれた。

ぎくしゃくせずに動けると思ったので、視線をさげてみる。目に飛び込んできたのは、彼の日焼けした大きな拳、贅肉が削ぎ落とされたウェストのあたりで、その拳がシーツをぎゅっと摑んでいる。顔がしつこく火照ったままなので、視線を拳から引き剝がし、彫りの深い美しい顔へと戻した。

「自分をどうやって守るつもりだ？」彼が尋ねた。その笑みが、きみの考えていることはお見通しだ、と言っている。

「あなたの淫らな口説きに対して、身を守る必要が生じた場合にはパラソルを使います」そう言って肩をすくめる。内心の不安を隠す冷静な口調を誇らしく思った。「もっとも、あなたといても、まったく安全ですわ。わたしは、その……妹みたいな存在らしいから」

「わたしに妹はいない」彼が身を乗り出し、彼女の背後の壁に片手を突いた。

「ああ、だから、もしいたらってこと」彼女はうなずいて言った。彼の胸を手で押す。びくとも動かない。

「そういうことはすべて忘れないか？　それよりも、わたしが正しいことを証明したい。しばらくのあいだでいいから、きみに魅力を感じているふりをしよう。いまこの瞬間、きみの貞操は危機に瀕しているふりをしよう」

「無理だわ」彼女はふふんと笑った。

彼の熱い視線がおりてきて、あたたかな裸の胸に置かれた彼女の手を見つめる。視線が彼女の顔へとあがってくる。その目には、理解しがたい感情が渦巻いていた。「きみが欲しい」そう言って、ごくりと唾を呑み込む。「きみがそばにいると、その香りが、その声が、わたしの魂に沁み込む」

「あら、まあ」彼女はくすくす笑った。「お上手なのね。本気で信じているように聞こえますわ」

「信じている」

ため息が出た。罪深いほど魅力的で、人を手玉に取る悪党に言い寄られることより困ることはただひとつ。そういう悪党と友だちでいること。「やめて、ロスベリー。ちっともおもしろくありませんわ」

頬が火照るのを感じて視線をさげ、ぎょっとした。彼の胸に触れたままだ。慌てて離し、これみよがしに人差し指の先をしげしげと眺めた。小さな血の玉ができている。危険な壁登りをしたときに、バラの棘が刺さったのだ。これで彼の気が逸れるといいのだけれど。

でも、事態は悪くなるばかりだった。彼がその手を自分の手で包んだ。愛撫としか呼べない仕草だ。

彼女は唾を呑み込んだ。「わたしの手を返して、邪悪な狩人さん」

「わたしのものだ」彼がゆっくりとその手を口元にもってゆく。唇がわずかに開く。

どうしよう。わたしの指を口に入れるつもり？　息をするたび空気が膝まで落ちてゆく。

そんな馬鹿なことが可能だとしても、ここでやめさせないと。彼を押しのけることを考えたが、筋肉が動くことを拒否した。

「さあ、どうする？」彼が身を乗り出し、唇を開いて舌の先をちらっと見せた。

心臓がでんぐり返った。月明かりの中で、彼は荘厳に見えた。でも、こんなからかいに耐えるつもりはない。パラソルを持ち上げて先っぽを彼の胸に押し当てた。「さがって」

彼は片方の眉を吊り上げただけ。視線が彼女の指とパラソルのあいだを往復した。

「わたしは本気ですから」

彼は手を壁から離し、派手なパラソルを、ゆるく握った彼女の手からするっと抜き取り、後ろに放った。バサッと音を立ててパラソルが床を打つ。彼の眼差しがこう言っていた。

「さて、きみはどうするつもりかな？」

なんて役に立たない武器なの。

「いますぐやめてください」彼女は唇を歪めた。「あなたの言いたいことはわかります。でも、ここにいる充分な理由があるんです。あなたにからかわれるために来たわけじゃありません」

ロスベリーの視線がまたたくまに冷たくなった。幕がおり、芝居は終わった。彼の悪だくみに乗らなかったわたしは、なんて賢くて強いのかしら。彼の言葉には誠意のかけらもなかった。彼にとって放蕩者を演じるのはお手の物。好きなときにそうなれるのだ。

シャーロットをじっと見つめてから、彼は離れてゆき、暗がりに消えた。

空気がにわかに冷たく感じられる。彼女はぶるっと震えた。全身に鳥肌が立った。

「それなら、なにを求めてやってきたのだ？」遠ざかるにつれ、彼の声が小さくなった。

遠くでドアが開く音がして、滑らかな肌を布が滑る音がつづいた。服を着ているのだろう。

「わたしの手紙を読んでさえいれば、答はわかったはずですわ」本題に入ろうと咳払いした。

「まずはじめに、ハリエットが婚約を破棄したことを、どうして報せてくださらなかったのか、お尋ねします。トリスタンは自由の身です」

背後で、あるとは思ってもいなかったドアが不意に開き、バタンと閉じたので、彼女は飛び上がりそうになった。

獲物に忍び寄る豹のように、ロスベリーがかたわらをかすめて通っていった。白いシャツに黄褐色のブリーチ。怒っているのか顎を引き締めている。

はっと気づいて体が震えた。彼の領域にいるんだわ。疑いようもなく。ほかの女性（正確に言えば、彼女が魅力的だと思っている女性）だったら、間違いなく貞操の危機に瀕している。

彼はサイドテーブルの上の蠟燭に火をつけ、部屋をやわらかな金色の光で満たした。

彼は嘘を言っていなかった。寝室には椅子が一脚もない。彼女にはそう思えた。なぜって、その瞬間、彼女の意識は、部屋の奥に鎮座する巨大なマホガニーの四柱式ベッドに向かっていたからだ。チョコレートブラウンの上掛けがベッドの足元にくしゃくしゃになっていて、蜂蜜色のシーツが床に落ちかかっている。

まあ。思わず顔を手で扇ぎそうになった。シーツがあそこにあるということは、わたしから離れていったとき、落としたということだ。つまり、化粧室まで裸で歩いていったということ。シーツで隠さずに。この部屋で。わたしがいる前で。時間にして五秒ほど。

ロスベリーは広い胸の上で腕を組み、真面目な表情で彼女をじっと見つめた。そうとう苛立っている。いまにも窓から放り投げられそうだ。今夜の常軌を逸した行動を思えば、そうされても仕方がない。

「つまり、きみのトリスタンは自由の身だ。それがなにか関係があるのか？」

「なにか関係があるのか……？　よくもそんなこと言えますね？」

「言ってはまずいのか？」

「とっても不機嫌なんですね」

「勘弁してくれ。ハリエット・ビーチャムが婚約を破棄したことと、きみがわたしの寝室に立っていることがどこでどうつながるのか……」暖炉の時計をちらっと見る。「……真夜中にちかい時間に、三番目のボタンがないフロックを着て」

「ボタンがない……？」彼女はダークグリーンの外出着《キャリッジドレス》に目をやった。彼の言うとおり、ボタンがひとつなくなっていた。「ほんとうに目がいいんですね。わたしとは正反対――」

「正直なところ、シャーロット」彼はささやき、重心を移動した。「それほど驚くことだったのか？　トリスタンが結婚を申し込んだとき、ハリエット嬢は公爵家の跡取りと結婚するものと思っていた。トリスタンの兄が長寿をまっとうした場合には、産んだ子がやがては跡取りになるものと思っていた。いいかい、シャーロット。公爵が結婚したいま、彼女の婚約相手は名目的称号以外なにも持たない男になりさがった」

「ええ、それは理解できます。予想していなかっただけで。だからここに伺ったのですわ」

「いやはや」

彼女が咳払いする。「あなたの皮肉は無視します」

「賢い選択だ。先をつづけて」

「それで」彼女が慎重に言葉を選ぶ。「とても大事な催しのことを、あなたがお忘れのように思えて。ホーソーン家の仮装舞踏会です。来週開かれる」

ロスベリーは忘れてなどいなかった。その日がちかづくにつれ、たしかにシャーロットを避けるようにはなっていた。自由の身となったトリスタンは舞踏会に姿を見せるにちがいなく、シャーロットがトリスタンの前で真っ赤になったり、しどろもどろになったりする姿を見たくはなかった。男に餓えた〝カモメ〟の群れについばまれる楽しみを犠牲にしても。

いつかはこういうことになると、覚悟していたはずだ。転覆して壊れた馬車から彼女と母親を引き摺り出してくれた日からずっと、トリスタンに思いを寄せていたと、シャーロットは言っていたのだから。花嫁選びの舞踏会に選ばれたのは運命だった、と。ハリエットが婚約を破棄した、とゴシップ紙のコラムニストが報じたのを読んで、シャーロットは二度目のチャンスが訪れたと思って、有頂天になったにちがいない。

「けさ、いとこから手紙を受け取りました」本題に入ったようだ。「あなたから正式の断り状が来たと書いてありました。でも、出席しなければだめです。出席すべきだわ。トリスタンがやってくるのですもの」

「それはすてきだ。楽しんでくればいい」

彼女は両手を揉みしだきはじめた。「あなたに来ていただかないと、ロスベリー。友人としてわたしを支えてください。あんなことがあった後で、彼とおなじ部屋にいることに、わたしが耐え切れるとお思いですか？」

「だったら、彼を避ければいい」彼は肩をすくめた。「天井までいっぱいの客が詰め掛けるにきまっている。いくらでも避けられる」

「でも、あなたが必要なの。そうでないと、計画を実行できないんですもの」

彼を〝必要〟とするという彼女の宣言に、ロスベリーは言葉を失い、混乱した頭をなんとか宥めて意識を集中した。計画？　わからない。「なんの計画？」

「おわかりでしょう、あなたにはひとつ貸しがあります」

「ああ、勘弁してくれ」彼はつぶやき、乱れた髪を手で梳いた。

「待って」彼女がやさしい声を出す。「まだなにも言っていないではありませんか」

「聞く必要はない。わかっている」

「わかるはずないわ」

「男と女の仲を取り持つのは、わたしの柄ではない、シャーロット」

「そんなことお願いするつもりはありませんわ。あなたはほかの誰よりもお友だちのことをご存じです。きっと彼の家族以上に」

「それはどうかな。いいかい。きみは公爵の新妻と親しい。あいつをとっ捕まえるのなら、彼らの助けを借りたらどうだ？」

彼女は目を伏せた。「二人はまだウェールズにいます。それに、あの人たちはこの縁組に反対だし」

「だったらわかりそうなものなのに。実の家族でさえ、彼はきみを惨めにするだろうと思っている」

「あの人たちにはわかっていません」彼女は頭を振った。「あなたもわかっていないんだわ。彼は約束――」

「皮膚の下で欲望が渦を巻いているときには、男はどんな約束でもする」

彼女にはわかっているのだ。目を見ればわかる。開けっぴろげで誠実な瞳、不安と希望を湛《たた》えた瞳。

「だから、わたしの力で変えさせたいの」彼女はささやき、ためらいがちに彼と目を合わせた。「あなたの協力を得て」

ロスベリーは顎を引き締め悪態を呑み込んだ。

彼女が一歩ちかづく。彼は一歩さがったが、壁にぶつかった。

「シャーロット、協力はできない」彼は頭を振って目を逸らした。彼女の瞳に希望が煌くのを見ていられなかった。輝く瞳を見つめていたら、つい願いたくなる……願ってはいけないことを。「こちらにも事情があってね」

「あなたの助言さえいただければ……どうすればトリスタンを夢中にさせられるか。わたしを自分のものにしたいと思わせるには、どうしたらいいのかしら。彼にもう一度わたしを見て欲しいの。でも、それより、そもそもわたしを選ぶべきだったと、彼に気づかせたいんです。彼を嫉妬させたいの、ロスベリー。どうか協力して」

彼は目を閉じた。そんなに大変なことか？　逢い引きの場所を整えて、少しの助言を与える。二日もあれば、彼女は満足するだろう。いや、それより失望する可能性のほうが高い。ハリエットが婚約を解消した後、相手を決めるのを急ぎすぎたと、トリスタンはようやく認めた。そしていまや、彼は結婚する必要も子孫を残す必要もない。兄が嬉々としてその義務を果たそうとしているからだ。トリスタンは自由の身となり、浮かれ騒ぎの好きな放蕩者の次男坊に戻った。シャーロットは彼を一、二度は振り返らせることができるだろうが、彼はもう結婚に興味を持っていない。

ほんとにそうなのだろうか。ロスベリーは四六時中トリスタンと一緒に過ごしているわけではない。友人の考えていることをすべて把握しているわけではない。

待てよ……彼女はたしか〝嫉妬〟と言ったな。

ぱっと彼女に顔を向ける。「きみはいま、彼に嫉妬させたいと言ったのか？」

「ええ、そうです」

「それは……復讐のため？」

「ええ」彼女は苛立たしげに言い、サファイア色の目を見開いた。

「つまり、きみはもう……自由になった彼を自分のものにする気はないのか？」

「ないわ」彼女が小さく答えた。ロスベリーとしては、もっときっぱり言って欲しかった。

「シャーロット、なんていけない娘なんだ。まったく、膝に腹這いにさせて、尻を叩いて――」

「まあ、おやめになって、ロスベリー」彼女は目をくるっと回した。「だったら、床にひれ伏すぐらいで許して」

「ひれ伏す？　請い求めるほうがいい」

彼女が苛立ちのため息をつくと、ロスベリーはクスクス笑った。「わかった。真面目に聞く。どうぞ先をつづけて」

「ええ、長々としゃべるつもりはありませんから。ほかにやることがあるし、それも急いでやらないと。時は金なりですもの。これがわたしの最後のシーズンですし。母がほかの計画を立てる前に、求婚者を確保しておかなければ。あちらにいるあいだに、わたしの〝ふさわしい夫のリスト〟に目をとおしていただけません？」

　ふさわしい夫。体の中で、突き刺すような痛みを伴ってなにかが動いた。

　それを慌てて打ち消し、目下の問題に目を向けた。

　つまり、彼女を誤解していたわけだ。よし。こちらの計画のほうが好ましい。つまり、大手を振って、心ゆくまでシャーロットといちゃつけるということだ。うまくいくかどうかはわからないが、おもしろそうだ。

　おもしろい？　それとも、拷問？

　諦めのため息をつきながら頭を振った。

「もしもし？」彼女が、卒倒した人を正気に返すときのように、彼の前で手を振っている。

「わたしの質問に答えてませんわ」

「協力する。だが、きみが求めている結果が得られるかどうかは、保証のかぎりではない」

　彼女はその場で飛びあがって手を叩いた。ほほえまずにいられない。おまえはそこまでの甘ちゃんだったのか？　かもしれない。だが、そばにいると笑いを噛み堪えずにいられない娘と、長い時間を過ごすチャンスだ。ひどく腹立たしい思いをさせられるにしても。

「まあ、ありがとう！　ありがとうございます」彼女は叫び、すっ飛んできて抱きつき、彼を驚かせた。

　そうされているあいだ、彼の両腕は両脇に垂れたままだった。

　エキゾチックなオペラ歌手を魅了してベッドに連れ込んだことは数知れず。冷淡な娼婦を心身ともにあたためてやって、永久の愛を告白させたこともある。彼と似たもの同士で、つぎからつぎに愛人を替える移り気で勝気な美女を口説き落としたこともある。それなのに、シャーロットの抱擁は彼を動揺させ、平常心を失わせた。

彼女を離したくなかった。だが、腕をあげて彼女を抱くことも敢えてしなかった。自分にそれを許せば、思っていることがすべて、考えていることがすべて、抱擁のぬくもりの中に出てしまうから。そうなったらもう引き返せない。裸になってすべてを曝け出し、屈辱を覚えるだけだ。

彼女はあっという間に体を離した。

窓辺へと走り、そこで振り返った。

「ああ」ロスベリーは冗談めかして言った。「帰るときは階段を使いたまえ」

彼女は頭を振った。「忘れるところでした」

「なにを？」

「わたしの衣裳です。大勢のお客さまの中で、わたしをどうやって見つけるおつもり？」

「歩いて帰ることはない」彼は意識して話題を変えた。正直に言えば、彼女がどんな衣裳を着て、誰に変装するつもりか知りたくなかった。そのほうが想像する楽しみがある。夢の中で淫らな脚色をすることができるし、やきもきする楽しみが残る。「きみと、きみの勇敢な台所付きメイドを、わたしの馬車で送らせよう」

「お知りになりたくないの？」

「かならずきみを見つけ出してみせる。心配しないで」

「あら、うっかり忘れるところでした」彼女は思わせぶりなほほえみを浮かべた。「レディ・ロザリンドもいらっしゃるのよ。楽しみでしょう」

「レディ・ロザリンドが？」

「ええ」彼女はにっこり笑った。「わくわくしませんこと？」

もうそのへんにしてくれ。疲れすぎていて、いまはあの女に興味があるふりはできない。だから、片方の眉を吊り上げるだけにとどめた。それらしく見えるといいが。「とても自分を抑えきれないよ、マイ・ディア」

6

〝紳士たるもの、万人に歓迎されねばならない〟

ホーソーン家の仮装舞踏会　ノーサンバーランド

「ロード・ロスベリーはだめですからね」

シャーロットは母親に向かって従順にうなずき、眉をひそめてみせた。ちゃんと聞いていないのではないか、あるいは、警告を真面目に受け取っていないのではないかと、母親に疑われないためだ。

「せっぱ詰まっているのはわかっています」ヒヤシンス・グリーンは保護者然として言った。

「でも、あの方はふさわしくない」

「はい、お母さま」

「付け入る隙《すき》を与えてはなりませんよ」

「もちろんですわ」

生身の女なら、ロスベリーを無視することなどできないのに。

シャーロットは金箔が貼られた長椅子に母と並んで座り、後ろめたさに首筋から頰へと火照りが広がった。昔から嘘がへたで、肌がピンク色の斑になるのですぐにばれてしまう。母がぼんやりした人なので、気づかれずにすんで助かっていた。

娘の関心がほかに逸れていることに気づいたのか、母が咳払いした。「あの遊び人と一緒のところを見られたりしたら、求婚者候補が寄ってこなくなるから気をつけるのよ、いいわね？」

求婚者候補？　なに、それ？　ああ、そう。捕らえどころのない生き物のことね。

シャーロットは手を振って母の心配をしりぞけた。「ご安心ください」うんざりと言う。「わたしなんて相手にもされませんわ」心配無用だ。社交界に初登場するしおらしい娘ではない。「ロード・ロスベリーがわたしに関心を抱いたらすぐにわかりますもの。あからさまにそういう態度をとる方だから」

愚かにも彼の部屋へよじ登っていったのは、彼をこの仮装舞踏会にかならず来させるためだったが、蓋を開けてみれば、苛立たしい夜になった。

まるでスリを監視するような目で、母は彼女を見ていた。シャーロットがふらふらとロード・ロスベリーのそばに行きはしないかと心配なのだろう。トリスタンは遅れてやってくると、半分以上の時間をカードルームで過ごした。でも、彼を嫉妬させる計画を実行するという希望は捨ててはいない。

「今夜の彼はなんだか怪しいわ」ヒヤシンスが言った。心配が声に出ている。「まるで獲物を追いかけているみたい。不穏な雰囲気だわ。とってもね」

「どうか心配なさらないで。わたしなら大丈夫だから」

でも、母がロード・ロスベリーに抱く恐れは、根拠のないものではなかった。母親を満足させるために着たくもない醜い衣裳をまとう、眼鏡をかけた壁の花に、もしもロスベリーがにわかに関心を示したりすれば。

いいえ。頭を振ると、ごてごてとリボンで飾ったボンネットと呼ばれる醜悪な代物がゴソゴソ揺れた。ありえない。

「白状なさったら」シャーロットはいたずらっぽい笑みを浮かべて言った。つぎの言葉に母がどんな反応を示すか楽しみだ。「今夜の伯爵さまは、とても魅力的だとお思いなんでしょ？」

「シャーロットったら！」母親が頬を赤く染め、娘の膝を開いた扇で軽く叩いた。「そのこととあなたとはなんの関係もありません……わたしともね」咳払いする。「ロード・ロスベリーにはちかづかないと、どうか約束してちょうだい、いいわね？　あの悪党の注意を引くような真似をしてはだめよ。あなたの衣裳は殿方の心を惑わすから」

ええと……まあ。シャーロットは目をくるっと回したくなるのをなんとか堪えた。賭け事をするタイプではないが、〝羊飼いの女〟の衣裳はけっして欲望を掻き立てないほうに大金を賭けてもいい。

隣でヒヤシンスがあくびをした。シャーロットはもう一度、母を安心させるようにほほえみ、それからため息をついた。

二十二歳のいま、壁の花から脱却したいとやきもきすることもなくなった。すでに達観の境地にいる。人生というステージに立つことなく、観客でいることを恥かしいとは思わなくなった。未婚のままで歳を重ねてゆくのだ。多くの女性がそうであるように。

ロスベリーと一緒のときが例外なのだ。人と話をすると口ごもってばかりだから、注目の的になるより隅っこに引っ込んでいたいと思う。自分を知っているし、人生でなにが望みかもわかっている。

母の〝目立つ衣裳作戦〟はそれなりに評価するけれど、シャーロットが今夜はとくに人目につきたくないと思う理由は、衣裳そのものにあるわけではなかった。

というより、特定の一人の目を引きたくなかった。忌まわしいウィザビー子爵の目を。

こういう催しに出席するたび、彼と出くわすのではないかと気が気でない。彼女が出かける先々に、彼はかならず姿を現す。頭のおかしなヤマネコみたいに彼女の後をつけ回しているのか、それとも母が彼に情報を提供しているのか。

ぶるっと震えた。つねに饐《す》えた葉巻の臭いをさせた黄色い歯の年寄りに嫁ぎたいと思う女が、どこにいる？　正気では考えられない。しかも、かたわらに付き添い人がいないと、話をするとき彼女の胸ばかり見ている。

困ったことに、ウィザビーはグリーン家とは昔から家族ぐるみの友人だ。しかも、信じられないほどの大金持ち。シャーロットが歳のちかい紳士と愛し合う夢を諦める日を、いまかいまかと待っている。

シャーロットの母親は、この年寄りの男やもめが、娘の手を握って正式に結婚を申し込むことを願っているのだ。シャーロットは、彼がつぎの中国行きの船に乗ってくれることを願っているのに。

社交シーズンが実を結ばずに終わるたび、未婚でいることに焦りを覚えるとはいえ、きっと自分に合う人が現れて、ウィザビー子爵と結婚させられずにすむという希望は抱きつづけてきた。

理想の男性像もしっかりとできあがっていた。親切で思慮深くて、思いやりがあって、信頼できる人。彼女が部屋に入るとパッと顔を輝かせ、彼女の言葉をひと言も聞き逃すまいと耳を傾けてくれる人。ほかの女性にはけっして目移りしない人。ほんものの紳士。母親が手放しで認めてくれる人。その人のことを考えただけで喜びのため息が出るような……。

そこでロード・トリスタンが脳裏に現れ、うめき声をあげそうになった。彼はこういった長所をすべて兼ね備えていると、それ以外にもたくさんの長所を持っていると、彼女はずっと信じていた。女学生みたいに彼に夢中になっていた。公園で鹿毛の愛馬を走らせていたり、店で姉のためにちょっとした小物を買っていたり、二頭立て四輪馬車を駆っているときにシャーロットに出会うと、彼はかならず帽子に手をやってにっこりした。彼は気づいていなかったろうが、そうやって彼女の愚かな希望と願いを――未婚街道を驀進《まいしん》するだけの内気な娘の白日夢を――煽っていたのだ。

でも、すべては過去のことだ。いまでは彼女もおとなの女性。引く手あまたの独身男性の中でもひときわ目立つ男性の関心を引ける――引きつづけられる――と思うことは、もうけっしてない。彼のような男は言葉で女の気持ちを操る。だから、復讐を果たしたかった。

「ああ、彼はどこ？」シャーロットは歯軋りしながら言った。

「誰が？」

「なんでもないの」無邪気に答えた。

ヒヤシンスが身を乗り出した。「あなたたしか、『彼《ヒー》はどこ？』と言ったわよ」

シャーロットは口を引き結び、頭を振った。「いいえ、紅茶。『紅茶《ティー》はどこ？』と言ったんですわ」

「そうなの」ヒヤシンスは満足して長椅子に背中をもたせかけた。

母が詮索するのを諦めてくれて、シャーロットはほっとため息をついた。小さな嘘をひねり出すたび赤くなるから、そのうち全身が真っ赤になって戻らなくなるだろう。正直に言うと、ロスベリーと友だちでいることは、ときに厄介だ。

彼と話をしなければ。いますぐ。どうすればロード・トリスタンを引きとめられるか、つぎの作戦はどうするか、彼に尋ねる必要があった。

「まだまた遠くを見る目になっているわよ」ヒヤシンスが手を伸ばし、娘の手をやさしく叩いた。「いい子だからそろそろ部屋に引きあげましょう。長い夜だったから疲れたわ。それに睡眠をとらなければ。お父さまから手紙が来てね、そろそろ戻って欲しいそうよ。わたしたちが〝不道徳で不純〟な交わりに巻き込まれないか、心配なさっているの。あすにはロンドンに戻りましょう」

もう？

シャーロットは肩を落とした。母は本気で、彼女がウィザビー以外の男性と結婚するのを阻止するつもりなのではと、ときどき思う。深く息を吸い、長々とため息をついた。それが、心の奥底の願いに終止符を打つ鐘の音のように聞こえた。

下唇を噛む。「ホーソーン家に頼んで、リジーと一緒に帰ることにしてはいけませんか？お母さまもそれなら安心で――」

「いけません。この前、彼女の母親に付き添い役をお願いしたときには、あなたは午前二時まで戻らなかったでしょう」

彼女はため息をついた。歳のいった親はほかの人たちより早く休む。夜はこれからだというときでさえ。

今夜も例外ではなかった――ロード・ロスベリーの久しぶりの登場が、物議を醸していた。

ほんの一時でもこっそり抜け出さなければ。

「部屋に引きあげる前に、テラスで涼んできてもいいですか？」彼女が顔を向けても、ヒヤシンスは目を合わせようとせず、口をへの字にしてハンカチのレースをいじくり回していた。

問題は、シャーロットが、両親の人生が後半にさしかかったころにできた娘だということだ。ロンドンの社交シーズンはお金がかかることに加え、都会生活は慌しく、年中どこかで舞踏会やディナーパーティーが開かれるし、田舎への遠出にも付き合わなければならないしで、年老いた両親にはきつすぎる。でも、なにより心を痛めているのは、今シーズンが自分にとって最後ということだった。

花嫁選びの舞踏会の後、母親の結婚市場にかける情熱は急速な衰えをみせた。一人娘には負け戦をつづけるより、ウィザビーと結婚して落ち着いて欲しいのだろう。

「彼は博愛家よ。動物や小鳥をかわいがるしね。おまえを子供のころから崇拝していらした。おまえにとって安息の場所になるわ」母はことあるごとに言った。

たしかにそうかもしれないが、彼はシャーロットより四十も年上だし――母と結婚するほうがお似合いだわ、とシャーロットは生意気なことを考えた――子供のころから彼を知っているので、ずっと崇拝してきたといわれてもちっとも嬉しくない。彼と結婚することを――震えが走る――考えると、それより彼とキスすることを考えると、蕁麻疹《じんましん》が出る。彼はおじさんのような存在だもの。

やわらかないびきに注意を引かれた。右側に目をやると、母親がまた眠り込んでいた。八十人を超す人たちの見ている前で。身を乗り出し、母親を揺り起こそうとして手をとめた。

彼女は母の突然の居眠りには慣れっこになっていたし、まわりの人たちもそうだった。でも、ときには――とりわけ教会で礼拝の最中には――ひどく気恥ずかしい思いをする。

でも、心の中ではありがたいと思っていた。そのときだけは自由だ。新鮮な空気を吸い込んで、つかの間でも自立した気分になれる。母が居眠りしているあいだ、人込みに紛れ込もう。むろんそのうち母親を起こすつもりだ。なにしろ母親思いのよい娘だから。でも、いまは、ロード・ロスベリーを捜しにいかなければ。

二人で立てた計画はうまくいかなかった。まず第一に、ロード・トリスタンは二時間ちかくもカードルームに籠りっきりだ。それよりなにより、彼女の一メートル以内にちかづけない状況で、ロスベリーはどうやったらシャーロットを助けられる？　なにか手を打たなければ。

立ち上がると、すぐにロスベリーと目が合った。背筋がゾクッとした。

こぼれんばかりの色香を湛え、壁を背に立つ彼の姿はいつもながら気だるい自信を漂わせていた。春の湿った大気のせいで豊かな金髪がわずかにカールし、三つ編みから逃れでたほつれ毛がうなじでかすかに揺れている。仮装も仮面も義務ではないから、素のままの姿が半径六十メートル以内にいる血の通った女たちの視線を集めていた。

誇張ではない。シャーロットのまわりで女たちが賞賛のため息をついている。馬鹿ばかしいと思いながらも、彼女たちを責めることはできない。彼はただもうすてきだった。

上等な仕立てのダークグレーの上着に包まれた広い肩、襟元で優雅に結んだ純白のクラヴァット（男性が首に巻いたスカーフ状の布）が、生えはじめた無精ひげのせいで金色に見える鋭角な顎を強調している。それに口元――ああ、輝かしき口元――は高慢で淫らで、つねに抜け目のない笑みを浮かべていた。ああ、あの唇で口づけされたらどんな気分だろう。

シャーロットは彼の姿を堪能して、ため息をついた。仮装舞踏会の場で地味な服装をしていたら、ふつうの男なら霞んでしまうだろう。でも、ロスベリーはちがった。おなじわけがない。罪深く、人の頬を赤らめる魅力が際立つばかりだ。

彼を遠くから眺めているうち口をぽかんと開けてしまいそうで、シャーロットは顎に力を入れた。そのうえ、クリームの皿を前に焦らされている空腹の仔猫の気分になってきたのだから、われながら呆れる。「しっかりしなさいよ」小さくつぶやく。「彼だってただの男なんだから」

でも、それはちがう。彼は悪い男。悪の化身。天使の姿をした悪魔。その顔と体は、意志の弱い女を誘惑するように形作られている。

ああ、自立した女性を描いた小説の読みすぎだわ。

でも、たしかにロスベリーのあの重たげな瞼の下の、ウィスキー色の瞳で気だるく見つめられたら、老いも若きも、貞女もあばずれ女も、女なら誰もが顔を赤く染めずにいられない。とりわけ、シャーロットを除く若い女は。

こういう人が集まる席では、彼はシャーロットをまるで窓ガラスを見るような目で見るだけだ――目には入るけれど、わざわざじっと見ることはない。なぜならその向こうに、はるかに興味深い景色が広がっているのだから。

そしていま、彼はそれをやっていた。

背後で掠れた女性の笑い声がして、シャーロットは肩越しに振り返った。黒髪の美女、レディ・ロザリンドが崇拝者たちに囲まれて立っていた。

なるほどと思い、なんとなくきまりが悪かった。頬がカッと火照る。ロード・ロスベリーはむろんシャーロットを見ていたのではない。彼女の背後にいる美しき女子相続人を見つめていたのだ。

謎が解けたので大きなため息をつき、眼鏡の位置を直し、人込みを掻き分けてロスベリーのほうに向かった。そのあいだもずっと、ウィザビーに出くわしませんようにと祈っていた。

7

〝紳士たるもの、来る者を拒んではならない〟

「それで、どう思う？　マザー・グースか、それともパーディタ？」

ロスベリーはゆっくりと笑みを浮かべ、シャーロットに視線を向けた。「パーディタだな、断じて」パーディタとはシェイクスピアの『冬物語』の登場人物の名だ。

「ああ、なるほどね」トリスタン・エヴェレット・デヴィーンが言った。カードルームから出て来て友人のかたわらにやってきたばかりだ。「彼女が持っている羊飼いの杖が鍵か」

女とその価値をひと目で判断できる男の鷹揚《おうよう》さで、ロスベリーはほっそりとしたミス・グリーンの全身を眺め回した。レースのリボンを飾りすぎてくたっとしたボンネットから垂れる淡い色の巻き毛から、ひだ飾りのついた裾からのぞくシルクの靴まで。

「彼女は羊飼いというより温和な仔羊だな」トリスタンがクスクス笑いながら言った。

「そうだな」ロスベリーが見ていると、シャーロットは彼の笑みに気づいて後ろを振り返った。彼がなにを、というより誰を見ているのか気になったのだろう。「いや、スウィートハート」彼は声に出さずにつぶやいた。「きみを見ているんだ」

「なにか言ったか？」トリスタンが上機嫌で尋ねた。「彼女は愛すべき人だ。色白でかわいい」

ロスベリーはちょっと肩をすくめただけだ。

「まいったな」トリスタンが不快げにつぶやく。「まったく腹立たしいにもほどがある、そうだろう？　ぼうっとなった女学生みたいにきみの後をぞろぞろついて歩いて、きみの一挙手一投足に目の色を変えて」

ロスベリーは問いかけるように片方の眉を吊り上げた。

「あそこだ」トリスタンが言い、ロスベリーの背後を顎でしゃくった。

ロスベリーは、ブランデーグラスを口元に持っていきながら、肩越しに無頓着な一瞥をくれた。背後に若い女たちが集まり、まつげをパタパタさせ、かまととぶった笑みを浮かべ、扇に隠れてささやき交わしていた。彼はゆっくりと会釈した。予想どおり女たちは一様に頬を染め、娘らしくクスクス笑って、思わせぶりに目を逸らす。

ロスベリーは歪んだ笑みを浮かべた。ぞんざいに肩をすくめて、友に顔を戻した。「彼女たちが見ているのはきみなんじゃないか？」グラスを掲げて残りを飲み干し、サイドテーブルに置いた。

部屋に入っていくたび、女たちが顔を赤らめ息を呑むことに慣れっこになったとはいえ、自分の並外れた容貌を偶然の産物とみなしていた。日々悩まされてもいた。もっと正確に言えば、忌々しい呪いだ。

それに、だんだん馬鹿ばかしくなってもいた。

陰気な顔つきの召使がちかづいてきた。「レディ・ギルトンがお待ちです、マイ・ロード」こっそりささやき、香水を染み込ませた手紙をロスベリーの手に押しつけ、人込みに紛れて消えた。

ロスベリーは唇を歪めて小さな笑みを浮かべ、手紙を上着の内ポケットに突っ込んだ。今夜はこれで切りあげ、手紙に記された秘密の場所で欲望を解き放つ悦楽の一夜を楽しみたいところだが、麗しの子爵夫人には待ってもらわねばならない。今夜はほかにやるべきことがあった。

今夜、ロスベリーは花嫁を見つけなければならない。それも早急に。

だが、誰でもいいわけではなかった。彼女には後で、その……入れ替わってもらうことになる。ずっとそばに置いておくつもりはない。結婚するつもりもなかった。ほんのしばらくのあいだ、借りておくだけだ。

部屋の奥から、未婚の女性客たちをじっくりと眺める。まるで踊り跳ねるシマウマの群れを狙う几帳面なライオンだ。とりわけ弱くて無防備なシマウマを狙うライオン。

このぞっとする群れの中に一人ぐらいは、彼に協力してくれる有能な女がいるはずだ。だが悲しいかな、夜は更けてゆき、彼の選択肢は減る一方だった。

壁際に控えて、女たちを一人一人じっくり吟味した。探るような視線は直截的で念入りで計算高かった。忍耐力はある。必要な直感も備えている。おまけに人の性格を判断する力も備えており、誰が命令どおりに動いてくれるか、動いてくれないか見極めることができた。だが、時間がない。

「一人を選ぶだけのことだろう」トリスタンが言った。彼がなにを考えているのかわかったのだ。「かんたんなことじゃないか」

「そうだといいんだが」

「どんなのを探しているんだ？　派手な女？　色っぽい女？」

ロスベリーはフフンと笑った。「おいおい、そんなのどうだっていい、そうだろう？」

「どうだっていいって、どうしてだ？」

「間に合わせにすぎないからだ」ロスベリーは言い、大理石の円柱に肩をもたせかけた。

「ふさわしい相手のほうがいいんじゃないか？」

「信用できる相手のほうがいい」

「ふーん、どれどれ」トリスタンはつぶやき、考え込んで顎を叩いた。「だったら、頭がよくてずる賢くないとな」

「頭はそれほどよくなくていい」彼は言い、若い娘とその付添い人たちのべつのグループに目を光らせる。「じつを言えば、少々とろくて控え目なのがいい。わたしの意のままになるような。わたしを罠にかけてほんとうの婚約に持ち込むようなのは願い下げだ。あるいは仕返しに脅迫をしつづけることを考えつくようなのはね」

「ああ、なるほど」トリスタンが言う。「よほどの窮地に立たされているわけだな。ぼくが絞首刑の縄から逃れたと思ったら、今度はきみが自分で縄を作っているというわけか」一人笑いをして咳払いし、ロスベリーの刺すような視線にたちまち真顔になった。「きみが婚約すると公言したことを、おばあさまはもう忘れてしまったのではないか？」

「そうだといいのだが、事情がちがってきた」

三日前、オーブリー・パークを訪ねると、祖母が庭ですすり泣いていた。なにが悲しいのか苦労して原因を聞き出した。彼女はここしばらく正気に戻っており、記憶も意識もはっきりしている。だが、そんな貴重な瞬間に、自分が年老いて意識が始終混乱することに気づいてしまった。さらに、お気に入りの孫（ただ一人の孫）が結婚するのはおろか、未来の伯爵夫人である妻と巡り合うのを見届けられないことに、気づいてしまった。

ロスベリーはなんとか祖母を安心させようとした。かならず結婚するから……いずれは。それは嘘ではない。だが、彼の確約は祖母を慰めるどころか怒らせ、彼女はまた混乱状態に戻ってしまった。足音も荒く階段をあがり、執事を呼んだ。しばらくして、高い料金に見合った働きをしない気弱な弁護士の立会いのもと、オーブリー・パークと付随する千二百エーカーの馬繁殖牧場を売り渡す書類を作成した。ロスベリーがすぐに花嫁を見つけないかぎり。

パークは被相続人を直系卑属のみに限定する不動産ではなく、土地は祖母が乗馬が得意だった母親から受け継いだものだ。そして、代々の女性縁者に引き継がれてゆく。だが、伯爵未亡人にはわかっていなかった。ロスベリー伯爵領の収入の大半は、馬繁殖牧場が稼ぎ出していることを。その収入がなくなれば、たとえ伯爵が倹約したところでじり貧となり、ほかの相続財産を維持できず、修繕費や経費を彼らに依存している農民の家族たちを養うことができなくなる。

だから、彼は嘘をついた。ほかに道はなかった。大嘘をついた。最近婚約したばかりだ、と。婚約者をオーブリー・パークに連れてくるから会ってやってくれ、と。

祖母のことだから、十五分もすれば耳にしたことを忘れるだろうと思った。だが、野原を跳び回る太った野兎の匂いを嗅ぎ付ける狼のごとく、祖母はその情報を捉えて放さなかった。

祖母がこの舞踏会に出席するのを阻止できただけでもありがたい。よい状態のときでも、その行動は予想がつかない。最近では、母国語であるフランス語以外口にしようとせず、なにかというと癇癪《かんしゃく》を起こし、泣きじゃくる。

つまり、選択肢はひとつしかないということだ。不本意ながらも仮の花嫁を見つけ出すこと。

「オーブリー・パークのちかくの村から調達するわけにはいかないのか？」トリスタンが考えに行き詰って言った。

「きみは忘れているようだが、わたしには時間がないんだ」ロスベリーは言い、目の前の人の群れに油断のない視線を配った。「わたしに必要なのは、必死になっている人間。たやすく操れる人間。それに……」

言うつもりの言葉が口から出る前に消えてゆき、人込みの中の白いレースとリボンの山に視線は釘付けとなった。

ミス・シャーロット・グリーン。従順。とんでもなくお人よし。

すべては彼女のせい、そうじゃないのか？　まあ、彼女に強いられて嘘をついたわけではないが、突き詰めて考えてみれば、もし彼女が家に押し入ってきてまつげをパタパタさせ、この舞踏会に出てくれと頼まなければ、彼はロンドンを離れてノーサンバーランドくんだりまで出掛けてこなかった。オーブリー・パークへ出向くこともなかった。もの忘れのひどい祖母に嘘をつくこともなかった。

そうだ。すべてはミス・グリーンの責任だ。

彼女の動きを目で追ううち、われを忘れて叫んでいた。彼女が持っている杖で召使の後頭部を強打しそうになったからだ。驚いたことに、彼女は踵を軸にくるっと回転してささやかな惨事は回避したものの、勢いあまってロード・アスタリーの膝に倒れ込んだ。老紳士の膝からパッと立ち上がり、ほほえみかけて詫びの言葉を繰り出すあいだに、頬から首筋まで深紅の斑点が広がった。

この二年間、彼女は一度たりとも結婚の申し込みを受けていない。結婚の領域にもっともちかづいたのが、去年の八月、ウォルヴェレスト公爵が開いた花嫁選びの舞踏会に招待されたときだ。

先シーズンでもっとも注目を集めた催しに娘が招かれ、家族はさぞ誇らしかっただろう。だが、彼女に関心が向いて集まってきたのはクズばかり。けっきょく彼女は元どおり、誰からも相手にされない内気で一風変わった娘に落ち着いた。

グリーン家の領地とそこからの収入は増える見込みもなく、彼女が良縁に恵まれるかいなかが、父親亡き後の母娘の行く末を左右する。

その夜はじめて、ロスベリーは両方の口角を持ち上げて、ゆっくりとほんものの笑みを浮かべた。

「まさか、ミス・グリーンを利用することを考えてはいないよな」トリスタンが驚いて言った。ロスベリーの視線の先を辿り、正確に理解したのだ。

「いけないか?」

ロスベリーとシャーロットが友だちであることを、知る者はいない。トリスタンにさえ言ってなかった。これだけ長いこと秘密にしてこられたのだから、そこにべつの秘密が加わったとしても、守りとおせるはずだ。

「いけないにきまっているじゃないか。だって、彼女は……その、ぼくの兄嫁の親友だ。それに、ぼくの婚約者になりかけた人だ」

ロスベリーは皮肉っぽく片方の眉を吊り上げた。「きみの婚約者になりかけた?」

「彼女は巻き込むべきではない。彼女の心を踏みにじることになる」

へえ、また、彼女の心をやけに大事にするんだな?

トリスタンは頭を振った。「そうさ、彼女はとても純真だ。思いやりがありすぎるから、きみを操ってほんものの婚約に持ち込もうとはしない。でも、彼女はとてもいい娘だ、すばらしく――」

「彼女は完璧だよ」ロスベリーが言った。それに二人は友だちだ。トリスタンに心配してもらう必要はない。たしかに彼女を説得する必要はあるだろうが、偽の婚約を滞りなく成し遂げられるにきまっている。なんといってもたった一日のことだ。

「きみは間違っている。シャーロットはたしかに、多少……衝動的なところがあるが、わたしがきみなら、けっして過小評価はしない」

ロスベリーの気持ちは固まり、肩の緊張がほぐれた。一刻も早くシャーロットを連れ出し、人気《ひとけ》のない場所で計画を説明しよう。

「頑張れよ」トリスタンが頭を振りながら言った。「そうでもしなければ、きみの悪評では無理だろうからな。ロスベリー家代々の男どもは、自堕落な生き方で有名だし。ホーソーンが言っていた。きみは彼女のちかくに寄ることさえ許されていないと」

「それでわたしが諦めたことがあったか？」

「いや。だが、きみは彼女の父親に会っていない。厄介な男だ。厳格な道徳家を自認している。きみのようなろくでなしは、彼女の髪のひと筋にも触れられないまま首を刎《は》ねられるのがおちだ」

「いいかげんにしろよ、トリスタン。まるで過保護の母鳥みたいな口のきき方をして。それに、わたしの記憶に誤りがなければ、すでに彼女の巻き毛のひと房を引っ張っているのさ」

トリスタンを横目で睨みながら、シャーロットとの実を結ばなかった約束を思い出した。

「あす、オーブリー・パークに来ないか？」

トリスタンはぶつぶつ言いながらうなずいた。

「うまくいくにきまっている。彼女にはなにも打ち明けることすら必要ないかもしれない。彼女と母親を昼食に招けばいいのだ。祖母が言うことを、彼女は一言も理解できないままロンドンに戻ることになる。めでたしめでたし」

「おばあさまには事実を話すべきだ」

祖母に脅しを実行に移させる危険を冒せと？　冗談じゃない。花嫁選びにかける時間を稼げさえすればいい。それだけは性急に進めたくなかった。だが、祖母がしつこく言うのでほかに手はない。相手はシャーロットしかいない。彼女なら、真面目な婚約だとは受け取らない。前にそれとなく言ったとき、彼女は笑い飛ばした。

だが、ロスベリーが彼女のほうへ行こうとすると、細くあたたかな手が手首を握った。猫の目のような細めたグリーンの目が、にこやかに見あげ、彼の注意を獲物から自分のほうに引きつけた。

「わたくしの手紙、受け取られたのでしょう？」レディ・コーデリア・ギルトンが口を尖《とが》らせて言う。

「たしかに」彼はミス・グリーンを見つめたまま答えた。

レディ・ギルトンは彼の無関心を感じ取り、彼の前に出てうまく視線を遮った。「図書室で会うはずでしょう」感情たっぷりに言った。いつもながら大胆に彼の耳を手で覆い、不能な男でなければ拒絶できないような提案をささやいた。

最後に子爵夫人の色香に惑ってから一年以上が経っていたが、彼女とならすんなりと元の鞘《さや》におさまれそうだ。

「廊下の突き当りを」彼女が顔を見ずに言った。「右に曲がって左手のふたつ目のドア。ロード・ギルトンは豊満なハープ奏者と庭に出ているわ。一時間は楽しめてよ」彼のかたわらをするっと抜けていった。舞踏場にいる人たちには、何事もなく立ち去ったと思わせておいて。

ロスベリーはすぐに後は追わず、人込みの中にミス・グリーンを見つけ出した。彼女はひときわ混んだ場所を縫うようにして歩き、ミス・ホーソーンにぶつかりそうになった。不機嫌にもかかわらず、彼は低く笑った。彼女に眼鏡をかけろと言ったのは間違いだったかもしれない。視界がぼやけていれば、混んだ舞踏場を横切るのにもっと慎重だったはずだ。あんなふうにずんずん進みはしなかったろう。

妙な確信が湧いてきて、全身の筋肉が強張った。祖母を騙すために協力が必要だと言わなくても、彼女は申し出を受け入れるだろう。

そうじゃないか？

でも、もし彼女が断ったらどうする？　祖母の胸を張り裂けさせる？　そのつもりはないのに。

だめだ。計略に加担することを、シャーロットが拒否するような危険は冒せない。祖母に会ってくれと言って、オーブリー・パークに招待しよう。それならできる。女を操るのはお手の物だ。

だったらどうして、最低の人でなしになった気分がするのだろう?

そんな思いは脇に押しやり、廊下の先で彼を待っている〝ご褒美〟に意識を向けた。そう。それこそ彼がすべきことだ。コーデリアと転げ回り、ひととき苦境から逃れて楽しめばいい。悩みもなにも忘れて。

だが、暗い廊下を図書室に向かってぶらぶら歩きながら、待っているのがシャーロットだったらと思わずにいられなかった。

8

〝紳士たるもの、レディにはつねに誠心誠意尽くさねばならない〟


「わたし、ロスベリー伯爵が誘惑するのを許してあげることにしたわ」

「許す？」

「女が誘惑される場合、多少は抵抗しなければならないこと、あなた、忘れているでしょ。でも、あなたがまるで抵抗しないことは、わたしたちみんなが知っていることよ」

クスクス笑いの合唱が起きた。

どう想像を逞しくしても、シャーロットはこういう会話に積極的に加わるタイプではないから、目をくるっと回すのを堪えた自分を心の中で褒めてやった。たとえ目をくるっと回していても、フェアボーンの双子もローラ・エリスも気づかなかっただろうけれど。三人ともロード・ロスベリーに色目を使うことに忙しい。

八十三歳の老人の膝に倒れ込んで恥をかいた後、シャーロットは人がひしめきあう場所に突入してしまい、動くに動けなくなった。若い女性三人は、人に聞かれようとかまわずにおしゃべりをつづけた。シャーロットは癪に障るほどのろい動きで、彼女たちの横を抜けようとした。

「だったら急がなければだめよ」ベリンダ・フェアボーンが忠告する。「わたしが試してしまうもの」彼女は偉そうにフフンと言って、羽根飾りのついた白鳥のマスクを直した。

「ねえ、賭けをしないこと？」ローラ・エリスが言い出した。ダークブルーのボディスに優雅な孔雀の羽根の形に縫い込まれた宝石が、蠟燭のあかりに煌く。

「そうね」真っ白な鳩に扮したバーナデット・フェアボーンが答えた。挑むように上品な鼻を孔雀に向かって突き出す。「わたしのほうが優勢よ。彼が今夜、心ここにあらずなのはなぜか、わたしは理由を知っているもの」

「たしかにね」シャーロットはようやく勇気を掻き集めてつぶやいた。またべつの人に行く手を阻まれ、ほかにやることがなかった。それならおしゃべりに加わってもいい。「レディ・ロザ――」

シャーロットの言葉のつづきは舌の上で死に絶えた。白鳥と孔雀と鳩が、いっせいにこっちを向いたからだ。彼女がそばにいて聞き耳をたてていたことに、はじめて気づいたと言うように。

眉をひそめた三つの顔を見て、彼女の参加を快く思わないことがわかった。目を細めて彼女を見つめている。睨まれたぐらいで尻込みするものか、とシャーロットは思った。

「わたしが言いたかったのは、彼が心ここにあらずに見えるとしたら、それは彼がある人を見つめて――」

「彼が誰を見つめているか、わたしたちにはわかっているわよ、馬鹿ね」鳩が言った。「あなたでないことはたしか」

それは紛れもない事実だ、とシャーロットは思った。彼女が目の前を何度も横切ったことに気づいていたくせに、誘惑もせず、いちゃついてもこず、あの骨をとろかす視線を一度だって向けてくれなかった。二人は友だちだし、彼はよくシャーロットをからかうが、まともに取り合わないだけの分別は彼女にもある。

咳払いする。「わたしが言いたかったのはそういうことでは……」

白鳥が息を呑み、指先を唇に押し当てて恐ろしいほど真っ赤になった。

「彼がこっちを見ているわ」興奮してささやく。

シャーロットはため息をつき、馬鹿な三羽の鳥の視線の先を辿りたいのを堪えた。

不意に人垣が動き、大勢の男たちがテラスへと向かった。一服つけるためだろう。ウィザビーもあの中の一人だといいのに。ここまできて子爵に出くわすなんてご免だ。

人垣の隙間を急いで探した。

不意にべつの孔雀が行く手を塞いだ。宝石を飾ったほかの鳥たちとちがって、この鳥は簡素だ。

いとこのミス・リジー・ホーソーンにぶつからないよう、シャーロットは足を踏ん張ってとまった。

「ねえ、ねえ！　彼はまさに理想の男性だわ」リジーは言い、強調するように目を見開いた。

シャーロットは顎を突き出す。「いったい誰の話をしているのか、まるでわからないわ」

「あら、とぼけないで。わかっているくせに」

シャーロットがあどけなく肩をすくめると、リジーは伯爵を顎でしゃくった。赤褐色の髪に差したブルーの長い羽根が揺れた。「なんてすてきなのかしら、そう思うでしょう？　ロード・トリスタンとお話するのを口実に、そばに行ってみましょうよ」

「それはいい考えだわ」

「あら、でも、ほら、ロード・ロスベリーが行ってしまう」リジーはおおげさに息を呑み、喉に手をやった。「レディ・ギルトンを追っていくわ！　想像できる？」

シャーロットの胃が急に引き攣った。どういうこと？　ロスベリーの正体を知っているはずでしょ。ほんものの悪党だとわかっているはず。むろん焼きもちを焼いたりしない。

「まあ！　忘れるところだった。キティが言うにはね、彼女の継母がわたしの母に言ったそうよ。召使が料理人に話しているのを聞いた話では、先週、ミセス・ブリードラヴは、ロード・ロスベリーに詰め寄ったんですって。ミセス・ブリードラヴがこないだまで彼の愛人だった人。それで、もし二人の関係をつづけることに同意してくれないなら、走っているあなたの馬車に身を投げるって。でも、彼は突っぱねたそうよ。想像できる？」

思わずうめきそうになるのを、シャーロットは必死で堪えた。リジーのことは好きだった。ほんとうだ。二人はおなじぐらいの背丈で、おなじ歳で、こういう催しのたびに、母親から馬鹿ばかしい衣裳を着せられてうんざりしているところもおなじだ。でも、共通するのはそこまでだった。

シャーロットは内気で物静かな傍観者だ。ところがリジーは、恐ろしいほどの早口で、しかも大声でしゃべりまくり――むろん噂話や憶測の類を――そのうえ、シャーロットをできるだけ避けたい状況に追い込むことを趣味にしている。

リジーがシャーロットの腕に腕を絡め、社交界に出たての娘たちの横を通り過ぎた。クスクス笑いながら、しきりと意味ありげな視線を伯爵に送っている。

「なんてハンサムなんでしょう！　幽霊を探して古代の街道や洞窟を見て回る代わりに、ここに来ることをお母さまが許してくださって、あなた、嬉しくないの？」彼女が信じられないというように頭を振った。衣裳が衣裳だから、とても滑稽に見える。「まさか伯爵が来られるとは、お母さまも思ってらっしゃらなかったのね。母もわたしも、彼がここにいることが信じられないのよ。きっとトリスタンが誘ったんだわ。毎年、彼とおばあさまに招待状を差し上げていたんだけど、一度もいらっしゃらなかった。今年はなぜみえたのかわからない。あなた、わかる？」

「じつは、わかるわ」シャーロットは言い、通りすがりにレディ・ロザリンドに向かってにっこりほほえむと、にこやかな挨拶が返ってきた。「彼がここにいる理由は、みんなが知っているわ。彼女がその理由よ」

「ええ、そうかもしれない、でもね、あなたも知っているように、わたしの知るかぎりでは……ほら、わたしはなんでもよく知っているから、あなたも知っているように……」

「ねえ、リジー、あなたぐらいひとつの文章の中で〝知る〟という言葉をたくさん使う人、ほかに知らないわ。記録保持者ね」

「……彼女はあの人になんの興味も持っていないのよ」

「公爵の意向に逆らわないだけだわ」シャーロットは片方の肩をちょっと持ち上げてみせた。

「ああ、そうだったわ！　あなたは公爵夫人の親友ですものね。わたしとしたことが、うっかりしてたわ！　新婚夫婦はどうしている？」

「とても幸せよ」シャーロットはにっこりした。「でも、もう新婚とは呼べないけれどね。また旅行に出ているの。いまはウェールズにいて、それから……アイルランドを訪ねるんですって」

「彼女が結婚してなかなか会えないんでしょう。淋しいわね」

シャーロットはちょっと悲しげにほほえんだ。「ええ。でも、彼女が幸せならわたしも嬉しいわ。よく手紙をくれるのだけれど、一カ所に長く滞在しないから、返事の出しようがないの。二人が戻ったら積もる話をするつもり」ロスベリーと友だちになったことを知ったら、マデリンはなんと言うだろう。

じつを言えば、お節介な友人がなんと言うかわかっていた。ぜったいに認められない、ロード・ロスベリーにはちかづいちゃだめ、とか。むろん、彼女の言うとおりだ。

大理石の円柱を回り込んだとき、リジーの衣裳の高い立ち襟が人の手に当たり、パンチのグラスを叩き落した。

「気をつけたまえ！」男性が抗議の声をあげた。

シャーロットは目をまん丸にしたが、リジーは自分が起こした騒ぎにも気づかずおしゃべりをつづけた。

シャーロットが縮こまっていると、ありがたいことに、タオルを持った召使が通りかかった。客に謝罪の笑みを送り、急ぎ足でリジーの後を追った。

「フーン」リジーが顎を指で叩いている。「ほかにも話したいことがあったのだけれど、忘れてしまったわ」彼女が首を回したので、召使が掲げ持つワイングラスが並んだトレイをひっくり返しそうになった。べつの召使がさっと手を伸ばしてトレイを掴んだので、またべつの客を濡らさずにすんだ。

「リジー、わたしたち、座ったほうがよさそうだわ」シャーロットが言う。「あなたの衣裳……」

「いやになる。わかっているのよ。それに、この羽根のせいで鼻がくすぐったくて」

「でも、あなたのお母さまは、女羊飼いの衣裳を着ろとはおっしゃらなかった」シャーロットが苦笑する。「忌々しいこの杖で後頭部を突かれなかった人は、この部屋に一人もいないと思うわ」杖をうんざりと睨んでから、いとこの幅広い襟に目をやった。二人で力を合わせれば、舞踏場から人を一掃できそうだ。よい考えかもしれない。

「たしかにね」リジーがつぶやく。「でも、とてもかわいらしいわよ、ほんとうに」

「〝かわいらしい〟はあてはまらない。もっとふさわしい形容詞を最低でも三つは思いつくわ。〝馬鹿げている〟、〝滑稽〟、それに〝屈辱的〟」

「あなた、目立っているわよ」リジーが曖昧な笑みを浮かべて言った。

たしかにそうだった。紛れもない事実だ。

ダンスフロアをくるくると踊り回るカップルにちらっと目をやる。若いレディたちはみな、宝石をちりばめたハーフマスクに薄手の白いガウン姿だ。足首のところで焦らすように揺れる裾が、紳士たちの視線を引きつけていた。

でも、シャーロットの服は下に硬いペチコートをつけているため、中身を詰めすぎたシュークリームになった気分だ。華奢な体のせいで、服を着ているというより服に着られているように見える。

今夜は奇跡的にウィザビー子爵に出くわさずにすんだのだから、そのことに慰めを見出そう。

「シャーロット」リジーのささやき声には警告の響きがあった。「後ろを……振り返っては……だめよ。走って逃げたほうがいい」

ゆっくりと目を閉じて、声に出さずに言った。「ウィザビー？」

リジーが心配そうにうなずいた。「行きなさい」唇を動かさずに言う。

シャーロットが行こうとすると、いとこが肩を掴んで体をべつの方向へ向けさせた。「図書室に隠れて。いま改装中だから、誰も入れないことになってるわ」

リジーの言葉を鵜呑みにし、シャーロットは人垣に突っ込んでいった。むろん、杖を引き摺りながら。癪の種の杖を持っていてよかったと、はじめて思った。その肉体におよぼす威力は知れ渡っているようだ。ひと目見てぱっと飛び去る人が後をたたず、いつもの速さで混んだ舞踏場を突っきることができた。

人気のない図書室という聖域に通じる廊下にさしかかる。進むにつれて静かになり、暗くなるという事実には目を瞑《つむ》り、ずんずん歩いた。

図書室は改装中で、客は入れないことになっている、とリジーは言っていた。どうりで廊下をうろつく人はいない。

横に伸びる廊下から、突然白い雲が現れた。勢いがついていたから立ちどまっている暇はなかった。悲鳴をあげる間もなく、レディ・ギルトンにぶつかった。

二人とも倒れそうになったが、レディ・ギルトンは優美な手を壁に突いて体を支えた。でも、シャーロットはそうはいかなかった。誓って子爵夫人の上品な足だと思うが、それにつまずき、馬鹿ばかしい羊飼いの杖もろとも宙に飛んだ。両手と両膝を突く格好で、どすんと床に落ちた。

「まあまあ」レディ・ギルトンがクスクス笑いながら言った。「ずいぶんとお急ぎだったのね」

シャーロットは尻を突いて座り、大きく息をつきながらぶつけた膝のズキズキする痛みが引くのを待った。「申し訳ありません。見えなかったものですから」

「愉快だわね」レディ・ギルトンがにやにやしながら言った。シャーロットからは顔は見えないが、声で笑っているのがわかった。「そう思わないこと？　だって、あなた、生まれてはじめて舞踏会で眼鏡をかけていたのでしょう」

しまった、眼鏡！　倒れたときに鼻から飛んだにちがいない。辛辣な美人の相手はしていられない。当のレディ・ギルトンは、失礼しますとも言わずに腰をくねらせて舞踏場に戻っていった。

必死で床を手探りし、ようやく見つけてほっとため息をついた。急いでかける。よかった、壊れていない。

ゆっくりと立ち上がると、杖を摑み、暗い廊下をさらに進んだ。足を引き摺りながらだから歩みはのろくなっていた。

最初のドアの取っ手を揺すぶったが、鍵がかかっていた。激しい鼓動は無視して、つぎのドアを試してみる。蝶番に油が差してあったおかげで音もたてずに開いたので、ほっとした。

そっと忍び込んで驚いた。奥の壁の凝った真鍮の突き出し燭台に蠟燭がともり、散らかった部屋を金色に染めていた。

後ろ手にそっとドアを閉めながら、部屋をざっと見まわした。積み上げられた椅子や長椅子、テーブルや丈の高い衣裳簞笥、それになんだかわからない家具類が、埃か、白いシーツをかぶっていた。壁に作りつけの本棚には、埃やペンキで汚れないようにリネンが掛けてあった。

シャーロットは眉根を寄せた。リジーの母親は、どうしてこんな部屋に蠟燭をともすよう命じたのだろう？　肩をすくめ、そんな考えを払う。

奥へ行こうとして、転びそうになった。椅子の脚にもたせかけてある房のついたクッションにつまずいたのだ。羊飼いの杖でクッションをどけた。

そのときだ、やわらかな衣擦れの音を耳にしたのは。誰かが身じろぎしたような。

背筋がゾクゾクして、空気が重たく感じられる。足をとめた。きっと猫だろう。また音が。さらにまた。シュッシュッという音はますます執拗に、苛立たしげなものになってゆく。誰かが、なにかが、もがいているような音だ。

うなり声、まさしく男のうなり声が部屋の奥からした。

直感が、ここを出ろ、ここを出てゆけと言う。いますぐ。でも、ほかのなにかが彼女を押し留めた。好奇心か、はなはだしい愚かさか。

視界を遮る丈が高く幅も広い衣裳簞笥を忍び足で回り込む。

口をあんぐり開け、息をするのを忘れた。

ふたつの突き出し燭台のあたたかな光に照らされ、壁際に置かれた細長い脚の椅子に、ロード・ロスベリーが座っていた。自分のクラヴァットで目隠しをされ、両手は縛られ椅子の背に括りつけられている。

唾を吞み込もうとしたけれどできない。喉に砂が詰まっているみたいだ。

なんなの！　いったいどうして彼は縛られているの？

シャツの前ははだけ、広い胸の日焼けした肌が剥き出しで、平らな乳首と、平らな腹にかけてまばらに生えた金色の胸毛まで見えた。彼女の貪欲な目は、なめらかな裸の腹に釘付けになり、彼が呼吸するたびにそれが動く様に魅了された。

濃いブロンドの髪は乱れて広がり、額にかかる前髪を彼はさっと頭を振って払った。うまく払えず、艶やかな髪がもとの位置に落ちてきた。彼が苛立って低いうなり声とともに息を吐き出す。

改装中の部屋で、伯爵が裸同然の乱れた姿で縛られているのはどうしてか、シャーロットにはわからなかった。愛の探求に関係があるのだろうと想像するばかりだ。でも、彼はレディ・ギルトンと共に姿を消し、シャーロットはさっき彼女とぶつかったばかりだ。彼らがやろうとしていたことは、そんなに短いあいだにできるものなのだろうか。どうなの？

いまわかっているのは、放蕩者と友だちになるなんて愚の骨頂だったということだけ。彼が立派に振る舞って約束を果たしてくることを期待するなんて。

この部屋から出なければ。人が入ってきてこの場面を見たら、彼女の評判は丸潰れだ。体の向きを変えて出ていかなくては。……たとえ彼の姿が淫らに人を惑わすものであっても。

「きみのささやかなゲームがどんなものか知らないが、どうか勘弁してくれ」ロスベリーの教養ある声が部屋を切り裂いた。「わたしには用事があるんだ。きみには腹を立てる権利はない。紐をほどいてくれ、コーデリア」

シャーロットは息を呑み、手で口を押さえた。レディ・ギルトンはどうして彼をここに置き去りにしたの？

顔から首筋までカッと火照った。「恥知らず」強い口調でつぶやいた。

廊下のすぐ先の舞踏場に大勢の人がひしめき合っているところで、危険な愛の遊戯に耽るなんて、どういう神経だろう。閉ざされたドアの向こうで恋人たちがするゲームのことは、想像するだけでなにも知らない。ロスベリー伯爵はほんとうに堕落している。許しがたい男だ。

それでも、思案げに首を傾げて彼を見ずにいられなかった。彼はなんだか……頼りない。乱れ放題で無防備。まるで抑えつけられた美しい野獣だ。そのいましめのせいで、ちかづいても大丈夫なように見えるけれど、それは幻想にすぎない。怒りを抱えているからいっそう危険だ。

彼が罠にかけられたのだとしたら？　誰にも見つからなかったら？　紐を解いてあげるべき？

いいえ。シャーロットは頭を振った。その必要はない。彼の常軌を逸した貪欲さがこういう事態を招いたのだ。放蕩者がどうなろうと彼女の知ったことではない。声に出さずに自分を戒める。彼となら友だちになれると思ったあなたは馬鹿よ。彼のほうは、友だちだと思っていなかったのかもしれないのに。

ロスベリーにちかづくことを禁じた両親は正しかった。彼は堕落している。不道徳。救いがたい。

それに、彼女との約束を果たしていない。もうたくさんだ。

踵を返し、忍び足でドアへと向かった。

一脚テーブルを回り込み、ドアに目をやって顔をしかめ、ためらった。

あのドアを抜ければ、すべては元どおり。あいかわらず内気なシャーロット、やさしいシャーロット、〝男性とキスしそうになったことさえない〟シャーロットだ。

あすが来ても未婚のまま、ウィザビー以外に将来を託す人はいない。年が終わるころには、彼と不幸な結婚をしているだろう。逃れるすべはない。ああ、どうしよう、彼とキスすることになる、そうでしょう？

ドアまで来て、真鍮《しんちゅう》のノブに手を置いた。淫らで恥ずべき姿のロスベリーを、きっと死ぬまで忘れないだろう。

見納めにもう一度だけ。彼の寝室に舞い戻ったわけではあるまいし。わたしがここにいたことを、彼は知りもしない。見たいだけ見ればいいのよ。

踵を返し、彼に向かってそっと一歩を踏み出した。

ずっと以前から、人生をちゃんと生きていない気がしていた……そういう自分にうんざりだ。

「もういや」小さくつぶやく。ちかくの椅子を摑んでドアノブにかます。レディ・ギルトンが、それを言うならほかの誰も部屋に入ってこないように。

今夜、少なくともいまこの瞬間は、やりたいことをやるのだ。それからのことは、後から考えればいい。

自分が変わるためには、自分から動かなければ。そしていまは、放蕩者とのキスがどんな味なのか知りたかった。

「そこにいるのは誰だ？」ロスベリーがうなった。紐に抵抗したので、艶やかに日焼けした腕の筋肉が盛り上がり、強張った。

彼女は返事をしない。大きく息を吸い込み、決然とした足取りで伯爵に向かってゆき、行く手を塞ぐ、くたっとした房飾りのついたクッションを蹴散らし、羊飼いの杖を投げ捨てた。彼は縛られ目隠しされているから、やりたいことをしたらドアを出ればいい。誰だったのか、彼には見当もつかないだろう。物好きな愛人が舞い戻ってきたと思うかもしれない。

彼が舞踏場に戻ってきた暁には、一人でほくそえんでやる。彼は知るよしもない。内気な友人が禁断の果実を味見したなんて。だいたい、一度のキスぐらいなんだというの？

9

〝紳士たるもの、図書室は学究の目的にのみ使用すべきである〟

ロスベリーはふっと鼻をかすめた馴染みのあるレモンの香りを深く吸い込んだ。どきりとしたが無言のまま、足音に耳を傾けた。

部屋に入ってきたのは断じて若い娘だ。彼の厩舎で最高のアラブ種の馬を賭けてもいいが、コーデリアではない。彼女の香りは四季咲きのバラだ。短命に終わった恋愛期間の最初のころは、その香りが好ましかったが、いまではバラと同様に彼女もしつこく絡みついてきて棘があることを思い出させるだけだ。

だが、この香り――いまや彼のまわりに漂うそれを深く吸い込む――は満足感を呼び起こした。紐をほどいてレディ・ギルトンを探し出し、優美な首を絞めてやりたいといういまの心境を思うと、満足を覚えること自体が奇跡だ。

「誰だ?」ロスベリーはきっぱりと、だが静かに尋ねた。背中で両手を縛る捻じった絹の紐を引っ張ると、ようやく千切れかけていることに気づいた。「さあ、大丈夫だから」すぐにびくつく馬に語りかけるように言う。「そこにいるのは誰なのか教えてくれ」

沈黙。だが、スカートがやさしく擦れる音。ちかづいてくる――感触と音でわかる。空気が変わった。彼女が目の前に立っているのを感じ取る。

それに、震えている。息遣いでわかる。震える息を肌で感じ取れる気がした。

いったい誰なんだ、どうして名乗らない？

怒りと苛立ちが募って拳を握ると、絹が音を立てずに裂けた。じきに手が自由になる。

体の前に熱が立ち昇った。女はためらっているのだ。体を動かさずにさらに絹を引き裂く。

髪がチクチクして頬が引き攣る。

彼女の髪。彼のほうに屈み込んでいる。

唇を開いたものの、一言も発せないまま固くすぼめた唇を押し当てられた。

唇をすぼめた彫像にキスされているようだ。

彼がキスを深くしようかどうしようか決めかねているうちに、純朴な娘は体を引いた。

ちょうどそのとき、片手がいましめから自由になった。彼女が息を呑む。彼はもう一方の手も振りほどいた。まずきつい目隠しを解こうと思ったが、その前に彼女がいなくなってしまったら大変だ。

そこで、彼女のほうに向かって手探りした。空気を摑むばかりだ。

彼女は離れていった。

考える前に立ち上がり、凝った肩を回してほぐす。逃げる足音に向かって突進し……テーブルの角に膝をぶつけた。痛さにうめく。

部屋にいる女は、不思議なことに小さく同情の声をあげた。猛然と部屋から飛び出すか、駆け戻って彼を助けるか決めかねているようだ。

彼女にとっては不運なことに、その声で彼に居場所がばれてしまった。腰に腕を回して背中から胸に引き寄せた。

「ああ！」シャーロットには自分の幸運が信じられなかった。それとも不運というべきだろうか。悲鳴をあげ、彼の腕の中でくるっと回った。ロード・ロスベリーは彼女をじっとさせておいて目隠しをとり、キスをしたこしゃくな娘の正体を知ろうとしている。でも、そうはさせない。体を思いきりひねった。こうすれば、おとなしくさせるのに彼は両手を使わざるをえないだろう。

ところが、ちがった。シャーロットが壁のように硬い剝き出しの胸を押すのとおなじ決意で、彼は目的を達成しようとした。しかも、彼女を自分のほうに引き寄せるのに片腕しか必要としない。彼女が体をよじって両手で押しても、彼はびくともせずにウェストを摑んだままだ。まるでベルベットの拘束衣だ。

それでも、彼が目隠しを押し上げようとしたとき、その肘を突き上げることに成功した。

「くそっ、いいか、じっとしてろ！」

「放して」食いしばった歯のあいだから懇願する。

もがいているうちに、シャーロットの脚がシーツに絡まった。彼が膝をぶつけたテーブルに掛かっていたシーツだ。仰向けに倒れたが、さっき蹴飛ばした房飾りのクッションがちょうどお尻の下にあって衝撃を和らげてくれた。

ロスベリーが一緒に倒れた——足場を失ったからではないだろう。彼女を取り逃したくない、その一心でだ。

シーツとクッションに絡まりながら、シャーロットは肘と踵を支えにして後ろに逃れた。でも、伯爵の動きはあまりに早かった——まだ目隠しをしているというのに。

「ああ、やめろ、やめろったら」どこかおもしろがっている。豹が獲物を狙うように腰を低くしてせまってくる。乱れた濃いブロンドの髪が顔に垂れ下がる。「わたしが正体を知るまで、きみはどこへも行けない」

胸の筋肉が動きに合わせて波打つ。シャーロットはうっとりと見つめて一瞬動けなくなった。彼の虜になる。ためらいながらも、後じさって逃げなければと自分に言い聞かせた。彼女の中のいけない部分が、なにもしないでこのまま彼に摑まりたいと願っていた。

彼の大きな手が過たずに彼女の足首を摑んで逃げるのを阻止し、もう一方の手がきつく食い込むクラヴァットを目からはずそうと動いた。

囚われの足首を自由にしようと揺すってみたが無駄だった。ロスベリーのやさしい手はびくともしない。

彼は動けないと思った自分はなんて愚かだったのだろう。本能がべつの行動をとれと命じた。もう一方の足の踵で彼の肩を蹴った。

彼が痛さにうめく。「どうして……」

計算された素早い動きで跳び出し、全身で彼女を押さえつけた。

一瞬、呼吸が胸の中で滞り、彼の重みを受けて身動きができなくなった。彼のあたたかくて硬い腿が脚のあいだに重く割り込む。

動いたせいで息を荒らげるうち、お腹の底に恥かしげもなく熱が生まれた。彼は苦もなく片手で彼女の両手首を摑み、頭の上に持ち上げ、もう一方の手のやわらかな指先ですべすべの頰をなぞった。

「きみは何者だ？」彼がささやいた。

全身を揺るがす感情と思考の爆発に息がとまった。目の前の彼はあまりにも支配的で、あまりにも美しい。誘惑するために生まれてきたようだ。指先で顔に触れただけで、火がついたような圧倒的な感覚を生み出すなんて。これまでに思い描いたどんな淫らな場面もこれには勝てない。

体が頭の言うことをきたがっていないことに、遅まきながら気づいた。もがくのをやめていた。それどころか、上に乗っている彼のしなやかな筋肉のついた体の魅力に酔いはじめていた。ボディスに押し当てられたあたたかな胸、秘部にあてがわれた硬い腿。

わずかに開いて白くまっすぐな歯を覗かせている口元に、視線が吸い寄せられる。首をもたげるだけで、その口を唇で塞げるのだ。

ぶるっと身震いする。彼に反応する肉体に驚き、恥じた。正体がばれる前に逃げ出さなければ。

正しいことと、すばらしく感じられることの狭間で、意識が闘っていた。最後には、敬虔《けいけん》な父親から繰り返し聞かされた肉欲の罪の恐ろしさが、彼女の中にいくらかの良識を甦らせた。

「どいてください」弱々しいながらも抗議する。

「だめだ」彼がうなる。口を、頬を、首筋を、彼の吐息が熱く撫でる。「いまきみを行かせるわけにはいかない。正体がわからないうちは。きみだって、味わいたかったのだろう？」

その淫らな言葉が、ひとつの思いを呼び起こした。彼はわたしを奪うつもりなの？　その気になりさえすれば、彼ならできる。シャーロットの中に不安が生まれた。ゴシック小説を読み耽ってきた年月を、不意に後悔した。性的刺激を与える恐怖、情熱的な抱擁、自制を失いかけた男たち、欲望に耽溺する男たち。

あなたの友人のシャーロットよ、と告げたい気持ちがある一方で、キスを盗んだことが恥ずかしすぎて、とても正体を明かすわけにはいかなかった。逃げるしかない。

手首をひねる。上に乗る彼は重すぎるし、力は十倍以上強いだろう。その体重だけで彼女を組み敷き、片手だけで彼女の両手首を押さえていた。シャーロットはまったくの無力だった。

指先で探るように撫でて背筋をぞくぞくさせることを、彼がやめてくれてほっとした。いまはその指を使って目を塞ぐクラヴァットをほどきにかかっていた。

ちょっと待って。シャーロットの意識が語りかける。彼に正体を知られるのはちょっと待って。屈辱のあまり死ぬことってあるの？

まるで茨の茂みから逃れるように、彼がパッと離れていったらどうするの。でも、それを望んでいたはず。そうじゃない？　もう、いったいどうしてしまったの？　彼の下から逃れたいと思っていたんじゃないの？　ほんの数秒前まで、逃げ出そうとしていたんじゃないの？

ロスベリーはうなって重心を移動した。いまはただ、忌々しい目隠しをはずしたいだけだ。片手だけではそれが意外なほど難しい。体の下で謎の女が喘いでいるからなおさらのこと。

そう思ったとたん、女が跳ねたのでバランスを失いそうになった。その隙に女は膝を引き上げ、彼の股間に押し当てた。

彼はうめき、横に転がって体を丸めた。「自業自得だな」彼はいつもより一オクターブ高い声で叫んだ。

つづいて乱れた足音が聞こえ、ドアが開いてバタンと閉まった。残念ながらキス盗人は逃げてしまった。

全身に広がる激しい痛みが鈍い疼きにまでおさまるのを待った。それから乱暴に目隠しを取った。

いったいなんなんだ？

立ち上がって両手を腰に当て、息を整えながらしばらくドアを見つめていた。頭を振り、服を着ることにした。はたして彼女を見つけられるだろうか。手掛かりは香りと、固くつぐんだ唇だけだ。

シャツのボタンをはめるうち、しかめ面になった。まずはレディ・ギルトンを見つけ出すべきだが、そんな手間をかける必要がどこにある？　彼女がなぜ彼を縛って置き去りにしたのか、理由はわかっていた。

図書室で二人きりのゲームをはじめたときは彼も乗り気だったが、目隠しをされたとたん脳裏にシャーロットの姿が浮かんだ。記憶の中に彼女が出てくるとは思っていなかったし、子爵夫人の貪欲な手が体に触れたとたん、彼女のことは脳裏からすっかり消え去ったと思っていた。だが、そうではなかった。その姿は鮮やかに、生々しくなるばかりだった。

そして唐突に、コーデリアとやっていることに、やろうとしていることになんの刺激も感じなくなった。子爵夫人はそのことを察知して怒り出し――というより、自分が魅力を失ったことに多少うろたえ――彼をその場に置き去りにした。

ロスベリーはクラヴァットを首にゆるく巻きつけ、ドアへと向かった。ドアノブを摑もうとしたとき、ブーツの爪先がなにかに当たってコトンといった。見おろして、驚きに色を失った。

かすかにレモンの香りがする。

明白な証拠である羊飼いの杖を見つめながら、無数の感情が全身を駆け巡った。うろたえていた。ショックだった。当惑していた。信じられない思いだ。そして、まぎれもなく興奮していた。

口元を歪めて笑みを浮かべ、床から杖を拾いあげる。なんてことだ。謎の女の正体がわかった。

10

〝紳士たるもの、けっして二心があってはならない〟

シャーロットは図書室から転がるように出たので息をきらし、よけいな注意を引かないようもっとゆっくり歩きなさい、と自分に言い聞かせた。

まさかロスベリーだって、キスを盗んだ愚か者の後を追って、シャツの前をはだけたまま図書室から跳び出してはこないだろう。いくら堕落しているとはいえ、そこまでみっともない真似はしないはずだ。少なくとも彼女は、そうしないでくれることを祈った。

人込みに紛れ込みたかったので、うたた寝する母親のもとに戻ることにした。

なんて馬鹿なことをしたの。そう思って頭を振った。顔を突っ込んではならない世界を区切る、目に見えない境界線を踏み越えてしまった。

ロスベリーの姿を思い浮かべそうになる自分を、必死で抑えた。謎は消えた。彼にキスしたけれど、そのこと自体はたいしたことなかった。そう思って肩をすくめる。

足元の地面が隆起することもなく、膝がガクガクもせず、気絶しそうにもならなかった。

仰向けに倒れた結果、彼が上にのしかかってきて、脈打つような熱を感じたけれど、それも無視できる。

放蕩者からも、彼の罪深い策略からも自由でいられることを、再確認しただけのことだ。そういうことを自分に言い聞かせなければならない訳が、さっぱりわからなかった。

並んだ椅子を回り込みながら、人込みを押し分けていくのは時間がかかりすぎるとわかったので、短い廊下を通って、舞踏場のべつの側の入り口から入ることにした。廊下は涼しく、前方にはがらんとした暗い床がつづくばかりで人気はなかった。ほっとため息をつく。

だが、安心するのは早すぎた。

ほんの一メートルほど進んだとき、冷たく細い指に腕の後ろ側をぎゅっと摑まれた。背後に立つのが誰かわかり、胸が悪くなった。

くるっと振り向き、うめき声を呑み込む。

ウィザビー子爵はローマ神話の神の扮装をしているので、見たくもない青白く薄紙のような肌を露出していた。かたわらにやってくると、白いもじゃもじゃの眉毛をひくひくさせた。本人は魅力的で親しげなしぐさと思い込んでいるが、シャーロットは不快感に体を震わせた。

「なんともお美しいですな、ミス・グリーン」

「ありがとうございます」

彼の探るような視線が、惨めなドレスの幾重にも重なる白いひだ飾りの上を泳ぎ、最終的にはボディスの十文字のレース飾りでとまった。「あなたは……乳搾《しぼ》りの娘に扮しておられるのですか？」

「女羊飼いですわ、マイ・ロード」深く息を吸い込み、いざとなれば武器があることを思い出す。羊飼いの杖だ。彼が指一本でも触れようとしたら、手の甲をそれで叩いてやる……いえ、待って……。

心臓がピクンとした。頭を左右に向けて、探す。「そんな」うめき声が出る。「いったいどこに置いてきたの？」

「なにをですかな、お嬢さん」ウィザビーがあやすように言った。

狼狽の震えが背筋を走る。一回転してまわりの床を探したが無駄だった。

「なにをなくされたのです？」

唾を呑み込み、冷静な呼吸を自分に強いた。

杖がどこにあろうと心配する必要はない、そうでしょう？

「あの、お気になさらずに」早口に言う。

「大丈夫ですか？」ウィザビーが首を傾げて尋ねた。

「ええ。ええ、大丈夫ですわ」でも、大丈夫ではなかった。癪の種の杖をどこに置いてきたか思い出したからだ。

思い出したその瞬間、肺の中の空気がすべて膝まで落ちた気がした。そういうことが可能かどうかはべつにして。

図書室に忘れてきたにちがいない。

ロスベリーに見つかってしまった？　答がノーであることを祈った。でも、彼が杖を見つけたら、彼女の持ち物だとわかるのでは？　わからない可能性もある。

股間を蹴られた痛みに、いまも床を転がっている可能性だってある。顔をしかめ、もう回復していることを願った。彼を傷つけるつもりはなかったのだもの。

ウィザビーがポケットから片眼鏡を取り出したので、彼女は注意をそちらに引かれた。レンズのせいでいつもの二倍に見える目で、彼がボディスをじろじろ見ていた。「つぎの曲をわたしと踊っていただけませんか？」彼が胸に向かって尋ねた。

「それは……わたし、ええと……つまり……」シャーロットは必死で舞踏場のほうに目をやった。

「たしかワルツだと思います……今夜の最後の曲は。それで、あなたにぜひ申し上げなければならない、大変に重要なことがあるのです」

そこで腑に落ちた。もしウィザビーと踊ったら、彼はきっと結婚を申し込むにちがいない。いや。この男とワルツを踊りたくない。この男と結婚したくない。いまはただ、母の手を摑んで自室に引きあげ、ロスベリーから隠れたい、それだけだ。ロード・トリスタンがどこへ行こうとどうでもよかった。でも、どう言って断ればいいの？　これまでさんざん口にしてきた言い訳以外に、なにを言えばいい？　これまでに考えられる言い訳は出しつくしてしまった。なにか新手のものが必要だ。相手を納得させる言い訳を必死に考えた。

子爵と踊ったらいいじゃない。頭が反乱を起こす。そうすれば、伯爵が探し回っていたとして、彼女はずっと舞踏場にいたと思うかもしれない。

でも、それではウィザビーを図に乗らせてしまう。ロスベリーの詮索するような視線よりも、それはもっと避けたい事態だ。

「わたしが申し上げたいのは、サー、つまり……」背中に妙な熱を感じたが、無視した。

「はい？」ウィザビーの視線が頭上をさまよった。図書室で転んだときにボンネットがひどい有様になったのだろうか。

ああ、熱が背中全体に広がり、まるで石炭ストーブの前に立っているみたいだ。

「あなたと踊れないのは、その……ええと……」咳払いした。「……なんと申しあげたら……」

「ミス・グリーンがあなたと踊れないのは」背後で低くなめらかな声がした。「つぎの曲をわたしと踊る約束をされているからです」

官能的で気だるい声が誰のものか瞬時にわかり、くらっとなった。

ウィザビーは邪魔をされて怯んだ。「なるほど」ロスベリーを不快そうに見ながら言った。「若いレディがわたしの申し出に口ごもられるのも無理はない。ミス・グリーンはあなたと踊ることを許されていないと理解していますがね」

ロスベリーは低く深い声で笑っただけだ。その笑いが彼女の背筋を震わせて踵へと落ちていった。

振り向いて、こっそり横目で彼を見る。彼は手を後ろで組み、足を床に踏ん張って立っていた。艶やかな金髪は後ろに梳かしてあったが、巻き毛がひと房、額の片側に垂れている。

彼は目を伏せてウィザビーを見つめ、にっこりした。ほかの男ならば、少年っぽくて魅力的に見えるいたずらっぽい笑みだ。でも、ロスベリーのハンサムな顔に浮かぶと、油断がなく危険だった。彼女に触れたりしたら、喜んでその指を折ってやる、と暗に威嚇している。

彼が羊飼いの杖を持っていないのを見て、シャーロットはほっと胸を撫でおろした。つまり、彼は図書室で杖を見つけず、キスを盗んだのは彼女だとは夢にも思っていないということだ。

彼の視線が彼女の上をさまよい、年老いた子爵に戻った。「本人はどう考えているのか、ミス・グリーンに尋ねてみませんか？」

シャーロットの肌が粟立った。誰に聞かれるかわからないから、人前では親しげな呼びかけ方をしてはならないと、どちらもわかっていた。だが、〝ミス・グリーン〟が正式な呼びかけだとしても、ロスベリーの口から出るととんでもなく不道徳に聞こえる。まるでふしだらな秘密を知っていて、それを分かち合いたいと思っているかのように。でも、いまのこれは芝居ではないのかもしれない。彼は秘密を――彼女の秘密を知っている。そして、それを暴露しようとしている。

子爵は胸を膨らませた。彼女が正しい決断をくだすと思っている。たやすい決断、安全な決断を。

舞踏場の奥から、ワルツがはじまる合図のヴァイオリンの音色が聞こえてきた。

シャーロットがためらうのを見て、ウィザビーは非難するように顔をしかめた。下に向かった口元のしわが深くなる。「言っておくが、マイ・ディア・ミス・グリーン、お母上がほんの数メートルのところに座っておられるのですぞ。このやりとりを見守っておられる」

母は目を覚ましていたのだ。そういうことなら、ロスベリーに背を向けて知らないそぶりをしなければ。彼女がウィザビーと踊るのをロスベリーが阻止しようとしたと母が知ったら、二度と彼とは会えなくなるだろう。

でも、いったいどうすればいいの？ ウィザビーと踊るのがどれほど厭であろうと、あんな振る舞いをし、あんなものを目にしてしまった後で、ロスベリーと話をする気恥ずかしさを味わわずにすむ。もっとも、シャーロットが彼の乱れた姿を見たことや、彼にキスしたことを、ロスベリーは知らないかもしれない。ロスベリーとワルツを踊れば、ウィザビーから逃げられる。

踏ん切りがつかなかった。たしかに彼は救ってくれるだろう。でもそれは、年老いた狼から逃れて、艶やかでずる賢い狐の巣に踏み込むようなものだ。

でも、狐にはこれまでに彼女を食べる機会はいくらでもあったのに、そうしなかった。自分を励ますように深く息を吸い込み、心を決めた。

「ほんとうなんです、サー。このダンスはロード・ロスベリーと約束していました」きっぱりと言った。

「いいでしょう」ウィザビーが顔をちかづけてきて、唇が耳に触れそうになる。「あなたをよく知らなければ、お嬢さん、わたしを避けていると思ったでしょう。かまいませんよ。良識はかならず勝利する。そのときまで待ちましょう。ごきげんよう」眼鏡をポケットに戻し、深くお辞儀をすると踵を返し、歩み去った。

彼女は黙ってその後姿を見送った。奇妙なことだが、ロスベリーが来てくれて助かったと思っていた。もっとも、図書室での自分らしくない振る舞いを恥じる気もちは、それを上回っていた。

考える時間がもてたいま、ほかにも心にひっかかっていることがあった。彼女が図書室に行くのが五分早かったら、レディ・ギルトンとロスベリーのどんな姿を見ることになっていたのだろう？

急に胸がむかむかしてきた。むかつきの原因となった名状しがたい感情を抑え込もうと唾を呑み込んだ。

「ありがとう」彼女はささやき、顎を心持ち突き出した。そうすれば視界が少しは広がる。彼はまだ背後に立っていた。見るまでもなく、彼の体から発せられる熱がそばにいることのなによりの証拠だ。

ロスベリーと踊りたいけれど、彼の申し出は、ウィザビーから彼女を救う方便にすぎない。いまは踊れないことは、二人ともわかっていた。ここでは踊れない。凶暴な野良猫からシャーロットの心を守ることを、自分の使命とする母がそばにいるのだから。このときばかりは、母の存在をありがたいと思った。彼の腕に抱かれたくないと、不意に思った。図書室で彼の体に反応したことが、彼女を怯えさせていた。

咳払いする。「あなたが救いに来てくださったのは、これで二度目、三度目、いえ四度目かしら？　気をつけないと、紳士のレッテルを貼られてしまいますわ。わたしの助けがあろうとなかろうと」

ロスベリーはしばし目を閉じて、彼女の軽やかなレモンの香りを吸い込んだ。この瞬間、彼がなによりも願ったのは、舞踏場から客が一人残らず消え去ることだった。そうすればシャーロットを抱き寄せ、馬鹿げたボンネットを引き千切り、両手を髪に深く埋めて、喉に唇を押し当てることができる。ああ、どうしてこんなにいい匂いがするんだ？

口には出さずに自分を呪った。図書室で、もがく体を押さえつけたとき、彼女だと気づかなかったとは。どれほど短いものであっても、シャーロットだとわかっていたら一瞬一瞬を味わったものを。

だが、あれでよかったのだ。あのとき、体の下で身悶《もだ》えしているのがシャーロットだとわからなかったのは、彼女のためにはよかった。ほんもののキスの複雑な味わいを、迷うことなく嬉々として教えていたにちがいなかったから。

「ああ、だが、そうすぐに紳士になれるとは思えない」彼女の背後で物憂げに言った。「たとえなるにしても」

通路に人が溢れてきた。踊りの輪に加わろうとする人もいれば、舞踏場を出てどこかよそへ行こうとする人もいた。この人込みで母親の視界は遮られるから、二人きりになれる。もしいま、二人の会話の邪魔をしようと母が椅子から立ち上がったとしても、舞踏場を横切ってやってくるまでに十分はかかるだろう。それまでおしゃべりができる。ほんの短い時間だけれども。

「今夜は楽しまれましたか、ミス・グリーン？」

彼女はうなずいた。もう彼に顔を向けても大丈夫そうだ。

「よかった」目が合うと、彼がにやりとした。「若い女性はみな、とりわけきみのように内気で遠慮がちな女性は、あらたな世界に向かって船出すべきだ……新しいことに挑戦してみるといい。きみが淫らな空想に耽ることを、わたしは進んで認めるし、励ましもする。そう言えば、なにかなくさなかった？」

不安はもちろんのこと、いつもの気恥ずかしさが彼女の感覚を震わせた。「あら。い、いいえ、なにもなくしてませんわ」

「ほんとうに？」

「ええ」

彼が背中から羊飼いの杖を取り出した。

心臓がふらついて鼓動が乱れた気がした。唾を呑み込む。なにも認めてはならない。うろたえてはならない。なんとかべつの話をでっちあげて、彼を納得させなければ。

驚いた顔をする。「ああ、そうでしたわ！　持っていると邪魔になるから、どこかに、たぶん……置きっぱなしにしたんです。ずっと前に。すっかり忘れていました。ありがとうございます、マイ・ロード。置き忘れるなんて、馬鹿みたい」

彼の目がいたずらっぽく輝いた。「置き忘れたと？」

「……」口をつぐんだままうなずいた。嘘ではない。

「だったら、教えてほしいのだが……いったいどこに置き忘れたと思っているのかな？」

彼女は肩をすくめた。

彼の片方の口角が持ち上がった。「どうかしたのか？　急に口がきけなくなった？　とても信じられない。わたしたちが一緒に過ごしたのは数えるほどだが、きみが言葉を失ったことは一度もなかった」

告げ口屋の火照りが頬へと這い昇ってゆく。「わ、わたし、なんだか急に話したくなくなって、それにダンスもしたくなくなりました。失礼しますわ、マイ・ロード」彼女は杖を摑もうとした。

彼がさっと杖をどけたので、シャーロットはつんのめった。胸が彼の硬い胸にぶつかる。彼女が上体を起こすのに、彼は手を貸してくれなかった。なかばおもしろがるような、なかば誘惑するような笑みを浮かべて、じっと見おろすばかりだ。

「さて」彼の危険で豊かで深い声が、彼女を誘い込み酔わせる。「どうしてわたしにキスしたのか、説明してくれないか、シャーロット？　自分を抑えきれなかった？」

なんとかバランスを取り戻して彼から離れ、深呼吸し、彼の手に握られたままの杖を睨みつけた。それで彼の足をすくってやれたら、と心ひそかに思った。

「まさか、そんなことありませんわ」鼻先で笑う。彼のエゴを満足させることに、日々貢献する女たちの一人にはなりたくなかった。「たんなる好奇心、それだけです」

「それで、きみの好奇心は満足させられたのかな？」

「とても。キスとはどういうものか想像を巡らせる必要はなくなりました」彼女は言い、目の前にぶらさがるリボンを払いのけた。「じつのところ、あまり、その……おもしろくなかったわ」

彼が考え込む表情になった。「そいつは興味深い」

「どうしてですか？」

「それはだ」彼は顎を撫でた。「きみの行いによって、わたしの好奇心は十倍に膨れあがったからね」

「ほんとうに？」彼の告白に心を奪われたことがそのまま声に出ていて、ぎょっとした。咳払いする。「ほんとうに？」今度は冷ややかな無関心を声に出してみた。

彼はゆっくりとうなずき、体重を移動してほんのわずかちかづいてきた。それだけなのに、彼の体の熱に包み込まれる。ウィスキー色の瞳に呑み込まれ、彼のほうに引き寄せられるような気がした。足はまったく動いていないのに。「どうやらきみをみくびっていたようだ」

彼女はごくりと唾を呑み込んだ。「そんなふうにわたしを見つめていたら、まわりの関心を引いてしまいます。いまの話はすっぱりと忘れて、べつの話題に移りませんか？」

「だったら、どんな話題がいい？　ロード・トリスタンか、それともウィザーボトム？」

「ウィザビーです」

「誰でもいいさ」

「いいえ、彼の話はしたくありません」

「あの爺さんは、いつかきみと結婚するつもりでいるのかな？」

彼女はなにも言わず、ため息をついた。自明のことだ。

「きみのご両親は、彼をけしかけているというわけか？」彼が信じられないという口調で尋ねた。

「かもしれません」彼女は肩をすくめた。「彼は両親の古い友人で、わたしは子どものころから知っています。でも、あなたには関係のないことですわ」

「ほかの誰かにとっては、大いに関係あることだ」

ウィザビー子爵が少女に夢中だという話は、裏社会では有名だった。ずっと昔からシャーロットをいやらしい目で見ていたことは、想像に難くない。ウィザビーの趣味からすれば、シャーロットは歳をくっているが、実際よりずっと若く見えることがよくある。そこが子爵の歪んだ心を引きつけるのだろう。

だが、ロスベリーには、ロンドンのグリーン家のタウンハウスに乗り込んで、彼らの古くからの知り合いの正体を暴露することはできない。彼の言うことなど、誰が信じる？　餓えた熊から彼女を守るために、人食いライオンを雇い入れるようなものだ。彼なら熊を殺せるだろうが、その後で彼女を貪り食わない保証がどこにある？

「だったら」彼はやさしく言い、べつのことに思いを向けた。「わたしに言えばいい。ちゃんと耳を貸す。きみがそうして欲しいのなら、ウィザビーが二度ときみを煩わせないようにしてあげよう」

「どうしてそこまでしてくださるんですか？」

「友だちだから」

彼女は顎を突き出した。「いいえ。あの申し出は撤回することにしました」

「そんな、おもしろくない」

「もうどうだっていいんですわ」彼女は冷ややかに言った。

「わたしはどうでもよくない」

「だったら、レディ・ギルトンを探しに行くべきだわ」思わず口走り、手袋のレースが気になるふりをする。「彼女ならおもしろいことをいろいろ知っていそうですし」

彼は黙り込んだ。彼女は嫉妬しているのか？　いま彼女に話したら信じてくれるだろうか。淫らな気持ちを抱いてはいたが、コーデリアの申し出にたちまち興味を失ったのだ、と。彼女のことを、シャーロットのことを考えたら、つづけることができなかった、と。

いや、彼女は信じないだろう。無理もない。自分でも信じられないのだから。

彼女が嫉妬していると思うなんて馬鹿げている。この数カ月間、彼にふさわしい花嫁が見つかるよう、せっせと協力してくれた。

いや、彼女が嫉妬するわけがない。シャーロットは、彼に対して友だち以上の気もちを持ってはいない。だったら、思わせぶりな態度はとるなと言いたい。どうしてキスしたんだ？　挑戦か？　冗談？　彼といても安全だといつも言っているが、本気でそう思っているのか？　あるいは試しているのかもしれない。

「教えてくれ。友だちになろうという申し出を撤回すると決めたのは、どんな根拠に則ってのことだ？」

「あなたが卑劣ならず者だからですわ、サー」

「卑劣？　たったいま、不快きわまる恋煩いの好色家からきみを救ったばかりなのに？」

「ロード・トリスタンはどちらに？」彼の言うことはわざと無視して、シャーロットは尋ねた。「もう現れてもよいころなのに」シャーロットが様子を窺っていると、彼の視線の熱がだんだんに失われていくのがわかった。彼女が友人の名前を口にしたせいだ。

クラレットのグラスを載せたトレイを掲げて、召使が通りかかった。ロスベリーはさっとグラスをふたつ摑み取り、ひとつを彼女に差し出した。彼女が断ると、彼は一気にグラスをふたつとも空けた。「またカードルームに入り浸っているのだろう」しかめ面で言い、グラスをサイドテーブルに置いた。

「わたしたち、これからどうします？」

「きみはフランス語を話せる？」

なんなの？　彼の質問に面食らったが、すぐにわれに返り、口を開こうとした。方言はべつにして、言っていることはほとんど理解できるけれど、発音はひどいものだし、動詞の活用に苦労する、と言うつもりだった。

でも、よく考えて言い淀んだ。こんなときにそんな質問をするなんておかしい。なにか魂胆があるの？

「それで？」彼がやさしく促した。

彼女は小さく頭を振った。「いいえ、フランス語は話せませんわ」嘘ではない。彼はフランス語を話せるかと尋ねたのであって、理解できるかと尋ねたのではない。

「それはいい」彼は言い、口をへの字にして考え込んだ。「ところで、きみの母上はフランス語を話せる？」

彼が質問をすればするほど、秘密を守ったほうがいいという気になった。彼女や母親がフランス語を話せないことを、彼はどうしてたしかめる必要があるの？

「あの、いいえ。母はフランス語をまったく話せませんわ」それはまったくほんとうだった。ヒヤシンス・グリーンは理解できないし、話せない。上流階級のあいだで人気のフランス語には見向きもしなかった。

「完璧だ」彼が言う。

「どうしてまた……」彼女は疑わしげに目を細めた。

「きみの母上が、あの不快きわまる豚野郎に、きみをくれてやろうとしていることを知ったうえは、きみを苦境から救わないわけにはいかない。ただし、あることでわたしに協力してほしい」

「どういうことですか？」

「いたってかんたんなことだ。この舞踏会にはわたしの祖母も招待されていたのだが、健康がすぐれず、こういった夕べを楽しむことができない。かつてはあれほど楽しみにしていたのにね。それため祖母はしょげ返っているのだ。わたしにもそれは辛い」

「わかりますわ」年配の友人が多い年配の両親と暮らしているから、健康が話題の中心になることがしばしばだった。シャーロットは同情心をくすぐられた。

「祖母のもとを訪ねる者もめったにいない」彼は言い、シャーロットの目をじっと見つめた。

「一人ぼっちだ。あす、オーブリー・パークを訪れて、お茶と遅い昼食を共にしてもらえないだろうか。祖母の相手をしてくれたら、きみがウィザビーから自由になる手助けをしてあげる」

彼女は口を結び疑わしそうな目で彼を見た。「どんなやり方で手助けしてくださるんですか？」

「きみが結婚してもいいと思っている男たちのリストを作り、あすの午後、オーブリー・パークでわたしに渡してくれたまえ。今シーズンが終わるまでに、リストに載っている男の一人をきみが勝ち取るのに手を貸してあげよう」

「それは公平な取引とは言えない気がしますわ、マイ・ロード。おばあさまにお目にかかるのはとても簡単なことなのに、あなたに課せられた任務は遂行不可能に思われますもの」

「わたしはそうは思わない」

彼女は唇を開いたが、言葉を口にするのをためらった。彼の瞳が内側から輝き出すと、彼女のお腹が熱くなりはじめた。

彼は頭を振って目にかかる髪を払った。「それにむろん、トリスタンがやってくる可能性はつねにある。彼はわたしの雌の仔馬に目をつけているからね。きみがわたしと一緒にオーブリー・パークにいるのを見たら、彼は驚くんじゃないかな？　花嫁選びを間違えたと後悔するだろう。それに、きみは彼に焼きもちを焼かせたいのだろう？」最後の質問はささやき声になっていた。「きみをあれほど悲しませ、誤解させたのだ。報いを受けて当然だろう。さあ、どうする、ミス・グリーン？　祖母の名前で、きみと母上に招待状をだすことがわたしにはできる……」

シャーロットはフフンと鼻先で笑わずにいられなかった。彼の提案は魅力的だけれど、実際には不可能だ。母は、ロスベリーの邸宅がある方向にほんの一歩でも足を向けるぐらいなら、自分の帽子と、それにシャーロットの帽子まで食べてしまうだろう。

「ありがとうございます。でも、無理な話だと思いますわ。お忘れかもしれませんが、母はわたしがあなたにちかづくことを禁じているのです……それがどこであっても」

「だが、べつの観点から考えてみれば……」

彼女は悲しげに頭を振った。「あなたのご提案には心を動かされますけれど、母が同意してもいいと思うような理由がなにひとつありません」

「わたしの領地には、幽霊が出ると言われている森があるのだが……」

彼女はなんとか驚きを顔に出すまいとした。「まさかあなたが憶えているとは、思ってもいませんでした。母が超自然現象にとり憑かれていると、たしかに言いましたけれど」

広い肩の片方が持ち上がる。「きみの唇から出た言葉は、一言も洩らさず耳を傾けているからね。そのことも、未来の夫に望む長所に加えておくべきかもしれないな」

彼女は片手を腰に当て、足で床をトントン蹴りながら考えた。彼の領地にある森には霊が宿っていると話したら、母は気持ちを動かされるだろうか？　たぶん……べつの考えが頭にひょいと浮かんできた。もっとよい解決法。失敗するはずのない戦術。

視線で彼の全身を辿ってから、顔に向けた。彼はそれらしく見えないが、母にそう信じ込ませることはできる……。

「いいですわ」シャーロットはつぶやいた。「あなたの申し出をお受けして、オーブリー・パークに伺います……あなたの計画に乗ることにします」

彼が眉をひそめた。「母上をわたしからご招待申し上げるべきかな？」

シャーロットは笑った。「あら、いいえ。その必要はありませんわ、マイ・ロード。母の説得はわたしに任せてください」

11

〝紳士たるもの、体を使う仕事は労働者階級に任せるべきである〟

男の背中は心に訴えかけてくるものがある、とシャーロットは思いながら、ロスベリーがグリーン家の馬車の後部に逞しい肩を押しつけてぐいぐい押すのを眺めていた。

男を見る目のある女性たちがまず挙げるのが、左右対称の顔立ちや、美しい目や、力強い顎や広い肩だが、鍛え抜いた逞しい背中もおなじぐらい大事だと、シャーロットは思っている。

「まあ、なんというぬかるみ。コヴェントリー全体でも、これほどの泥はありませんよ」大型旅行鞄にちょこんと腰掛けたヒヤシンスが、霧雨から身を守るために差した傘の影で鼻をすすった。「ロード・ロスベリーがどうしても付き添うと言ってくださってよかったわ。しかも三人の乗馬従者を連れてね。さもなければ、おまえとわたしの二人で、馬車をぬかるみから押し出す羽目に陥っていたわ」

母親の隣で、やはり傘を差して轍が刻まれた道に立つシャーロットは、小首を傾げてロスべリーに見惚れていた。二人の男たちと一緒に、彼が馬車の後輪を粘りつく深い泥から出そうと踏んばると、ブーツを履いた足がズズッと滑った。

男三人が力を振り絞って押すあいだ、御者は大声で馬を励ましていた。もう一人の乗馬従者は一足先にオーブリー・パークへと向かっていた。グリーン家の馬車が壊れるかもしれず、馬たちを休ませる必要があるかもしれないので、べつの馬車を駆って戻ってくる手筈だ。

「そう、たしかにそうでしたわ」シャーロットはうわの空でつぶやいた。「助けを呼びに御者を向かわせていたでしょうから」

ヒヤシンスは鼻を鳴らした。「そうしてぽつねんと待っているあいだに、追い剝ぎがやってきて襲いかかる？　いやですよ」

空想を巡らすシャーロットの頭に、母親の言葉はほとんど入ってこなかった。

ほかの二人は長いコートを着たままだが、ロスベリーはカリックコート（十八世紀終わりから十九世紀のはじめ、若い男子が着た足首まであるケープ付きコート）を脱いでシャーロットに渡していた。それを彼女は胸に抱き、布地に残る彼のぬくもりを楽しんだ。午前なかばの冷気は湿り気を帯び、新鮮な匂い――ロスベリーのコートの襟にこっそり顔を埋める――清潔であたたかな男の匂いがした。体を震わす不思議な、それでいて心地よい感覚に目を閉じる。つい洩れそうになるため息を呑み込み、咳払いをしてごまかした。

ヒヤシンスが舌打ちした。「瘧《おこり》に罹《かか》らないでちょうだいね。ご厄介になるのはひと晩だけですから。急ぎの旅なのよ、シャーロット」

「わかっていますわ」

「これしきの雨で道が通れなくなるなんて、考えられないわ。もう十五分もこうしているじゃないの。あれだけ押して、押して、押して、ほんの少しも動いてやしない」

「ロ――ロード・ロスベリーが言ってらしたでしょ。べつの馬車がじきにやって来るって」

「そうだといいのだけれどね」母はゆっくりと頭を振った。「彼の上等な服が台無しだわ」

「そうね」

そのとき、動きがとまった。疲れ果てた男たちが、ようやく休みをとったのだ。ほかの男たちより一歩さがったところで、ロスベリーは膝に手を突いて息を整えようとしていた。

シャーロットは母をちらっと見た。オーブリーの方角へ顔を向け、馬車が見えないかと目を凝らしている。これなら母に気づかれることなく好奇心を満たせる。シャーロットは堂々とロスベリーに目を向けた。彼はこちらに背中を向けているので、見られていることに気づかないだろう。

第二の皮膚のように広い背中にぴたりと張り付いた上等のローンのシャツには、泥が飛び散っていた。仕事に取り掛かるとき腕まくりをしたので、筋肉質の腕には泥と雨が筋を引き、長いブーツも、筋張った長く力強い脚を包む黒いブリーチも泥だらけだった。

賞賛の眼差しを今度は髪に向けた。汗と霧雨で濡れた髪は金色というより茶色っぽく見える。幾筋か渦を巻いて襟足に貼り付いていた。

なんだか体が火照ってきた。彼を……濡れた彼を……見ていたら、きまりが悪くなって。

なんだか、危険でくつろいだ感じ。泥撥ねがなければ——それに服を着てなければ——お風呂上りに見えただろう。

ひげがわずかに生えかかった顎や首筋を雨粒が流れ落ちて、ゆるく結んだクラヴァットに吸い込まれてゆくのを眺めていたら、シャーロットの腕に鳥肌が立った。

それから、飢えた視線をあげてゆき……ロスベリーと目が合ったとたん、なにも考えられなくなった。

肩越しに彼女を見つめながら、ロスベリーは背筋を伸ばし、傲慢な笑みを浮かべた。大気はひんやりとしているのに、彼女の頰は火がついたように熱かった。いったいいつからこっちを見ていたの？　かなり前からだろう。彼の目の熱い輝きがなによりの証拠だ。

彼女は目をしばたたき、慌てて頭を振った。そのしぐさで無言のうちに彼に訴えた。〝いいえ、わたしはあなたを見つめてなどいませんでした〟

彼がゆっくりとうなずく。きみがなにをしていたかわかっているよ、その現場をおさえたんだからね、とそのしぐさが言っている。

彼女はもう一度頭を振った。

彼は肩越しにシャーロットを見つめたまま、馬車のほうに戻っていった。笑顔が大きくなる。肩をすくめる。こう言いたいのだ。〝かまわないさ。見たいだけ見るがいい〟

彼女はもう一度、きっぱりと頭を振った。

彼が目配せした。

シャーロットは息を呑んだ。

それから、彼はほかの二人の男たちと一緒に馬車を動かす仕事に戻った。

シャーロットは顔を逸らし、ぎょっとして飛び上がりそうになった。母が不思議そうにこちらを見ていた。「いったいどうしたの?」

「なにがですか?」

「どうして怒ったように頭を振りつづけているの?」

「ああ、あれ?」彼女は肩をすくめた。「耳に雨粒が入ったので」

男たちが働く馬車の後部から、ロスベリーの笑い声が聞こえた。母は耳にしたのかどうか、それについてはなにも言わなかった。

道の先のほうから馬車の音がした。ヒヤシンスがパッと立ち上がった。「ああ、よかった。よかったこと! 伯爵さま、馬車が来ましたわ」

四頭の葦毛に牽《ひ》かれた輝く黒い馬車が、曲がりくねった道の先に姿を現した。ドアに記されたライオンと剣に棘のあるバラの蔓が絡まるロスベリー伯爵の紋章が、持ち主の高貴な血筋を誇らしげに告げている。

「なんて優雅な馬車でしょう、マイ・ロード」ヒヤシンスが言った。

母が掴まれるようにと、シャーロットは腕を差し出した。冷たく湿気の多い気候のせいで、母はさぞ痛い思いをしているだろう。長いことおなじ姿勢で座っていると、関節が凍りついたように固まることを、彼女は知っていた。

「わたしがしましょう」ロスベリーの深い声が背後から聞こえた。

伯爵はヒヤシンスの白い手袋が汚れたシャツに触れないよう、真っ白なハンカチを腕に掛けていた。いったいどこから調達してきたのだろう。

ロスベリーは彼女の母と並び、ゆったりとした足取りで芝地を横切り道へと向かった。シャーロットは二人の後ろにつき、母の傘を差し掛けた。自分の傘も手に持ったままだ。

馬車は向きを変えて、岩やハリエニシダの茂みのおかげであまりぬかるんでいない場所にとまった。踏み台がおろされ、ロスベリーが手を添えてヒヤシンスを乗り込ませる。

「屋敷でお目にかかりましょう」彼が母に言う。「馬車が遅れたことをお許しください、マダム。ぬかるみから出すことができましたら、誰かに損害の程度をあらためさせます」

ヒヤシンスはうなずき、小柄な体をやわらかなクッションに埋めた。「上等のお召し物がそんなになってしまって」あくびまじりに言う。「服の好みがうるさくていらっしゃることは、存じておりますのよ」

彼女がバッグをごそごそやりだしたので、ロスベリーはシャーロットに顔を向けた。

「わたしの好み？」ヒヤシンスに聞かれないよう、腰を低く屈めて尋ねた。「シャーロット、彼女がなにが言いたいのか教えてくれないか。きみのかたわらに立っていただけで殴りかかってきた人が、いまや馬車が立派だと言い、服が汚れたことをわたしがえらく気に病んでいるようなことを言う。わたしを受け入れてもらうために、きみは母上になにを吹き込んだのだ？」

シャーロットは、せいいっぱい無邪気な顔で彼の視線を受け止めた。「心配なさらないで。うまくいったのだから、それでいいじゃありませんか？」

彼は怪訝そうにシャーロットを見つめ、彼女が二本の傘を畳むのに手を貸してから、馬車に乗せた。

シャーロットが座席におさまるころには、母親はすでにやわらかないびきをかいていた。ロスベリーが馬車に顔を突っ込んで眉根を寄せた。「彼女はいつもこんなふうに寝入ってしまうのか？」

「ええ、いつも」

彼は一瞬だが、金色の瞳にいぶかしげな表情を浮かべた。

「関節が痛むのでアヘンチンキを飲んでいるせいですわ」シャーロットがささやいた。

彼はうなずき、中毒になっていないことを願った。

痛みの緩和や睡眠の導入剤として麻薬を使う人は多いが、濫用《らんよう》してひどい幻覚を見る人もいる。死にいたった例もあるほどだ。

シャーロットの母親はまだ破滅の道を辿ってはいないようだが、その危険があることは報せておく必要がある。オーブリー・ホールの図書室にある本で、代替薬がないものかどうか調べてみよう。

「それではまたあとで」彼の口調はさりげなかったが、その目は熱を帯びていた。

笑いを堪えているからそう見えるだけだわ、とシャーロットは自分に言い聞かせた。この二日で、彼からキスを盗み、彼に見惚れているのが見つかってしまった。ああ、どうしよう。ふしだらな女だと、彼は思った？　そんな考えを頭から追い払う。これ以上考えつづけたりしたら、馬車から飛びおりて、歩いて家まで帰ることになるだろう。

彼がどう思うというの？　シャーロットは彼に惹かれている。それは紛れもない事実だ。でも、それを彼に知られるのは、あまりにも馬鹿ばかしい。だいいち、彼はシャーロットにまったく関心を持っていない。たとえ天地がひっくり返って、彼が関心を持ったとしても、それはただの欲望、それだけだ。彼はまったく結婚に適さないし、放蕩者だし、肉体の愛――それがどんなものか、彼女はよく知らない――以外はなにも知らない。

両親は恋愛結婚で、うまくいった結婚生活のよい見本だ。どちらも相手にたいし、愛情と尊敬と賞賛の気持ちを抱きつづけてきた。それに献身。彼女も結婚したらそうありたいと思い、ロード・トリスタンが相手ならそうなれると思っていた。

情熱は罪だ。そう繰り返し言われてきた。情熱に溺れることは禁断の菓子を食べるようなものだ、と父はいつも言っている。情熱が冷めた後に残るのは惨めな思い、自制がきかなかった自分を恥じる思いだけだ。でも、父になにを言われようと、空想の世界にロスベリーが入り込んでくるのをとめられなかった。

彼に惹かれる気持ちはどんどん膨らんで隠しきれなくなっていた。ロスベリーはうすうす感づいているのではないか。そう思うと恐ろしくてたまらない。でも、知ったところで彼がなにをするというの？　彼女をからかう？　笑う？

誘惑する?

ため息をつき、彼の優雅な馬車の座席にもたれ、手袋をした手で深紅のクッションを撫でた。ロスベリーは一歩さがって馬車のドアを閉めるものと思っていたので、濡れた頭を差し入れてきたときには飛び上がりそうになった。

「きみに言っておかねばならないことが……」

「なんですか?」

「鼻になにかついている」

「わたしの鼻に?」

彼が手を伸ばし、指でやさしく鼻の頭を撫でて泥を落とした。

「マイ・ロード!」

「シーッ。母上を起こしてしまう。それに、泥をつけたままではみっともない」

そう言うと、彼はドアを閉めた。行け、と御者に命じる声がくぐもって聞こえた。

「恥知らずの浮気者」彼女はつぶやき、唇をかすめた笑みを無理に抑えつけた。

バネの効いた馬車がガクンといって動き出した。

彼に夢中になりそうだ。彼のことは友だちだと思っていた。相手のいない彼女をダンスに誘ってくれたし、デビューの年には、(一時的にだが、ひどく口ごもって)誰とも話ができない彼女に話しかけてくれた。機会はいくらでもあったのに、彼女の弱みにつけ込むような真似は一度もしなかった。ウィザビーから救ってくれて、新しい求愛者を探す手助けを申し出てくれて、こともあろうに自分の親友に彼女が復讐するのを協力しようと言ってくれた。彼はいつも変わらずに親切だった。それもわざわざ親切にしてくれた。きっとなにか思惑があるのだろう。彼女には考えもつかない思惑が。

用心しなければ、母の言うとおりになる。心がまた張り裂けるような目に遭うかもしれない。

だから、彼を友人として考えるほうが安全だ。ふつうの知り合い。彼女の計画の一部。そう思えば、彼を必要以上にちかづけずにすむ。彼はもともと浮気性なのだ。それが性格の一部になっている。二人のあいだになにかが育ちつつあると思うなんて、愚かにもほどがある。でも……愛は情熱によって育つものではないの？　それとも、父がいつも言っているように、惨めで恥ずかしい結果に終わるよう運命づけられているの？　考えてもわからないし、考えすぎて頭が痛くなってきた。だから、面倒なことは考えないことにした。

それに、きょうはロード・トリスタンに会うことになる。母をなんとか説きふせ、伯爵未亡人を訪ね、有名な庭園を散策することに同意させた。計画を実行に移すのに、充分な時間をとれるはずだ。

わくわくしてきた。きみに夢中なふりをする、とロスベリーは約束してくれたし、いままでの状況をみると、彼はとても乗り気なようだ。

オーブリー・パークは壮麗なエリザベス朝様式の荘園で、前世紀の雰囲気を見事に保っているうえ、十五世紀のゴシック様式も髣髴《ほうふつ》とさせた——シャーロットの母親が幽霊探しに夢中になるのにうってつけの環境だ。

森の奥にひっそりとたつクリーム色の石造りの邸宅は、ロマンティックな懐古趣味そのものだ。最初に目に入るのは、狭い庭に囲まれた、二階以上は木造で切り妻屋根の慎ましやかな建物だが、よく見れば、丈高い木々や壁を伝う蔦や庭を囲む壁の奥に、たくさんの翼棟や塔を従えていることがわかる。

「なんてすてき」シャーロットはつぶやき、象牙の柄のブラシのやわらかな毛を指先で撫でた。

この短い滞在中にあてがわれた美しい部屋で、彼女は鏡台の前に座っていた。居心地はよいがけっして狭くはない部屋が、あたたかく迎え入れてくれた。

青と白を基調に美しい田園風景が描かれたフランス更紗の壁が、深い色合いのマホガニーの家具と見事に調和している。ベッドの上掛けはやわらかな青と白で、天蓋もお揃いだ。雪花石膏の暖炉の上には三面鏡が掛かっており、母の部屋に通じるドアを囲むように、座り心地のよさそうな椅子が三脚並んでいた。

廊下では箱型大時計が時を刻み、おもてでは小鳥たちが楽しげにさえずり、じっと耳を澄ませば、母の軽いいびきがかすかに聞こえてくる。眠気を誘うものに囲まれているのに、とてもじっとしていられない。一時間後には、ロスベリーの祖母、伯爵未亡人に会うことになっていた。

ここに着いて広々とした玄関広間に立ち、金箔が張られた楕円形の天井を見あげたとき、奇妙なぬくもりが全身に広がった。

顔を戻すと、ロスベリーが無防備な表情を浮かべてこちらをじっと見つめていた。彼はまるで……後悔しているようだった。

「どうされました？」彼女はやさしく尋ねた。そのときふと、ここに来たのは大きな間違いだったような気がした。

彼は目をしばたたき、わずかに頭を振った。「なんでもない。オーブリー・パークでの短い滞在が楽しいものになることを願っているだけです」

「そうなるにきまっていますわ」

執事が現れ、外套を預かってくれた。

「ほんとうにねえ、マイ・ロード」母がカーテンを引いた部屋を覗き込みながら言った。「部屋の飾り付けにすばらしい才能をお持ちですのね。居心地がよくて素朴なのに、気品を失ってはいない。とても感銘を受けました」

彼はシャーロットに向かって片方の眉を吊り上げた。

シャーロットは肩をすくめ、目を伏せて、縁にデイジーの花が描かれた磁器の花瓶に目をやった。

彼は咳払いし、深い声をこぢんまりとして優雅な広間に響きわたらせた。「わたしの趣味ではないのです、マダム。祖母――」

シャーロットが慌てて頭を振った。その先は口にしないでくれという合図を、彼が受け取ってくれることを願って。

どうして？　彼が声に出さずに言う。

金色の目が一瞬細められ、それから視線が和らいだ。ありがたいことに、彼はそれ以上釈明を求めなかった。

伯爵未亡人は高齢のため——どうしたって百歳は超えている、と彼は愛情たっぷりに冗談を飛ばした——頭がぼけることがあり、おかしな振る舞いをするかもしれません、と彼はうまくごまかした。

それから、後でまたお目にかかりましょう、と言った。大事な羊を狙って略奪行為が横行し、小作人たちが難渋しているので話を聞きにいかねばならないから、と。

でも、立ち去る前に、彼はシャーロットに目配せした——またしても。いったいどういうつもりか教えてもらえるなら、左のブーツを差し出してもいいけれど、目配せぐらいで興奮するなんて、と自分を戒めた。ふざけただけだ。からかっただけ。二人は友だちだもの。協力し合う友だちだ。

あかるい陽射しが窓辺へと誘う。シャーロットはブラシを置き、厚い絨毯を踏みしめて窓へ向った。

窓の下に置かれた黄色い長椅子の袖を指でなぞってから、膝立ちになり外を覗いた。窓敷居に腕を休めて身を乗り出す。

窓のすぐ下に池があり、晴れた空を流れてゆく切れ切れの雲が暗い水に映っていた。池のほとりに立つ二本の柳が、物悲しげに枝を低く垂らし、ガラスのように美しい水面の静寂を掻き乱そうとしているかのようだ。

池の向こうには、見事に刈り込まれたイチイの木立ちに囲まれて、迷路園が広がっていた。高いところから見ると、迷路を抜けるのはとても簡単なようだが、ひとたび生垣の迷宮にさまよい込んだら、方向感覚を失ってしまうのだろう。

ロスベリーの姿が脳裏にふっと浮かんだ。彼は子どものころ、あの迷路を走り回ったのだろう。きっと隅から隅まで知り尽くしている。あの池に石を投げ込んだり、玩具の船を浮かべて遊んだのだろうか。

オーブリー・パークは魔法の場所、秘密の場所。美しい場所。女主人の美しさが花を添える場所。レディ・ロザリンドのような女主人が。そう思ったら憂鬱になった。

頭を振って気分を引き立てる。

ウィザビーの姿はどこにもない――まさかこっそり森に隠れていないだろう。ロスベリーが助けにきてくれるこの場所には。彼のこのすばらしい荘園で、すてきな一日を過ごすことだけ考えよう。母が眠っていて、ロスベリーが外出しているあいだ、あの生垣の迷路に忍び込んで悪いわけがない。

まるで地獄だ。

かれこれ一時間になるというのに、迷路の交差する生垣の道をまだ歩き回っていた。どの道も、どの角も、どの葉もまったくおなじに見え、それがつぎからつぎに現れる。どうすればいいのだろう。ぐるぐると堂々巡りをするばかりだ。確実にわかっている方向は、上と下だけだった。

蜂が彼女めがけて飛んできて（生垣に巣があるからだろう）、小鳥が頭をかすめて飛んでゆき（やはりちかくに巣があるのだろう）、怒ったリスが攻撃を仕掛けてきたが、こちらにどんな落ち度があったのかはわからない。慌てて逃げ出した拍子に、気に入りの散歩服の裾のレースが千切れた。

張り切っていた気持ちは萎《しぼ》み、歩き疲れて足は痛み、あとは庭師がつぎの刈り込みにやってきて見つけてくれるのを祈るばかりだ。一日、一週間、それとも一カ月後？

立ちどまって神経を鎮めようとした。パニックに陥ってはならない。神に見捨てられたこの場所から抜け出す道はかならずある。きっと見つけ出してみせる。

不意に名案を思いつき、額に掌《てのひら》の付け根を押し当てて、もっと早くに思いつかなかった自分を責めた。

手近な生垣から葉っぱをむしりとって背後の草の上に落とした。曲がり角がくるたびにそれを繰り返した。これで来た道を引き返すことはなくなる――草の上に葉っぱが落ちていれば、前に通った道だとわかる。

数分もすると自信が生まれ、足取りも軽くなった。じきに、迷路の中心と思われる場所に辿りついた。芝地が広がり、四隅に白いベンチが置かれ、睡蓮とアイリスが彩を添える丸い池があった。これまでに目にしたかぎりではオーブリー・パークはどこもそうだが、迷路の中心も人を驚かせる魅力的な場所だった。こんな状況でなければ、のんびりと読書でもしたいところだ。

いま立っているところから対角線の方向に進めば出口に出られる。でも、ロスベリーの祖母と会う時間にすでに遅れていて、服を着替える時間はなかった。

これが最後でありますようにと願いながら、角を曲がるとほんとうに出口が見えてきて、歓喜の叫び声をあげそうになった。

息を切らして迷路を出ると、芝地の先に精巧な鉄細工の東屋《あずまや》があり、目を奪われた。ロスベリーが言っていたとおりだ。まるで巨大なドーム型の鉄の鳥小屋。地元の鍛冶屋の手になる庭園彫刻は精巧をきわめたものだ。お茶はあの東屋でとることになっており、どうやらすでに人が集まりはじめていた。

淡いピンクの散歩着に目をやる。草が絡まった裾のレースが十五センチほど尾を引いており、ボディスにも袖にも汗染みができていて、ゆるく結った髪は崩れているにちがいない。歩くとうなじにほつれた髪が当たるし、剝き出しの肩の上でも髪が飛び跳ねていた。

うんざりだ。なんてみっともない。着替えに戻る時間はないし、覚悟をきめて、脱走者のような格好で彼の祖母に会うしかないだろう。

厩舎からの帰りに彼女に追いついたロスベリーは、そのだらしない姿をしげしげと見つめた。髪は乱れて背中に雪崩《なだれ》落ちており、ドレスはしわくちゃで裾が千切れていた。

「言いたくはないが、きみは庭で逢い引きした帰りのような格好をしている。そうなのか？」

不意にかけられた声にシャーロットはくるっと振り返り、彼の姿を認めると肩からみるみる力が抜けた。

「ああ、あなたでしたのね」

「がっかりした？　ほっとした？」伏せた目で彼女を見つめる。「嬉しい？」

「ありがたいですわ」

「ありがたい？」彼が片方の眉を吊り上げた。

「ええ、ありがたい」彼女が強調して言った。「だって、やっと生きた人間に出会えたのですもの。一時間ちかくも迷路の中で迷っていたんですから。もう脱け出せないのかと本気で思いはじめていました」

彼は唇を噛んで笑いを堪えようとしたが、諦め、にやりとした。「シャーロット、あの怪物みたいなものに一人で入り込むなんて、いったいなにを考えていたのだ？」

「部屋の窓から見たときには、すんなり出られると思ったんです。上からだと簡単そうに見えたから」

彼が差し出した腕に、シャーロットはためらうことなく摑まった。そのことに彼の心がぽっとあたたかくなった。彼に腕を差し出されて、人生を変える決断をするようにその腕をじっと見つめない女は、あまたいる知り合いの中で彼女だけだ。

二人は巨大な鳥小屋のような東屋に向って歩いた。「いまさら言っても遅いが、知っておくと便利なちょっとしたコツがある」

不意に、子ども時代の遊び場をすべて彼女に見せたいという圧倒的な気持ちに襲われた。祖母が頼んでオーブリー・パークの屋敷そっくりに建てさせた木の家、気に入りの釣り場、二度も落っこちたオークの木――骨の一本も折っていたらこれが証拠だと見せられるのだが――深い森の奥の小さな洞窟、森を流れるせせらぎ、父親やおじたちから逃げて隠れた場所。誰にも語ったことのない自分自身のことを、彼女に話したかった。

「あなたの言うとおりですわ」彼女は言い、小さく笑った。「でも、おっしゃってみて。知っておきたいので」

「なんてことはない、右に曲がりつづければいい。あるいは、生垣の壁に右手を突いて、けっして離さないこと。角をすべてまっすぐに行くという手もある」彼は言い添えた。「いつかは出られる」

「憶えておきます」

「つぎのときのために？」どうしてそんなことを言うんだ？　つぎのときなんてないのに。

彼女は頭をゆっくりと上下に動かした。「それはありませんわ。あの場所には二度とちかづきませんもの。あなたと一緒でなければ」

彼は唾を呑み込もうとして、それがにわかに難しくなったことに気づき、驚いた。ゆっくりと目を閉じた。ほかの人間なら良心と呼ぶであろうものが、見慣れぬ頭をもたげ、彼を薄情者と呼んだ。彼女をここに連れてきて、惑わすようなことを言って、薄情にもほどがある、と。

深く息を吸い込み、その考えをもとあった空っぽの暗い穴へと押し戻した。

12

〝紳士たるもの、厳粛かつ優雅に負けを認めなければならない〞

「サ・ポワトゥリン・エ・プラ・コム・アン・フレ」

シャーロットの礼儀正しいほほえみは、けっして揺らがなかった。これはもう奇跡だろう。誇らしい瞬間だ。小柄な老嬢から面と向って、あなたの胸はヒラメみたいにぺったんこね、と言われるなんて、めったにないことだ。

ティーカップを口元に持っていってちょっと口をつけ、もう一方の手でガウンのありもしないしわを伸ばした。無表情で通すことが肝心だ。彼の祖母が口にする言葉をすべて理解していると、ロスベリーに気づかれてはならない。

祖母の母国語を、彼女と母親が話せるかどうか、ロスベリーが尋ねた理由はこれだったのだろう。耄碌《もうろく》が進んでいる、と一度ならず彼は二人に警告した。英語を理解はしても、自分から話そうとはしない。その意見がどこから生まれるのかわからないが、彼女の皮肉は相当なものだった。

これまでのところ、伯爵未亡人との会見はなごやかに進んでいる、とシャーロットは思っていた。

ロスベリーに腕を取られて東屋に入ると、小柄で白髪の女性からかなり熱い歓迎を受けた。やさしそうな瞳からは、精神的不安定の兆候はまったく見られない。しっかりカールした髪をピンで留めてレースの帽子で包み、小さな巻き毛をのぞかせている。ピンクのデイドレスはレースのフリルでごってり飾られた古めかしいものではなく、すっきりとしたデザインだが、裾やボディスの縁に小さなピンクの蝶々が縫い込まれ、もっと若い女性向きのものという印象を与えた。瞳は孫によく似た澄んだ琥珀がかった茶色で、彼女の体からはラベンダーの香りが立ち昇っていた。

シャーロットの両手をしわ深い両手で挟み込み、両頰にキスしてから、彼女は宣言した。きょうは人生最良の日です、と。グリーン家の母娘に向かって、どうかルイゼットと呼んでください、と言った。少なくともその時点では、どこもおかしなところはなかった。

問題はそれからだ。急に早口で熱心に語りだし、矢継ぎ早に質問を繰り出した。ほとんどがシャーロットの家族や生い立ちについてだった。ロスベリーは忍耐強く彼女の質問を通訳し、祖母がシャーロットが前の質問に答える前につぎの質問を口にすると、彼は目で詫びた。

シャーロットより三十分ほど遅れて現れたヒヤシンスは、昼寝から起きたばかりでぼんやりしていた。ルイゼットは彼女をあたたかく迎え、離れ屋のちかくに幽霊が出る森がある、とさえ言った。ロスベリーはむろん通訳した。ヒヤシンスが超自然的なものに夢中だということを、彼が祖母に話していたにちがいない。

　ジャコバイトの反乱の最中に、そこで起きた恐ろしい殺人事件に話は向ったが、母親にはルイゼットの言っていることがまったくわからない。それはそれでかまわなかった。紹介と儀礼的な挨拶が終わると、ヒヤシンスはベンチに腰をおろした。隣には伯爵未亡人に寄り添うように女性が座っていた。

　長身で白髪のその女性はミス・ドレイクといい、伯爵未亡人の長年の看護人であり話し相手だそうだ。おまけに興味深いことに、幽霊が大好きときている。針仕事をするミス・ドレイクとヒヤシンスは、すぐに打ち解けておしゃべりをはじめ、霊の世界の経験談を披露しあって女学生のように夢中になった。

　シャーロットはそっとロスベリーの様子を窺った。女たちの群れの斜め向かいに、彼は装飾のあるガーデンチェアにゆったりと座っていた。脚の長いおとなの男が座るためではなく、小さなお尻のイギリスの娘が座るために作られたような椅子だ。彼の体重に耐えかね、いまにも壊れそうだ。

　シャーロットは笑いを堪えて唇を引き締めた。華奢な家具ほど、男性の男らしさをより際立たせるものはない。

　イートン校に通う頃から反抗的だった若者に似合いの態度なのだろうが、ロスベリーは椅子にもたれかかり、力強い腕を胸で組んで目を閉じ、長く筋肉質の脚を前に伸ばし、椅子の後ろの脚だけであぶなっかしくバランスを取っていた。

「わたくしの椅子を壊さないでね、アダム。紳士らしくお座りなさい」ルイゼットが母国語で命令し、立ち上がって扇の骨で彼を叩き、シャーロットと向かい合った席に戻った。

シャーロットはぱっと顔に広がる笑みを抑えきれなかった。祖母が彼を名前で呼んだのもだが、大のおとなを子ども扱いして戒めたのがおかしかった。

だが、彼は耳を貸さず、皮肉っぽい笑みを浮かべた。「でも、わたしは紳士ではありませんからね、グランメール」生意気に言い返す。

「あなたが父と呼ぶあのうすのろや、役立たずのおじたちではなく、わたくしの言うことを聞いていたら、紳士になれたはずよ」

ルイゼットはあきらかに興奮して椅子の上で向きを変え、シャーロットに視線を戻し、シャーロットの下半身を平気な顔でじろじろ見つめた。

「あなたの腰はどこにあるのかしら、フムム？」ルイゼットがだしぬけに言った。

ロスベリーの椅子が揺れた。祖母の大胆な質問に、バランスを――それに無表情な顔も――崩したのだ。だが、それも一瞬のことだった。椅子はバランスを取り戻し、顔は貴族的倦怠をたたえた、いつもの驚くほど美しい表情に戻った。

伯爵未亡人が選んだ話題に対し、シャーロットは目をぱちくりさせただけだった。ここまでとは思っていなかったが、ロスベリーの警告は適切だったと思わざるをえない。

「わたくしには見えないわ。あなたには見えて？　これでどうやって子どもをみごもるのかしら？」シャーロットに無邪気な笑みをよこしてから、ロスベリーに尋ねた。

ロスベリーはなにかぼそぼそとつぶやき、こめかみを揉んだ。

「どうなの？」彼女がつつく。「彼女はまるで棒みたいじゃなくて？」

「エル・エ・ビアン・ルレ」彼が静かに答えた。彼女は均整のとれた体をしています。

シャーロットはやや背筋を伸ばし、彼に礼を言いそうになった。慌てて言葉を呑み込み、カップを口元に持っていった。

「彼女はかわいいわね」ルイゼットが静かに認めた。

「彼女は美しいです」ロスベリーはもっと静かに言った。

シャーロットは彼らから顔を背け、景色を眺めているふりをした。涙が込み上げるなんておかしい。ロスベリーが本心を言ったのか、祖母を宥めるために言ったのかはわからない。どちらにしても、首筋が赤くなるのをとめられなかった。

ただの言葉だ。彼は大勢の女たちに、年中そういうことを言っている。お世辞がすらすらと口をついて出るのだろう。

「おまえがブロンド好きとは思っていませんでしたよ」ルイゼットが言った。「おまえ自身がそうだから。濃い色の髪が好みだとばかり思っていたわ。元気がよくて手に負えない、おまえの馬みたいな」

彼は答えなかった。

「おまえは彼女の家族を気に入っているの？　先方はおまえを気に入ってくださってるの、アダム？」

彼はため息をついた。「お客さまの前で、よその国の言葉で話すのは無作法ですよ」

「わたくしはよその国の言葉で話してはいませんよ。彼女たちはそうだけれど。さあ、質問にお答えなさい」

「ここはイングランドですよ」彼はあきらかに苛立っていたが、なんとか自分を抑えている。

「自分がどこにいるかはわかってます。さあ、お答えなさい」

彼の口から出る外国の言葉は心をそそる。声を聞いているだけで、シャーロットはうっとりとなった。「彼女の母親とはめったに会ったことがなかったし、ごく最近まで、ミセス・グリーンは、わたしがお嬢さんにちかづくことを、よく思ってはおられなかった。理由はわかりませんが、急に気に入っていただけたようです。このままの状態がつづけば、それは……それで興味深い」

過小評価されることにもいくらかの利点はあるようだ。ロスベリーが絡むとなおさらのこと。シャーロットはお人よしだと、彼は思っている。たしかにお人よしで騙されやすいかもしれないが、洞察力に欠けているわけではない。彼らの話すことを理解できないふりをつづけているうち、彼の性格のあらたな側面を知ることができるかもしれない。

彼とは知り合いと言っても、知らない部分がたくさんあった。彼女は知りたいと思っているのに、彼は思っていることをめったに口にせず、ほんとうの感情を皮肉や嫌味でごまかしてしまう。気持ちを吐露するような言葉を口にしても、それが本心かどうか見当がつかない。それが彼のやり方なのだ。

ルイゼットが手を伸ばし、シャーロットの手を包んだ。

「彼を置き去りにしないわよね？」やさしい目が嘆願している。

彼を置き去りにする？　なんの話をしているのだろう？　尋ねたいのはやまやまだが、口を閉ざすしかなかった。

「二度目は苦しみに耐えられないと思うのよ。もうずっと昔のことだけれど、傷が深すぎるとなかなか癒えないものでしょう。彼はあの人たちとちがう。まったくちがう。でも、彼女の導きがなかったから、簡単にあの人たちの手の中に落ちてしまった。彼を置き去りにしないと言ってちょうだい」

シャーロットはロスベリーに目を向けた。彼は喉を動かし、顎を引き締めたが、目は閉じたままだった。怒っているのか……それとも、気詰まりなのか。両方だろう。

「マイ・ロード」シャーロットは懇願した。「どうか通訳してください。おばあさまはとても真剣ですし、わたしの答を待っていらっしゃるようです」

彼は目を少し開いて彼女を見た。「笑ってうなずいて、シャ――ミス・グリーン。彼女はおかしなことを言うと言っただろう」

不用意な言葉に、彼は、ほんとうは愛している祖母から睨みつけられた。不意に彼女は扇で彼を打ちすえようとしたが届かず、象牙の骨が石敷きの床に当たってカチャンといった。

「心配することはないのね」ルイゼットはつぶやき、孫に向って、もういい、というように手を振った。「洗礼者ヨハネの祝日（六月二十四日）までに彼女に子どもが授かると信じていますよ」

シャーロットは飲みかけの紅茶を喉に詰まらせ、カップに吐き出し、立ち上がって激しく咳き込んだ。

「まあ、シャーロット！　大丈夫なの？」ヒヤシンスが声をかけた。

シャーロットはうなずき、紅茶の盆の上のリネンのナプキンで口を押さえた。

「大丈夫です」彼女は掠れ声で言い、祖母の予言にどんな反応を示すだろうと、ロスベリーに目をやった。

彼女が咳き込むのを見て、彼はぎょっとしてしばらく彼女を見つめていたが、また椅子にもたれかかった。

シャーロットは口をつぐみ、彼の祖母の言葉は老女のたわ言なのだろうか、と思った。それとも、わたしがまだ気づいていないだけで、ロスベリーはなにかを企んでいるのだろうか？

シャーロットにじっと見つめられているのを、ロスベリーは感じていた。

目を伏せたまま、彼女を観察しつづけた。尻が痛くなる馬鹿げた椅子に腰をおろしてからずっとそうしていたのだ。

まったく、とんでもない馬鹿野郎だ。

彼女の友情にも、やさしさにも、ほほえみにも値しない。ここに招待したわけを、彼女はまったく知らない。それなのに、あそこに座って祖母にほほえみかけ、言われたことはすべて理解しているというふりをしている。実際にはなにもわかっていないのに。もしわかったら、彼のささやかな企みがばれてしまう。

午後の陽射しが肌寒さを和らげてくれていたが、うずくまる獣のような濃い紫色の雲が、オーブリー・パークの上に差しかかりつつあった。

遠くで雷が鳴り、風が出てきた。

ロスベリーは目を開け、椅子の脚をおろした。身を乗り出して膝に肘をつき、両手を組んで、いまはこちらに背を向けているシャーロットを思う存分見つめた。

彼女は遠くの丘を見つめている。なにをそんなに夢中になって眺めているのか。わかった。胸に一撃を食らった気がした。

彼女はトリスタンを待っているのだ。

忘れていた。企みがうまくいっていたので、トリスタンがいないことなどすっかり忘れていた。友人がいまどこにいるのか知らない。トリスタンはオーブリー・パークを訪れるのをやめにしたのか、嵐が過ぎるのを待つつもりなのか。

ゆっくりと頭を振る。彼女はおもてだって認めないだろうが、ただトリスタンを嫉妬させる以上のことを望んでいるはずだ。彼の心を取り戻したいと思っているのではないか。

六年間、彼女がトリスタンに夢中になっているのを、彼は傍で見てきた。舞踏場で、彼女のサファイア色の目がトリスタンを追うのを、何度目にしたことだろう。彼に気に入られるように、自分を変え、眼鏡をしまい、ボディスに詰め物までするのを見てきた。すべてがトリスタンの気を引くためだった。無駄だったが。

社交界にデビューしたてのぎこちない仔ガモだったころから、魅力的でたおやかな娘に成長するのを見つめてきた。トリスタンに気持ちを奪われていながらも、ロスベリーにはいつもにこやかだった。

彼女がトリスタンの虜になるのをずっと見守ってきたが、彼女にたいする自分の思いはそういう感情とはべつだと思っていた。たった一度の事故でトリスタンが英雄のように振る舞っただけで、彼女はすっかりのぼせあがった。たしかにトリスタンは目を見張るほどのいい男だが。

ロスベリーの愛情はゆっくりと着実に育ってきた。いくら彼女を無視しようとしても。彼女はけっして早合点せず、親切で誠実で、二人きりのときはとてもおもしろくて、とても客観的だ。彼がほんとうの気持ちをちらっとでも見せたのは、付き合った女たちの中で、男女を問わず知り合いの中で、彼女ただ一人だった。

彼女をここに招待したのは間違いだった。彼女とこんなに間近に一日を過ごせば、これまで必死に隠してきたほんとうの自分を曝け出してしまうかもしれない。偽りの仮面の陰にこれ以上隠れていられなくなるようで、恐ろしくなる。

いっそ認めてしまえ……彼女を騙して、未来の花嫁候補として領地に連れてこようとした。だが、自分の気持ちを偽ることが上手なせいで、自分自身にさえ気持ちを偽ってきたのだ。ホーソーン家の舞踏会に集まった女なら誰でもよかったのだが、たまたまシャーロットが目についただけだ、と。

でも、ほんとうはちがう。シャーロットでなければだめだった。偽りの花嫁候補であろうとほんものであろうと、彼女しかありえなかった。

こんなことになろうとは、思ってもいなかった。でも、いまは、もっとちがう自分であったらと思わずにいられない。彼女がちがう理由でここにいるのであったら。

彼女がここにいるのは、それは……彼女がここに来たかったからだったらどんなにいいか。トリスタンを嫉妬させるためではなく、彼を〝友だち〟と思っているからではなく、結婚してもいいと思う男性のリストを彼に見せたいからでもなく。そのリストに彼の名前が載っているはずがない。リストのことを彼女が忘れていてくれたら、どんなにいいか。

愛している、と彼女に言えばいい。

まさか。そんなことできるわけがない。本気にされないにきまっている。ウォルヴェレスト城の庭で結婚を口にしたとき、彼女は笑って聞き流したではないか。気持ちを打ち明けたら、きっとまた笑うだろう。

ミス・ドレイクが祖母に厚いショールを着せ、立ち上がるのに手を添えていた。

彼が上体を起こして聞き耳をたてると、祖母は、シャーロットの母親に見に行ってほしい森のことをしゃべっていた。ミス・ドレイクがむろん通訳する。ロスベリーは二人に並び、みなで東屋の出口へと向いながら、計画の変更を告げた。嵐になりそうだから屋敷に戻り、離れ屋まで馬で行って昼食をとるかどうかは様子を見てきめよう、と。

ロスベリーが腕を差し出すと、シャーロットはそれにつかまり、目を伏せたまま歩いた。なにか考え込んでいる。

ミス・ドレイクが刺繍糸を忘れたと東屋に駆け戻る途中、二人にあたたかな笑みをよこした。祖母とシャーロットの母親は、一メートルほど先を並んで歩いていた。

「ミス・グリーン」戻ってきたミス・ドレイクが通り過ぎざまに声をかけてきた。「お二人の結婚に、わたしからもお祝いの言葉を言わせてくださいね。伯爵さまのことは十四の年から存じ上げています。こんなに夢中におなりの姿を見られるとは、思ってもいませんでした。この耳で直接聞いていなければ、とても信じられなかったでしょう。ほんとうに、とてもすてきなカップルですわ」

ロスベリーは内心でうなった。彼女の言葉が、シャーロットのかわいらしい頭を素通りしてくれることを願った——いや、祈った。

シャーロットは眼鏡を直し、小さく咳払いした。「どういうことでしょう」彼女は言い、指を立ててミス・ドレイクに待ってくれと合図した。だが、看護人は伯爵未亡人とシャーロットの母親に追いつこうと、小走りに去っていってしまった。

彼女の呼吸が乱れた。彼が最初に気づいたのはそれだった。呼吸はゆっくりなのに、胸が激しく上下している。彼に怒鳴ろうとしているのか、それとも——神よ、助けたまえ——泣き出そうとしているのか。

彼女が不意に立ちどまった。

「そういうことだったのね！　なにか企んでいるとは思っていました！」彼女がロスベリーに顔を向けた。淡いピンクの唇が怒りに歪み、優美な弧を描く眉がひそめられ、サファイア色の目が細められ、彼を責め立てた。

ああ、彼女は怒ったときも美しい。妙な考えがふと浮かんだ。彼女を怒らせるためにできることのリストを、頭の中で作りはじめたのだ。そうすれば、こういう情熱的な目で見つめてくれるだろうから。怒りが生み出す情熱より、欲望が生み出す情熱のほうがむろんいいにきまっているが、いまならどちらでもよかった。

「わたしを騙したのね」彼女がつぶやく。「あなたの婚約者のふりをさせるために、わたしをここに招いたのね。それで、母とわたしがフランス語を話せるかどうか尋ねたんだわ。おばあさまがおっしゃることが、わたしたちにはひと言もわからないことを確認しておきたかったんでしょう」

哀願するように両手をあげた。「わたしが悪かった」

「ロード・トリスタンはほんとうにいらっしゃるの？」

彼はぐっと気持ちを抑えた。彼女がトリスタンの名を口にしても驚くことはないのだ、と自分に言い聞かせる。

「ああ、彼は来る。来るはずだった。遅れているのか、気が変わったのか、わたしにはわからない」

彼女はじっとロスベリーを見つめた。頭の中をあまたの考えが交錯しているようだ。唇が動いたが、言葉は出てこなかった。

　彼女の怒りもこれまでか？　そう願いたい。これ以上ないほど不敵な笑みを浮かべる。これで彼女の怒りを和らげられればいいのだが。以前はこれが功を奏した……だが、この女性にかぎって効き目がない。

「よくも笑ったわね」彼女が言う。力いっぱい彼の胸を押した。びくともしない。

　彼女がうんうん言いながら押す。

「シャーロット、きみはなにをしようとしてるんだ？」

「押し倒そうとしてるんです。利己的で、自分のことしか考えない、エゴイズムの塊を！」

「最初の形容詞でやめておくべきだった。すべておなじ意味だからね」

「わたしたち、これからどうするの？」彼女が自棄になって尋ねた。最後にもうひと押ししたが、シャツにしわをつけただけだった。

「なにもする必要はない」彼が静かに言った。

「どういう意味ですか？　もちろんなにかしなくちゃ！　だって、わたしたち、結婚しなきゃならないのよ！」

　ロスベリーはゆっくりと頭を振った。この女はなにがあろうとけっして自分とは結婚しないだろう、という確信にまたしてもたどり着いた。

「あなたとは結婚できません」いまにも泣きそうな声で彼女が言った。

　彼は顎を引き締める。「きみの男の好みはよく知っているよ、スウィートハート。さあ」

彼女の肩にさがる艶やかな巻き毛に触れそうになって、慌てて手をとめた。「心配しなくていい。祖母は無理強いはしない。じつを言えば、屋敷に戻る前に、すっかり忘れている可能性もあるんだ」

「でも、母はどうなんですか？」

「きみの母上はなにもご存じない。これからもそうだ」

彼女が探るようにロスベリーを見た。「でも、どうして？　どうしてこんなことする必要があったんですか？」ささやきにちかかった。

空がすっかり暗くなっていることに、このとき彼は気づいた。まるで日暮れだ。「さあ、歩きながら説明する」

屋敷まであと半分というところで、急いで花嫁を探さねばならなかった事情を半分ほど説明し終えていた。そこで空の底が抜け、大粒の雨が落ちてきた。

いちばんちかい避難場所は、裏口の屋根のある小さなポーチだった。ロスベリーは上着を脱いでシャーロットに渡し、頭からかぶらせた。一瞬にしてできた水溜りに足をとられながら、二人は走った。

彼が手をつなごうと手探りした。彼女が握ってくれれば、転ばずにすむ。だが、彼女はその手を払いのけた。

「どうしてわたしなの？」豪雨とつづいて起きた雷に負けじと、シャーロットは声を張り上げた。「ホーソーン家の舞踏会に集まった女たちの中から、なぜわたしを選んだんですか？」

「なぜなら、わたしは……なぜなら……」きみを愛しているからだ。「なぜなら、あの中ではきみがいちばん、説き伏せるのが簡単だし、騙しやすいから」

そんな言葉は、口にしたくなかった。

彼女が立ちどまった。彼もそうした。

篠つく雨が二人を叩く。彼女に顔を向けた。どんな罰でも受けるつもりで。痛烈な視線でも言葉でも。受けて当然だ。

彼女は雨で眼鏡を斑にしながら、見あげているだけなのか、と最初は思った。だが、彼女は顎を突き出し、固くした。片手を突き出して、力いっぱい彼を押した。

今度ばかりは、足元が悪かった。革のブーツをぬかるみに取られ、彼女の弱い押しでぐらっときた。

彼は仰向けに倒れた。逆らおうともしなかった。

皮肉なことに、シャーロットは自分のひと押しが成功をおさめるかどうか、留まって見ていなかった。成果に気づいてもいないのだろう。

シャーロットが彼の上着を頭からすっぽりかぶって去っていくのを、ロスベリーはぬかるみに倒れたまま見送った。こうなって当然だと思いながら。

これでいい。終わったことだ。あす、幽霊の出る森を訪ねた後、シャーロットと母親はロンドンに戻る。当然だ。それなのに、どうしてこんなに気になるのだろう。彼女を傷つけたことか、それとも、すぐに求婚者が現れなければ、彼女は今年中にウィザビーと結婚しなければならないことか。

　馬を走らせなければ気持ちがおさまらない。雨がなんだ。服を着替えたらすぐに馬の用意をして、どこへでもいいから出かけよう。わざわざ着替える必要がどこにある？　イングランドに留まる必要がどこにある？　よその国に行ってもいいんだ。イタリアの別荘を訪ねてもいいし、夏の楽園、キプロス島をまた訪れるのもいい。東洋のエキゾチックな美女たちに、あらためて五感を刺激されるのもいいかもしれない。

　びしょ濡れになりながらゆっくりと起き上がり、肘をついて上体を支え、去ってゆくシャーロットの後姿に目をやった。

　それから、きわめておかしなことが起きた。彼女が立ちどまり、踵を返したのだ。頭を振りながら戻ってくる。二度ほど足を滑らせたがなんとか持ち堪え、彼のかたわらにやってきた。

　彼女が手を差し伸べる。「さあ」笑いを堪えている。「起きて」

「いや。ここにこうしている」

「馬鹿なこと言わないの。わたしの手に摑まって」

「シャーロット、屋敷に入るんだ。凍えるぞ。ずぶ濡れじゃないか。わたしは全身が泥まみれだから……」

「ロスベリー……」

「ああ、わかった。行くよ。でも、手を貸してくれなくていい。いまのところ、きみは濡れているだけだ。わたしは、五ポンドの泥にまみれている。きみの服を汚したくない」

彼は慎重に立ちあがり、頭を振ってどういうわけか耳に入り込んだ水と泥を払い、彼女の後から屋根のあるポーチへ向かった。

色彩を施された円柱を縫って歩きながら、立ちどまって息を整える。豪雨から逃れられただけで天国に来た気分だ。

彼女のスカートは濡れて脚に張り付かんばかりだが、彼の上着のおかげで上半身は乾いたままだった。だが、ボディスからはみ出した胸には雨が粒を作っていた。それに顔にも水滴が。そのひとつが頬を流れ落ち、口の端を濡らすのを、彼は見つめていた。はたして雨粒だろうか、それとも、彼のせいで溢れた涙か。

「あなたを許します」彼女が息を切らしながら言った。「前に助けてもらったから。でも、騙すよりも、きちんと話してくれるべきだったと、いまも思います」

「そうだな」彼もおなじように息を切らしていた。

話す口元を彼女に見つめられ、ロスベリーの血が焼けるように熱くなった。

きっと彼女はべつのところを見ているのだ。眼鏡が雨で筋になっている。思いちがいだ。そうにきまっている。

ゆっくりと手を伸ばし、彼女の顔からそっと眼鏡をはずした。彼女はとめなかった。サファイア色の瞳が、やはり口元を見つめているではないか。

ロスベリーはごくりと唾を呑み込んだ。「シャーロット、大丈夫なのか？」

彼女はうなずいた。「あなたがどうしてそうしたのか、わかります、でも、わたし……」

「きみは、なに？」口元を見つめるのはやめてくれ。

「わたし、きっと……」

「シャーロット？」心臓が耳の奥でガンガンいっていた。

「えっ？」

「駄目になった服は弁償する」きっぱりと言った。

「でも、わた、わたしの服は駄目になっていません。雨に濡れただけ」

「それに泥」

「泥はついていません」彼女は眉をひそめた。「泥まみれなのはあなたの――」

片手をウェストに回し、もう一方の手を後頭部に当てて、荒っぽく彼女を抱き寄せた。飢えた唇で唇を覆い、彼女のつぎの言葉をキスで塞ぎ、つぎの言葉をやさしく女らしい喘ぎに変えた。

彼の上着は眼鏡と一緒に床に放られたままだ。

このキス、この最初のキスは軽くも、やわらかくも、やさしくもなかった。まるで貪り合うようだった。彼女のこんな反応は予想していなかった。きょう、彼女にキスするつもりなどなかった。だが、二人の口が触れ合ったとたん、唇は愛撫し、飢えたように動いて、執拗に求め合った。なぜもっと早くにキスしなかったのだろう、と彼は思った。

「きみとなら何時間でもキスしていられる」彼がシャーロットの唇に向って熱くささやいた。

「何日でも」まるで天国を味わっているようだ。天国をこの目で見られるとは思っていなかった。まして味わえるなんて。

彼の言葉に応えるように、シャーロットは濡れたリネンのシャツを摑んだ。二人の胸にはさまれて腕が動かせないからだ。

彼女の唇の芳醇な感触は人を酔わせる。甘く、濡れて、顔にかかる雨の雫がキスをさらに激しく熱いものにした。

ロスベリーの唇が熱く動く。この瞬間をずっと待ち望んできて、いま現実のものとなり……想像していたよりもはるかにすばらしかった。

彼女がよろめいて彼にもたれかかった。その手はいまは肩を摑んでおり、指が筋肉に食い込んだ。ああ、彼女がキスを返す。キスのリズムがゆっくりになると、急かすように激しく求めてくる。まるで彼がやめるのを恐れているかのように。

彼の唇に何度でも応じるのだ。その熱烈さに驚き、予想もしなかった激しさにひれ伏したくなる。一瞬、彼は自問した。誰が誰にキスしてるんだ?

彼がキスをやめ、唇を離した。二人とも激しく喘いだ。

「わたしのキスは平凡だと、いまも思っているのか、シャーロット?」

「んん……なに?」

ふむ。キスで彼女を無分別にする。これは使える。

「もう一度キスして」彼女がささやき、顔をのけぞらせて唇を差し出した。

腫れた下唇を見つめ、ちょっと舐める。

彼女の喉の奥から、やさしいうめき声が洩れた。

「きちんとお願いしてくれ」彼がささやく。

「どうぞお願い」彼女がじれったそうにロスベリーのうなじの毛を引っ張った。

彼は堕ちた。シャーロットの甘い口の中を舌で探りながら歩き出し、円柱に彼女の背中を押しつけた。片手で彼女の後頭部を包んで守りながら、もう一方の手で彼女の尻を抱いて固定し、支配下におさめた。蜂蜜のような口の奥へとリズミカルに舌を沈め、愛を交わす動きを真似る。

彼女が甘い悲鳴をあげる。必死に懇願する声だ。彼女の指がうなじの濡れた髪に絡みつく。もう一方の手は彼の腕を摑んでいた。

彼女の尻を引き寄せ、長い指をやわらかな肉に食い込ませて、屹立したものへと彼女を導いた。

彼が唇を奪うあいだ、シャーロットは腰を彼に押しつけた。キスだけでは物足りない。彼女が欲しかった。ここで、いま。彼の指先がうなじを撫でおろし、肩から腕へ、胸へと愛撫して動く。その手に彼女が胸をきつく押し当ててくると、彼の息がとまった。触れて欲しがっている。むろん応える。けっして拒まない。ドレスの布地越しにやさしく揉んで、固くなった乳首を親指で撫でる。彼女があげた歓びの声に、ロスベリーは一線を越えそうになった。

荘園も雨も泥も消えた。理性と実利はひとまず棚上げだ。いまこの瞬間、ほかのことはどうでもよかった。大事なのは上昇しつづける二人の情熱の力だけだ。

それから不意に、あたりが静まり返った。雨がやんだ。背中に陽射しのぬくもりが広がった。二人の動きがとまり、唇が離れた。二人にかけられた呪縛が解けた。

どこか遠くではじまったパシャパシャいう音が、ちかづいてくる。誰かがやってくるのだ。

彼女を離したちょうどそのとき、トリスタンが荘園の遠くの角を曲がってやってくるのが見えた。

「誰なの？」シャーロットが尋ねた。

「トリスタン」

「彼に……彼に見られたと思う……」

「おそらくね、少なくとも一部は」正直に言えば、見られたとしても、ロスベリーが彼女を離すところだけだろう。だが、彼女は知らなくていい。彼女がきょう、なにを目的にしていたかを考えれば、トリスタンはそれだけ見れば充分だ。

「どうして……あんなことをしたの？」彼女は尋ね、指先で自分の唇に触れた。

彼の視線がシャーロットに戻った。ほんものの大馬鹿者だ。彼女をここに連れてくるべきではなかった。だが、彼も弱い人間だ。長いこと自分を抑えつづけ、彼女と親しくなって数カ月、まるでキスを望むように彼女に口元を見つめられたら、坂を転がり落ちても仕方がない。だが、そう思うことが非常識だ。彼女には、友だちとしか思われていない。彼女は、ロスベリーを紳士に変えられると思っている。そしていまの態度は、彼女が時間を無駄にしたとのなによりの証ではないか。

遅まきながら、彼女が眼鏡をかけていないことに気づいた。そうだった。さっきはずしたのだ。下に落ちたにちがいない。地面を探した。

「彼があそこにいることを知っていたの？　彼が来ることを知っていたの？　だからこんなことを？」

いや、まさか、それが理由ではない。だが、本心を打ちあけるわけにはいかなかった。彼女はロスベリーを夫に望んでいない。彼女にふさわしい人間ではない。それでも、自分が反応したことまで、否定できないはずだ。その瞬間を楽しめばよかったのに、ロスベリーがいま考えるのは、彼女の心が欲しいということだけだ。

「だからわたしにキスしたの？」彼女が食いしばった歯のあいだから尋ねた。

トリスタンの登場が与えてくれた言い訳に、彼は飛びついた。「それがきみの計画だったじゃないか。少しは気が晴れたんじゃないのか？」

屈み込んで、泥をかぶったブーツの左側に落ちていた眼鏡を拾いあげる。着ているものの中で、泥や雨に汚れていない部分がほんの少しでもあるかどうか考えた。眼鏡を拭いてやることができない。だが、それ以上思案している暇はなかった。

怒った彼女が眼鏡をひったくったのだ。

「中に入ろう」ロスベリーは言った。「彼がちかづいてくる前に」

彼女の首筋や頰の赤い斑が雄弁に物語っている。彼は知っていた。彼女は困惑したり、恥ずかしいときにこうなる。いまはその両方だろう。

彼女と目が合ったのでにやりとした。「言っておくが、きみはたいした役者だ。きみも楽しんでいると、一瞬信じたほどだ」

彼女は怒って息を深く吸い、吐き出した。気を鎮めて自分を取り戻そうとしている。

トリスタンがちかづいてきて、大声で挨拶をして、雨がやむまで厩舎で足止めを食らったというようなことを言った。シャーロットもロスベリーも、彼を一顧だにしなかった。

彼女のドレスの前面、とくにスカートは泥だらけだった。彼の指がつけた泥の筋が首筋や喉や髪に残っている。なんとお誂え向きだ、と彼は憂鬱な気分で思った。触れることで彼女を汚した。比喩的にも、文字どおりにも。

ロスベリーは彼女のためにドアを開け、中に入れと手で示した。

シャーロットは入った。だがその前に、容赦のない視線で彼を射抜いた。

13

〝紳士たるもの、心の中に、ささやかな嘘を受け入れる部屋をつねに持っているべきである。善意の友がついた嘘ならなおさらのこと〟


「さあ、言ってくれ、彼女をどうするつもりだ？」

「彼女はいささか神経質で未熟だ」

「ああ、だが、彼女は勝ったんじゃないのか？」トリスタンが尋ね、鞍をつけた彼の馬を引いてきた厩番の少年にうなずいた。「きみの動きに過剰反応しがちなのは気づいていた」

「彼女とならゆっくり動かなければね」ロスベリーが言った。「調教にようやく慣れてきたところだからね」

「彼女はまだ自然に成熟するための準備ができていないし、その必要もないのだろう。きみが急がせすぎたんじゃないのか」

ロスベリーは顎を手で撫でながら、三歳の牝馬が運動をしている草地に目をやった。心ここにあらずだった。トリスタンに気づかれなければいいが。「準備はできているさ。これからぐんと伸びてゆくとわたしは思っている」

「そうかな。決心がつかないな」

「状態はすばらしいぞ」ロスベリーが言う。「彼女を逃すのはもったいないと思うがね。ほかにも引き合いはきているから……」

トリスタンが笑った。「きみに貴族の血《ブルーブラッド》が流れているのを知らなければ、きみの血管には商売人の血が流れていると言うところだ」

ロスベリーはむっとしたふりで顔をしかめた。「商売人の血は薄いからな。うちの馬たちはイングランドでも一、二を争う良血種ばかりだ。プリニーが先月、とびきりの二歳馬を買っていった。きみの不注意な言動は聞き逃せない。決闘を申し込もうかな」

友人同士の冗談の言い合いは終わりをつげ、二人とも黙り込んだ。たがいにわだかまりを感じていた。イートン校時代からの友人であり、趣味や性癖がよく似ていた。もっとも、トリスタンのほうがより勝手気ままで、落ち着くことを考えていない——それなのに、たいていの女たちが、二人のうちなら、彼のほうが安全な選択だと思っている。

たがいに相手の気持ちを斟酌するから、気に障るようなことはめったに口にしない。だから、酒を酌み交わし、賭け事や狩りやどんちゃん騒ぎを繰り広げ、楽しく付き合ってきた。

女を巡って争ったことは一度もなかった。ロスベリーはいまさらそれをはじめようと思っていない。シャーロットは争うほどの価値がないということではない。彼女の心を丸ごと欲しかった。彼女はいつか愛してくれるだろうか？　トリスタンへの秘めた思いをずっと持ちつづけるのではないか？

「ぼくの意見は求められていないのだろうが」トリスタンがようやく口を開いた。「きみの思いを彼女に伝えるべきだと思う。意外な反応が返ってくるかもしれない」

乗馬用の鞭を腿に打ちつけながら、ロスベリーは真剣な視線を友人に向けた。「かわいい牝馬はなんとも思っていないさ」

「ぼくが誰のことを話しているのか、わかっているはずだ」

ロスベリーは目を伏せ、手袋をぐいと引っ張った。「わかっている。わたしは彼女の友人だ。そのことをありがたく思っている。わたしみたいな男が、ミス・グリーンのような女と知り合いになれる機会はまずないからね」

トリスタンが鞍にまたがり、笑った。「友人？　あんなふうにキスしてくれる〝友人〟がいたら、恋人なんていらない」

ロスベリーは咳払いした。トリスタンはたしかに友人だが、すっかり話すことは躊躇していた。彼がシャーロットに惚れかかっているのかどうか、ロスベリーにはわからなかった。これまでに知ったことだけでも、トリスタンは充分に嫉妬しているかもしれない――シャーロットを話題にしたのは、そのせいかもしれない。

「もし彼女をものにできなければ」彼は内心の思いとは裏腹に冷ややかに言った。「わたしのこの力をもってしてもね。それはつまり、彼女が、どこからどこまでも好ましいと思った相手でないと、どんな関係も結ばない女だということさ」

「なるほど」トリスタンはいたずらっぽく目を輝かせてロスベリーを見た。「だが、ぼくがきみだったら、どこぞの香水をプンプンさせた、ぶよぶよと太っておしゃべりな男が彼女を追いかける前に、ひっさらっていくけどね」

「わたしがきみだったら」ロスベリーは言い返し、愛馬である黒いアラブ種の馬にまたがった。「鞭で尻を叩かれる前に、ミス・グリーンと馬を比べるのはやめる」

「ありがとう、ナディーン」髪をゆるく結い上げて美しく巻き毛を散らしてくれたメイドに、シャーロットは礼を言った。

鏡台の前のクッションを敷いたスツールに座り、ふっくらしたほっぺの娘が去るのを見送り、顔に貼りつけていた笑顔を崩して、しかめ面に戻った。うめき声をあげ、鏡台に載せて組んだ腕に額を押しつけた。

こんなことをしても無駄だ。いくら頑張っても気分は変わらなかった。

冷たい肌に熱い湯が当たれば、ロスベリーの高く硬い体が触れていた感触が消えるだろうと思い、風呂を用意してもらった。

でも、事態を悪化させただけだった。彼に触れられ、抱き締められ、キスされたとき覚えた蕩《とろ》けるような感覚が、お湯によって甦ってしまったのだ。

唇の上を飢えたように動いた彼の唇の後を引く感触を消し去りたくて、唇をゴシゴシ擦ると、あのときが甦った。淫らな振る舞いを楽しんだことは否定できない。濡れた指で口を擦りながら、そう思った。ああ、どうしよう、彼にもっととせがまなかった？　服は長袖の白いモスリンを選んだ。スカートの裾に淡いピンクのサテンのリボンがついているだけの、簡素なものだ。節度あるデイドレスが、頭の中から淫らな思いを追い出してくれる、そうじゃない？

でも、自分の姿を見たとき頭に浮かんだのは、ロスベリーの長い手が、肩を撫で、尻を摑み、腰を自分のほうに引き寄せて……。

鋭く息を吸い、頭をあげて鏡の中の自分に目を向けた。やめなさい、シャーロット。きっと彼はあなたのことを、喜んで男に身を投げ出す、まつげをパタパタさせるあつかましい娼婦とおなじだと思っている。

頬をつねった。罪深い思いの痕跡を抹消するためなら、痛みも引き受ける。

ここに座って、ずっと考えていた。あの瞬間を何度も何度も再現して。それはなんのため？　ロスベリーはいまごろ領地のどこかで、クラレットを飲みながらビリヤードに興じているか、狩りに出かけるか、田舎で男性が楽しむことをしているのだろう。きょう、二人のあいだに起きたことなど、まったく思い出しもせずに。

ロスベリーの熱い抱擁のほんの一部にしても、トリスタンが目にしたことで満足すべきなのだ。でも、ロスベリーに言い寄るふりをしてと頼んだときには、貞操を失うぎりぎりのキスをするなんて思ってもいなかった。

ああ、それでも、彼にやめて欲しくなかった。想像していたよりもずっとよかった。たしかに膝がガクンとなり、たしかに足元で地面がぐらっと動いた気がした。ほんとうにすばらしかった。すっかり酔いしれた。

彼にとってはすべてが遊びにすぎなかったのだろうけれど。

そして、彼は遊びがほんとうに上手だ。そう思ったらうめき声が洩れた。

ここに来るべきではなかった。ロスベリーの前に身を曝し、ホーソーン家の舞踏会に出席してくれと詰め寄るべきではなかった。あんなことがあった後で、どうやって友だちをつづければいいの？

まったく公平ではない。こっちはこんなに動揺しているのに、相手はまるで平気なことが、彼女を責め苛んだ。

彼にとっては日常茶飯事なのだろう。きょう、彼がキスした女のうち、彼女は二番目、三番目、四番目？

しかも、彼はずうずうしくも彼女の反応をけなした。たいした役者だ、と言ったのだ。濡れた犬が雨粒を振り切るように、彼はキスを振り切った。彼女はいまもまだ震えているというのに。

苛立ちにうめく。

「あんなに傲慢で、厚かましくて……」

「わたしのことを言っているのだと思うが」

「……洞察力が鋭い」

「ああ、やはりそうか。きみはわたしのことを言っているのだな」

「ロスベリー」強張った口調で言い、戸口に立つ彼の姿を鏡の中に捉えた。「わたしの寝室でなにをなさっているのですか？」

「こういう展開になるから世の中おもしろい、そうだろう？　わたしがきみにおなじ質問をしたのは、それほど昔のことではない」

シャーロットはスツールの上で振り返り、彼と顔を合わせた。喉に詰まった息をぐっと呑み込む。

彼は胸が痛くなるほどハンサムだ。バタークリーム色のシャツと同色で銀ボタン付きのベストの上に、上等な仕立ての黒いフロックコートを着ていた。きょうのクラヴァットは少し襞を寄せただけのすっきりとしたものだが、金色の毛が生えかけた心持ち角張った顎を際立たせていた。南京木綿のブリーチが長く引き締まった腿を包み、磨きあげられたブーツは膝のところで折り返しがある。力強く器用な手に革手袋をはめ、乗馬用鞭を持っていた。

琥珀の斑点のある目が彼女の視線を辿って、自分の手の中の鞭に向った。「厩舎から戻ってきたところだ。おかしく聞こえるかもしれないが、きみの母上に頼まれて様子を見にきたんだ。きみが支度に時間がかかりすぎるとやきもきしておられる」

彼の首筋の筋肉の動きを、シャーロットは見つめていた。

「わたしに寄せる彼女の信頼は、とても深いようだ、シャーロット。一時間前にあんなことがあったから、信頼の置き所を間違っておられるようで心配になるよ。わたしの過去の罪をにわかに許してもらえるような、どんな保証をきみがしたのか皆目わからない」

彼女は肩をすくめた。いまは説明をする気になれなかった。

彼は廊下の右左に目をやってから、室内に入ってきた。ゆったりとした足取りでやってきて、ベッドの足元で立ちどまり、彼女にいちばんちかいベッドの支柱によりかかった。

革の匂いの混じったサンダルウッドの軽い香りが漂ってきて、彼は風呂を使ったばかりだとわかる。全身を覆った泥の量を考えると、さぞ優秀な従者がいるのだろう。

「でも、嬉しかった。謝りに来るつもりだったからね」彼は静かに言い、彼女を見つめる目に浮かぶのは……やさしさ。

やさしさ？　きっと見間違いだわ。あたらしい眼鏡を買ってくれと、母に頼まなければ。

いいえ、彼の眼差しに見たのは哀れみだったにちがいない。キス以上のものがあったと、彼女に考えて欲しくないのだ。

キスをしたことを謝るなんて、ひどいことだ、とシャーロットはそのとき気づいた。それはつまり、キスを与えた者が、そのとき呼び起こしたほんものの、正直な、混じりけのない情熱を否定することだから。

あれは間違いであり、失敗であり、判断の誤りであって、二度としないと宣言することだ。彼女がほんとうはどう感じたのか、知られてはならない。

彼は放蕩者の血筋を引く無頼漢だ。欲望しか知らず、歓びを得るためなら、ほかの人がどう思おうと気にもしない。長いあいだ、女を追いかけ回してきた。彼女が知っているかぎり、レディに正式に求婚したことは一度もない。

そういう事実を、いつも自分に言い聞かせなければいけないのはなぜ？　ロスベリーはシャーロットを見つめながら、その瞳に宿る苦痛と困惑を取りのぞいてやればと思った。彼女はあきらかに彼の情熱の激しさにショックを受け、彼のあたらしい獲物になることを恐れている。

「あのキスは少しばかり行き過ぎたようだ」彼は静かに言った。「トリスタンがあんなにちかくにいるとは思っていなかった」

「ええ。わたしもそう思います。あまりにも激しすぎました。これからは、わたしをうっとりと見つめるか、にっこりほほえみかけるだけにしていただかないと」

「そうだね」彼は言い、軽く頭をさげた。

「もう触れるべきではありません……どんな形にせよ。あれはやりすぎでした。軽くふざけあうぐらいのほうが長つづきすると思います」

「もう触らない」

彼女は立ちあがり、ガウンのしわを伸ばし、ボディスを縁取る小さなレースからごく小さな糸屑を取りのぞいた。彼の視線がその動きを追った。彼女が顔をあげ、見られていることに気づき、とたんに体を固くした。

「それから、あなたは……そんなふうにわたしを見るのをやめてくださらないと」

彼は驚いたふりをした。「見つめるのはいいと、いま言ったばかりじゃないか」

「トリスタンがそばにいるときは、です。お馬鹿さんね」

彼女がほんの少しでも彼女らしくなってきたのを見て、彼は笑みを浮かべた。

「すべてが失敗というわけではありません」彼女がかわいらしく目を光らせた。「じつを言うと、あなたの、その……熱烈な愛情表現が、わたしのためになったと思っているの。ナディーンから聞いたのですけど、彼はわたしたちと一緒に昼食をとることにしたそうですね」

「そうだよ」

彼に油断のない目を配りながらそのそばを通り抜け、シャーロットは隅の書き物机に向った。抽斗からしわのよった模造羊皮紙を取り出す。

ちかづいてくる彼女を見ながら、彼は願った。ここが二人の寝室で、彼女がちかづいてくるのは、彼をベッドに押し倒し、上に乗っかってくるためだったらどんなにいいか。

「さあ、これ」彼女が言い、紙を差し出した。

「これはなんだ？」

「夫として好ましいと思われる男性のリストですわ。持ってきておいたのです」

「どうしてわたしがそんなものを見なければならないんだ？」彼はうんざりした声で言い、ざっと目を通した。

「もうお忘れなのね？」彼女が信じられないという口調で言う。そこで、彼がからかっていることに気づいた。「あなたがリストを作れとおっしゃったのよ。その中から求婚者を見つけるのに、手を貸してくださるんでしょ」

彼はうなずき、目で名前を辿った。「ロード・ベッカム……サー・ニコラス・キャムデン……ラヴェンズデール侯爵……ミスター・ウィリアム・ホルト……ロード・フィードルクレスト……ラングリー伯爵……ゴールディングズ公爵……ミスター・ジェイムズ・キャントレル……」

彼はゆっくりと頭を振り、視線をシャーロットに向けた。いまはほほえんでおり、ブルーの目の奥には、午後の出来事で受けた痛手のかけらも見当たらない。「シャーロット、これは驚きだ」

「なにが？　どうかしました？」彼女が無邪気に尋ねた。

「これらの男たち……彼らはみなわたしの友人だ。一人残らず……」視線をリストに戻す。

「ロード・タニング、ミスター・トマス・ノードストーム……全員がそうだ」

「だったら、難しいことじゃありませんわね？　わたしに求婚する気がありそうだと思われる方を、一人探してくださいますね。全員をご存じなんですもの、そうでしょ？」

「わたしは、あまりそういう……」

ちょうどそこへ、シャーロットの母親の声が廊下から響いてきて、ロスベリーは救われた。これらの男たちの誰にであれ、愛する女を差し出すことはまるで拷問だということを、説明せずにすんだのだから。

「シャーロット！　どこにいるの？　みなさんお待ちですよ」ヒヤシンスの声がして、足音がどんどんちかづいてきた。

彼は無言のままベッドを回り、屈み込んで姿を隠した。

シャーロットは不思議そうな顔で彼を見た。「なにをしているの？」

彼は指を唇に当てた。

「ああ！　ここにいたのね！」母が叫ぶ。「デイジーのように愛らしいわ」

「ありがとう」シャーロットはつぶやき、照れてスカートのしわをまた伸ばした。

「さあ、なにを待っているの、マイ・ディア・チャイルド？　外はあたたかくなったし、気の合うお仲間はいるし、それに、幽霊が棲んでいるのよ！」

「そうなんですか？」シャーロットは気のない口調で尋ねた。

「ええ、もちろん。だからあなたに遅れて欲しくないのよ。これから離れ屋でピクニックをして、それからあすは、幽霊の出る森を探索するのよ。ミス・ドレイクがおっしゃるには、森の中に洞窟があって、安らかに眠ることのできないスコットランド人の幽霊のうめき声が聞こえるんだそうよ。彼女は息遣いと足音も聞いたんですって」

「それはすてき」シャーロットはおざなりに応えた。「もしかして……羊の鳴き声を聞いたのではないかしら？　ロスベリーが言っていたもの。小作人の一人が、羊をこっそり盗まれるので難儀しているって。彼女が耳にしたのは、その盗人の足音だった可能性もあるのでは？」

ロスベリーはしゃがみ込んだまま、彼女の推理にほほえみ、念のため洞窟に見張りをたてること、と頭の中にメモした。

「まあ、つまらないわね。そんなふうに考えたら、おもしろくもなんともなくなるでしょう。さあ、いらっしゃい、いいわね？」

「ええ、すぐに行きます。ショールを探してすぐに」

ヒヤシンスはため息をついた。「きょうのあなた、なんだか元気がないわね。気分がすぐれないいんじゃないの？」

「大丈夫です。とってもお腹がすいているだけですわ」

「わたしもよ！ ちょっとしたご馳走をいただけるそうよ！ ここの料理人はオーブリーでも有名な人なんですって。あすの朝もたっぷりといただけるのよ。満腹で旅をするのはよいことですものね。途中の宿屋でとる食事には期待できませんからね。おまえ、忘れていないでしょうね？ あすは家に戻るのですよ」ヒヤシンスが念を押した。「今シーズンが最後なんですからね。わたしたち——というよりあなた——は、最大限に利用しなければ」

彼女はうなずき、ロスベリーに視線を向けた。二人の目が合う。もっとも彼の耳は、遠ざかるヒヤシンスの足音に向けられていた。

「母は行きました」シャーロットはつぶやき、一歩出て、彼から紙をひったくろうとした。

彼は立ちあがり、頭を振った。

「わたしの評判を守るためといっても、母から身を隠そうとするなんて」

「古い習慣だ」

「大丈夫でしたのに。母はあなたを信頼していますもの」彼女は言い、大型衣裳簞笥へと向かった。

彼が顎を引き締める。「なぜだ、シャーロット？　いまここで説明してくれ」

箪笥の扉を開け、ごそごそやってライトブルーのショールを引っ張り出した。「どうでもよいことですわ」

「どうでもよくはない」彼がぶっきらぼうに言う。「さあ、話してくれ」

彼女はため息をつき、ほっそりとした肩にショールを巻いた。「ほんとうにどうでもよいことなのに」顔をあげ、ほほえんだ……いささか甘すぎる笑みだった。

彼はシャーロットを見つめ、乗馬用の鞭で自分の腿を打った。

「あなたはハーバートおじさまに似ていると、母に言っただけですわ」

「ハーバートおじさん？」

「ええ」無邪気に目をしばたたいて彼を見あげた。「母の双子の兄なんです。とても仲のよい兄妹ですの。考えることが一緒だと、母はいつも言ってます。ときにはおなじ夢を見ることがあるんですよ。すばらしくありませんこと？」

「それは驚くべきことだ」彼は叫びそうになっていた。「さあ。さあ、どうしてか話してくれ。わたしがハーバートおじさんに似ているというだけで、どうしてわたしは母上の信頼を勝ちとれたのか。彼は誠実な人なのか？　率直で素直？」

「そして、まわりからとても好かれていますわ。パーティおじさまを知る人はみんな、彼のことをよく言いますもの。とても人気者なんです」

自分が質問にまともに答えないことに、彼がどれほど苛立っているか、シャーロットはまるでわかっていないようだ。

「つまり彼は聖人なんだね？　そして、きみの母上は、わたしがそういった褒めるに足る資質を持っていると思っていらっしゃる」

「いいえ。あら、まあ、ちがいます」彼女が小さく笑いながら言った。「まったくちがいます」

首筋の血管がドクドク脈打ちはじめた。

「ああ、わかりました」彼女がようやく従った。「お話しします」

「さぞくそ忌々しいことなんだろうな」

「そんな悪い言葉はおっしゃらないで……」

「シャーロット……」

「はいはい。母があなたを信頼したのは、わたしが母に、あなたとおじはたまたまおなじものを好きだと――いえ、愛していると――言ったからです」

「なんだ？　フェンシング、馬、カード、クリケット、ボクシング……？」

「あら、ちがいます」

「だったら、なんなんだ？」

「ほかの男性」

14

〝紳士たるもの、ディナーの席で隣り合わせたレディの要求に、つねに気を配らねばならない〟

離れ屋までの道はひどいぬかるみだということがわかった。そこで、シャーロットとヒヤシンスとルイゼットとミス・ドレイクは、馬に乗ったロード・トリスタンとロスベリーに両側を護られ、ファラモン家の馬車で行くことになった。短い道のりだ、とシャーロットは言われていた。

そうではなかった。嘘八百だった。

ロンドン——土地の値段が非常に高い——で長く過ごした者が、〝庭〟という言葉から連想するのは、手入れされた花壇、きれいに並んだ花々、菜園、柵で囲った小放牧地、それに小さな森と芝地ぐらいだろう。

田舎では、庭はもっと規模が大きくなる。どこまでもつづく刈り込まれた芝地、入り組んだデザインの景観、花をつける灌木に囲まれて曲がりくねった歩道、古趣をてらった池、平和と富と優雅さを醸すよう巧みに配置された離れ屋。

だが、オーブリー・パークは千七百エーカー（約二百万坪）の大庭園から成っていた。とてつもない広さだ。二時間ちかく馬車で揺られたころ、そろそろべつの郡に、それともスコットランドに着くにちがいないと、シャーロットは思いはじめた。口に出してそう言うと、馬の繁殖牧場がある領地のはずれにすら来てはいない、とミス・ドレイクに言われた。

しばらくすると、離れ屋に着いた。シャーロットはどんなに嬉しかったか。馬車の中で間隔を置いて四度、お腹がグーグー鳴った。するとルイゼットがすかさず尋ねた。怒りっぽい厩舎の猫がこっそり忍び込み、座席の下に居座りをきめこんだのではないかしら？

離れ屋は息を呑むほどすばらしかった。母と一緒に地方の荘園を訪ね歩いた経験から、こういう建物は人の目を引くだけの目的で造られることを知っていた。実際に使うためというより、眺めるために設計されるのだ。

でも、これはそうではない。湾曲した屋根と輝くばかりに白い連双窓のある煉瓦造りの建物には、フレンチドアの玄関がふたつあった。中に入ると、赤い布をかぶせた長いテーブルが置かれていた。

もっと粗末な輸送手段でついてきた召使たちが、籠を抱えて階段を小走りに登ってゆく。籠の中身はコールドチキン、ハム、スウィートブレッド、バターで味をつけたロブスター、ポテト、チーズ、ペストリー、さまざまなベリー。

支度が整ったテーブルを見て、シャーロットは深い感銘を受け、ついその気持ちを召使に言わずにいられなかった。そういうことを口に出すのは、はしたないのかもしれないが、料理の並べ方があまりにも見事だった。荘園領主の邸宅のダイニングルームにこそふさわしい。

みなが席についた。ルイゼットが上座に、ミス・ドレイクが右隣、トリスタンが左隣に座った。シャーロットはロード・トリスタンの隣で、向かいにはヒヤシンス、つまりロスベリーは下座で彼女や母親にちかかった。

シャーロットは身の安全のため、ロスベリーの動向を見守る羽目に陥った。彼が睨むような目で、ディナーフォークと彼女の肘を交互に見ていたからだ。

あれでわたしを突き刺そうと考えているのだろうか？

彼が怒りを克服してくれることを願った。彼の情熱が男女を隔てる柵のどちら側に帰するかという問題で、シャーロットが母親に小さな嘘をついたことを、彼がおもしろく思っていないのはわかっていた。

ロンドンで噂になると心配しているのだろうか。その必要はない。沈黙の申し合わせというものがある。ハーバートおじさまのような人は、もしばれたらロンドンに住むことができない。母はハーバートおじさまの秘密をおしゃべり雀の舌から守ってきたのだから、ロスベリーの〝秘密〟も守るにちがいない。

でも、シャーロットにはそこまで説明している時間はなかった。正直に言うと、彼の顔がまるで信じられないという表情から沸騰する怒りに変わるのを見たからには、あと一秒たりとも二人きりで寝室にいたくはなかった。部屋を跳び出し、怒った彼の足音がすぐ後ろに聞こえるのを意識しながら廊下を進み、階段をおり、角を曲がり、玄関まで辿りついた。二度ばかり、彼がすぐ耳元で、とまれ、と言ったが、無視した。いまとおなじように。

　飢え死にしそうなほどお腹がすいていたので、シャーロットはもりもり食べた。すべてがただもうおいしかった。

　ええと……すべてが……スコーンを除いては。

　ミス・ドレイクが言っていたが、ルイゼットはときおり不安に駆られると、パンを焼くことで気分転換をするそうだ。

「スコーンがこのところの自慢の品なのですよ」ミス・ドレイクが誇らしげに言い、ルイゼットに頼もしい笑みを送った。

　ミス・ドレイクが身を乗り出してささやいた。「ときどき捏ねすぎてね。それで少し硬くなるのよ」

　硬い？　これは石だ。

「さあ、召し上がれ」ミス・ドレイクがやさしく促した。「彼女が喜びますから」

　シャーロットはゆっくりとスコーンを口に運びながら、気づかずにいられなかった。テーブルを囲む人たち全員が、にわかに食べることに没頭しはじめたことに。つぎに歯を折る役に選ばれるのが自分だったらどうしようと、気が気ではないのだ。

　彼女の横で、ロード・トリスタンはプラムを解剖している。向かいの席ではヒヤシンスが、すでに粉々のチキンを切り刻むのに忙しい。

「プランド・オン・モルシール」ルイゼットが、さあ召し上がれ、と促す。シャーロットの褒め言葉を期待して、目を大きく見開いていた。

「さあ、シャーロット」左側から暗いささやきが聞こえた。「噛みつけ」

顔を巡らせると、ロスベリーの悪魔のような笑みが目に入った。その口元を見たとたん、お腹から熱が湧き上がってきた。二人のキスが脳裏に浮かぶ。目をしばたたいて追い払った。

唇を舐めた。彼がそれを見て、自分の唇を舐める。でも、意図してそうしたのではないにちがいない。いまは遅い昼食を食べている最中なのだから。

彼女の視線がロスベリーの皿でとまった。「あなたのスコーンは、マイ・ロード？」

彼は伏せた目で彼女の口元を見つめたままだ。「もう食べた」彼が冷ややかな笑みを浮かべて言った。

シャーロットは少し彼のほうに体を乗り出し、ささやいた。「信じません」

「信じない？」低く響く声で彼が言う。

「ええ、当然です」

「どうして？」

「だって、あなたの歯はまだ揃っているようだから」

彼は椅子にもたれ、彼女を見つめたまま胸を震わせて低く笑った。

彼女はにこりともせず問題のものを口に持っていった。上品に食べている場合ではない。

熱い紅茶があれば浸しているところだが、紅茶がないので嚙み付くしかない。あまりにも悲しいことだ。歯はすべて残しておきたい。

「彼女はもうこっちを見ていない」ロード・トリスタンが反対隣からささやいた。頭を動かさずに空色の目をロスベリーの祖母のほうに向け、それからめった切りにしたプラムに戻した。

彼を見た。ほんとうの意味で彼を見た。彼がパーティーに参加してからはじめて、彼をちゃんと見た。彼はハンサムだとずっと思っていた。でも、なんでなのか、きょうの彼は見劣りがする……そう、ロスベリーと比べて。どうしてそうなのかわからないが、彼がちがうように見える。

赤褐色の髪を短く切り、いつもどおり一分の隙もない装いで……

「急いで」彼がささやき、彼女の思考を中断させた。

彼の言うことが信じられず、自分の目でたしかめようと横目で上座を見た。奇跡のようだが、ルイゼットとミス・ドレイクは小声でおしゃべりの最中だった。二人とも彼女が食べようとしていることなど忘れているようだ。

シャーロットはこのときとばかり、スコーンを肩越しに放った。床に当たればゴツンと音がするはずなのに、聞こえない。おそらく開いたままのドアから外に飛んでいったのだ。たまたま通りかかった召使が、それに当たって倒れていませんように。

「ありがとう」トリスタンにささやく。

「どういたしまして」

ロスベリーが大きく咳払いしたので、シャーロットは飛びあがりそうになった。「ミス・ドレイク」

「はい？」

「祖母のおいしいスコーンをもうひとつ、ミス・グリーンに回してもらえませんか？　彼女はとても気に入ったのに、恥ずかしくて頼めないのです」

「もちろんですわ！　喜んで！」

ルイゼットは満面の笑みを浮かべ、ミス・ドレイクは〝岩〟をリネンのナプキンに載せ、召使に命じてシャーロットのもとに運ばせた。

ああ、なんて男！

シャーロットは椅子にもたれ、片方の眉を吊り上げ、彼の脚を足で探った。

だが、彼はその動きを予知しており、彼女の足が脛を蹴る前に摑んだ。怒っているにもかかわらず、靴下の上から彼の熱い手に触れられ身震いした。すぐに手を放すものと思っていたら、彼はやさしく意味ありげに握り締めた。

小さく喘いで彼の手から足を引き抜く。それが間違いだった。彼が手に力を入れたものだから、靴が床に落ちた。

テーブルを囲む人たちに目を走らせる。テーブルのこちら端で起きていることに、誰も気づいていないようだ。

「なにか落としましたか、ミス・グリーン？」ロスベリーが尋ねた。

「い、いいえ」

「拾ってさしあげましょうか？」

だが、彼が動く前に、シャーロットは不意にテーブルを立った。「あの、し、失礼します。新鮮な空気を吸いたくなったもので」

驚いたことに、ロード・トリスタンも立ちあがった。「お供してもよろしいですか、ミス・グリーン？　そろそろ失礼しなければならないのですが、その前にあなたと二人きりで話がしたいのです」

彼女は母親を見た。

「行きなさい」ヒヤシンスがチキンを咥えたまま言った。「わたしから見えるところにいるかぎり、問題ありません。あそこでお話ししたらどう？」彼女がナプキンで指したのは、窓のすぐ外のわすれな草やチューリップが植えられた場所だった。

シャーロットはうなずき、ロスベリーがどんな反応を示したのか見たい気持ちを抑えた。自分がどんな反応を示すかさえ定かでなかった。嬉しいはず、そうでしょう？　ロード・トリスタンは自分の意志でここに来て、彼女と二人きりで話したがっている。いったいなにを話すつもり？　ロスベリーとの抱擁がそんなに効いたの？

ところが、踵を返そうとすると、あたたかな手が腕に重く置かれた。

「きみの靴だ、ミス・グリーン」

黙って下を見ながら、そもそもどうして靴が脱げたのか誰も尋ねませんようにと願った。

屈み込もうとすると、ロスベリーがとめた。

彼が踵に手をあてがい、やさしく靴を履かせてくれた。そのあいだ、彼女の顔をひたと見つめたままだった。

「ありがとう」そう言って口を引き結んだ。あなたは怒っているのよ、と自分に言い聞かせる。彼もあなたにたいして怒っている。

踵を返し、その場を後にした。ロード・トリスタンがついてきた。

まぶしい陽射しに目を射られ、額に手をかざして目をかばった。

「ミス・グリーン?」

「ロード・トリスタン」どう振る舞ったらよいのかわからない。一年ほど前、彼はあれほど冷淡に彼女の胸を引き裂いたのだ。

そんなにたやすく彼を許していいの?

彼がほほえみを浮かべてやってきてシャーロットの両手を摑み、片方ずつキスした。

「どうか」彼女は言い、両手を引き抜いた。

「ぶしつけでした。申し訳ない。ここであなたにお目にかかれるとは思っていなかった」

「わたしもです。わ、わたし、知ってました、ロ……ロード・ロスベリーがあなたを昼食に招待したことは存じていましたが、来られるとは思っていませんでした」

「子どものころの遊び場を訪れてみたくなった」彼のあかるいブルーの目は内側から輝いている。「オーブリー・パークを訪れるのはほんとうにひさしぶりなんです。屋敷を訪れるのはね。ほとんど変わっていなかった。釣り場は昔のままだ」

「そうですか」彼女は礼儀正しく言った。

「迷路も」彼が手を横に払う。「まったくおなじ」

彼女はうなずいた。「ええ、わたしもすっかり馴染みになりました、きょうの午前中に」

「迷子になった、そうでしょう？」

「そうです」

彼がほほえんだ。一年前に失恋させられていなければ、そのほほえみを見て、うっとりため息をついていただろう。

「それに、馬の牧場も訪ねたかった。アラブ種の牝馬に興味があるんです」

彼女はうなずき、道のほとりの紫がかったブルーの野草を摘んだ。

彼が落ち着かなげに上体を揺らす。彼らしくもない。帽子を脱いでつばを撫で、くるくると回した。「それに、あなたに会いたかった」

口をあんぐり開けそうになった。「わたしに？」

「ええ。あんなふうに別れた後だから、とてもあなたに話しかけるわけにはいかなかった。でも、事情を説明させてください」

彼女は背筋を伸ばし、威厳をもって話そうと思った。「説明していただくことはありません。あなたはほかの女性たちより一段上だ、とあなたはおっしゃった。ずっとあなたを好きだった、とあなたはおっしゃった。ほんものはあなただけだ、誰かと残りの人生を共に過ごすとしたら、相手はあなただ、とあなたはおっしゃったわ」彼女は唾を呑み込み、自分が冷静なのに驚いた。「そして、ほかの方をお選びになりました」

彼がゆっくりと頭を振った。心を惑わす美しい目は、彼女に注がれたままだった。「兄が催した胸糞悪い花嫁探しの宴に、純粋にわたしを思う気持ちから出席された女性は、あなたとハリエットだけだった。だが、ハリエットの気持ちはじきによそに移っていくと思った」

彼女は身じろぎもせず、彼のつぎの言葉をはらはらしながら待った。

「あなたの気持ちはわかっていた。あなたが悪いのではない。ぼくには結婚するつもりはなかったんだ。いまも、独身のままでいたいと思っている。あなたに言ったことはすべて本心です。でも、あなたを選んだら、きみの胸を張り裂けさせるようなことはできない。潮時だと観念して誓いを守り、結婚生活をちゃんと送ることになる。でも、ハリエットを選べば……」

彼女は眉根を寄せた。「つまりあなたがおっしゃりたいのは、お兄さまがわたしの友人と結婚するとわかったので、あなたは結婚する必要も、子孫を残す必要もなくなった、ということですか？」

彼は厳かにうなずいた。

「それで、ハリエットを選び……」

「それでハリエットを選んだ。なぜなら、自分が結婚する相手が推定相続人ではなく、生まれてくる子もそうはならないことがわかれば、彼女はすぐに婚約を解消するだろうと思ったから」

「彼女ならあなたを自由の身にしてくれるとわかっていたから選んだ？」

「そのとおり」

彼女は眉を吊り上げ、頭を振った。「わたしはなんと言ったらいいのか」彼は赦しを求めているの？　すべてが彼の思いどおりになったということ？

「なにも言う必要はありません。ただ、ぼくの言ったことは本心だったと伝えたかっただけだから」

それで、どうすればいいの？　彼に感謝する？　赦しを与える？　はちきれんばかりの喜びに、チューリップの花壇をスキップして突っきる？

だが、決める必要はなかった。みなが階段をおりてきて、馬車へと向ったからだ。召使たちは後片づけのために残った。

「あなたもじきにここを発たれるのでしょう」彼が言った。

シャーロットは小さくほほえんだ。「わたしたちと一緒に屋敷に戻られないのですか？」

彼が表情豊かな口元に淫らな笑みを浮かべた。「ええ、これから厩舎に寄って、ロスベリーが大事にしている牝馬が、この夏の三歳牝馬戦に出られるほど仕上がっているかどうかじっくり見てみるつもりです。だが、またきっとお会いできますよ。あなたの親友はぼくの兄を盗んで、ほほえんだり笑ったり冗談を言ったりする人間とすり替えた。むろん、彼女の前だけで、ですけどね」

「そうですわね」マデリンとガブリエルが幸せに暮らしていることを思い出し、今度はほんものの笑顔を浮かべた。

トリスタンに手を取られ、シャーロットは馬車へと向った。

ほかの人たちは少し遅れてついてくる。どういうわけかロスベリーは一緒ではない。彼はどこに行ったの？

馬車まで来ると、トリスタンは深くお辞儀した。「ミス・グリーン」耳元でささやく。「ロード・ロスベリーのことだが……ひとつ憶えておいたほうがいい」

「はい？」

「ロード・ロスベリーは見かけとはまるでちがう」彼は帽子のつばに軽く触れ、踵を返し、ほかの人たちに軽く、にこやかに会釈した。

彼がどういうつもりでそんなことを言ったのか、シャーロットにはわからなかったが、なんとなく不吉な感じがした。

「おしゃべりを楽しんだのかな？」

背後からロスベリーの深く官能的な声がして、シャーロットは跳びあがりそうになった。

つい神経過敏になる。「楽しくおしゃべりしましたわ。ええ。もちろん」トリスタンの警告が耳に残っていた。どういうつもりで言ったの？

ほかの人たちがやってきた。ミス・ドレイクと母は、幽霊の出る森のことで話が弾んでいた。ロスベリーは女性たちに手を貸して馬車に乗せ、それから琥珀色の斑点のある目をシャーロットに向けた。

彼女は無理に平静を装い、まだ持っている野草を指に挟んで回した。

「それはどこからやってきたのかな？」

トリスタンと話をしていたとき摘んだ野草に目をやる。もう！　しつけのできていない娘だったら、焼きもちを焼かないで、と言い返しているところだ。

「土からですわ」彼女はにこやかに言った。

「わたしが尋ねたのはそういうことではない」

「あら。そういうことでしょう」

彼の目の表情が変わった。不意に無防備になり、彼女をうろたえさせた。

「彼がくれたのか？」

つい、イエス、と言いそうになったが、思いなおした。

「いいえ、わたしが自分で摘んだのです」

彼は頭を振った。無防備な表情はほんの一瞬のことだったので、見間違えたのかもしれない、とシャーロットは思った。

「いいかね」彼の声にはいつものからかうような響きが戻っていた。馬車に乗るのに手を貸してくれる。「荘園の領主は、領地内の花を勝手に摘むことを重罪とみなす」

「領主さまが、ですか？」彼女はほほえんだ。「それで、わたしが犯した憎むべき犯罪には、どんな罰がくだされるのでしょう？」

「おそらくきみには、わたしの懲罰が気に入らないだろう」

「そうでしょうか？」

「まるっきり」彼はささやき、ゆっくりと頭を振り、伏せた目がさらにゆっくりと彼女の全身をかすめて顔に戻った。

「どうぞ、おっしゃってください」

かろうじてわかるぐらいに頭を動かし、馬車の開いた扉へ向えと指示した。彼女がそうすると、耳元で彼がささやいた。「まず、きみをわたしの図書室に連れてゆき……」

「それから？」

「……わたしのデスクへと導き……」

「それから？」彼女は唾を呑み込み、息をとめた。

「……わたしの膝にきみを座らせ……祖母が焼いたスコーンの残りをそっくり食べさせる」

彼女は背筋を伸ばし、唇をわなわな震わせた。「まあ、ロスベリー」小声で責めた。「あなたって、なんて、なんていけない人なの」笑いながら座席におさまった。


離れ屋から戻ると、女たちは休息と着替えのため自室に引きあげた。シャーロットはせっせと三通の手紙をしたためた。一通はいとこのリジー宛て、二通は友人のマデリン宛てだ。

ディナーはひっそりとしていた。ルイゼットが途中で食べるのをやめ、部屋の奥の壁に掛かる馬の絵をぼんやりと見つめるという作業にとりかかったためだ、やがて、疲れた顔のミス・ドレイクがシャーロットに暇を告げ、女主人を促して自室に引きあげさせた。シャーロットの母親は背中の痛みを理由に、食事を部屋に運んでもらった。いまはもう眠っている。

ロスベリーはディナーに顔を見せもしなかった。

ミス・ドレイクから、彼は村に出かけたと言われ、シャーロットはがっかりしていた。小作人の家族から、納屋がいまにも壊れそうだから修繕したいと相談を受けたそうだ。戻るのはみなが寝静まった後になるだろう。シャーロットはとても混乱していた。彼がディナーの席に現れなかったことで、なぜこんなにがっかりするの？

ああ、どうしよう。彼が恋しいの？　どうしてそんな気持ちに？　この一年間で彼と過ごした時間よりもっと多くの時間を、たった二日で過ごした。いったいなにがどうなったの？

くつろぎの時間が必要なのだ。本を読む。そう。部屋に引きあげる前に、読む本をなにか探そう。すばらしい考えだ。

そうすれば、一人で悶々として、自分の気持ちに向き合わずにすむ――彼がまたキスしてくれるかもと期待しながら、起きて待っていたい気持ちに。

ランプを手に廊下を進んだ。邸宅は暗く静まり返っていた。ディナーの皿をさげにきた従僕以外に、人の姿は見なかったし、足音も聞かなかった。

角を曲がり、図書室のドアを探しあててそっと開き、忍び込んだ。大文字の〝H〟のような奇妙な形の部屋だった。両側の長い部分は壁一面が書棚になっており、通路の端にはそれぞれ窓腰掛けがあった。幅の広い中央の通路には暖炉があり、火格子の奥で小さく火が熾《おこ》してあった。その前に深いブルーのソファーが置かれ、背もたれに白い毛布が掛かっていた。ランプを掲げてロスベリーの蔵書を見ていった。ゆっくりと書名を読み、革の背表紙を指でなぞる。愛読書の一冊、ジェーン・オースティンの『分別と多感』を見つけ、嬉しくなる。引き抜いてソファーに持ってゆき、ゆったりと腰掛けて満足のため息をつき、ランプをかたわらのテーブルに置いた。

一時間もすると寒くなり、ここを出たほうがいい、と自分に言い聞かせた。ロスベリーは朝まで戻らないかもしれない。でも、ここは居心地がよかった。両脚を引き寄せて毛布をすっぽりとかぶり、フラシ天のソファーに沈み込んだ。

本の美しく紡ぎだされた言葉にどうしても集中できない。いま願うのは、ロスベリーが大股で図書室のドアを入ってきて、また無分別なキスをしてくれること。

そんなことを考えながらクッションにもたれかかり、罪深い夢に浸り込んだ。

ほんの三分後、眠りに落ちていた。

図書室に小熊がいる。

ロスベリーは村から繁殖牧場を回って戻り、フロックコートを脱ごうとして、間近で鼻を鳴らすような音を聞き、立ち竦んだ。あの音はいったいなんだ？

耳をそばだてる。二階の踊り場で、大型置時計が一分を刻む。なにも聞こえない。

ふむ。きっと空耳だったのだ。

「疲れているせいだ」そうつぶやき、廊下の椅子にコートを掛け、クラヴァットとベストもきちんと畳んで重ねた。

書斎で一杯飲んで、それから寝よう。

ひやっとした。まただ。図書室から聞こえるのは、寝息か？　調べてみることにして、廊下を横切り、暗い部屋に入った。

暗さに目が慣れると、寝息のするほうへと進んだ。最前、執事が玄関で出迎えてくれていなければ、ノートンが居眠りしていると思っただろう。ノートンでないとすると、いったい……。

姿を見る前に、レモンの香りを嗅いだ。彼のソファーに丸くなり、開いた本を胸に載せて、眼鏡をひん曲げているのはシャーロットだった。

手はドアノブを握ったままだった。ドアを引いて閉め、鍵をかけた。この瞬間を誰にも邪魔されたくない。彼女はまるでまどろむ天使だ。

彼女の上に屈み込み、そっと本と眼鏡を取りあげてかたわらの小さなテーブルに載せた。とっくに消えたランプも載っている。出て行くべきだ、と良心が叫んだ。あまりにも魅力的すぎる。

足元で床がミシミシいい、彼女のやさしい寝息がとまった。彼は全身の動きをとめ、彼女が目を覚まさなかったとわかると緊張を解いた。

かたわらに膝をついて、頬に触れようと片手を伸ばし、やわらかな肌を愛撫する寸前でとめ、火傷でもしたかのように手をぱっと引いた。やれるのか？

手で彼女に触れる危険はなんとか回避できた。でも、視線で彼女を慰撫しても害にはならないだろう。

視線を眠る彼女の体に這わせる。腰の膨らみ、首筋のなだらかな線、ライトブルーのディナーガウンの四角く刳られた襟元から覗く胸のなんともなまめかしい膨らみ。小さな真珠のイヤリングは、髪に差したピンの先の真珠とお揃いだ。あす、ここを去らねばならないことを、またしても悔やんだ。彼女がオーブリー・ホールで過ごすことは、これからいったい何度あるだろう？　丸一日を彼女と過ごせるときが、いったい何度あるだろう？

床にあぐらをかき、眠る彼女をそれからしばらく眺めていた。手を伸ばして毛布を顎まで引きあげてやる。そのとき、指の裏が彼女の手の甲を撫でた。氷のように冷たい。

「この馬鹿野郎」彼はつぶやく。彼女を眺めることに夢中になり、暖炉の火が消えかかっていることに気づかなかった。踵を軸に体を回し、火を熾した。すぐに火は勢いを盛り返し、暖炉のまわりをあたためた。

「こんばんは」背後から掠れた女の声が聞こえた。彼女に声をかけられても、すぐには振り返らなかった。

声を聞いたとたん火がついた欲望をそれ以上燃え上がらないよう必死で抑えていたため、振り向いたときには口をへの字にしていた。

「ごめんなさい。わたし、とても疲れていて、それにここはほんとうに居心地がよくて」彼女があくびした。

「謝ることはない、シャーロット。この屋敷のどの部屋も好きに使ってくれていい」彼はため息をつき、こめかみを揉んだ。にわかに疲労感に襲われた。「ディナーの席に出られずに申し訳なかった。マクニール一家を手伝った後、牧場に寄る必要があってね。興奮しすぎた種馬に驚いた牝馬が、暴れて怪我をしてしまったんだ」

「それで、どうなったのですか？」

「落ち着いた」彼は静かに言った。「怪我の手当てをして、休ませた」膝をついたまま、彼女のほうに心持ち体を寄せた。

「それで、納屋は？」

「修繕がすんだ」

「手伝ってあげるなんて、とても親切なのですね」

「わたしの責任だからね。ジェイクのところは、息子が海に出ていて男手が足りないし……」

「わたしがなにを考えているかわかりますか？」彼女は尋ね、毛布を直してショールのように肩をすっぽり覆った。

「わかるはずないだろう」

「あなたは、人にこういう人間だと思わせている以上のものを持っていると、わたしは思うんです。あなたは人の気持ちを大切にする人ですわ。たしかに、あなたのことを危険だとか冷たいとか、人に思わせておくのはおもしろいでしょうね。でも、あなたの中の、大事な部分はあたたかなプディングだわ」

「あたたかなプディング？」

「そうです」彼女は自信たっぷりに言い、こくりとうなずいた。

彼女の口から出てくる言葉には、いつも驚かされる。「さて、わたしはそろそろ……行かなければ」彼はゆっくり言った。彼女のことを、この世でもっとも不思議な生き物と思っているような口ぶりで——からかっているのだ。彼女が笑い出すと、ロスベリーもほほえんでつぶやいた。「おやすみ、マイ・スウィート・シャーロット」ソファーの縁に拳を突いて、彼は立ちあがった。

「待って」彼女が言った。彼は凍りついた。

彼女はゆっくり起きあがり、両脚をソファーからおろした。両膝を彼の突いた拳に挟まれる格好になった。

彼はクスクス笑わずにいられなかった。「シャーロット、きみのことをよく知らなければ、故意にわたしを誘惑していると言うところだ」

「なんのためにあなたを誘惑するのですか？」まったく気に留めていない口調だ。

もうたくさんだ。「前にわたしが警告したことを忘れたのか？　男と女はけっして友だちにはなれない。欲望が邪魔をするからだと。やがては、わたしたちのどちらかが、あるいは両方が、相手にもっと親密なものを求めるようになる」

彼女がこくりとうなずいた。

「わたしはもうそうなんだ。ずっと前からそうなんだ。何年も前から」

その淫らな宣言を二人のあいだで宙ぶらりんにしたまま、彼は立ちあがり、大股でドアへと向った。

15

〝紳士たるもの、レディをけっして見くびってはならない。彼女が何歳であろうと〟

翌日、朝食をすますと、みなで馬車に乗り込み、幽霊の森へ向った。ロスベリーが艶やかな黒い種馬、ペトルーキオにまたがって先導した。前夜に図書室で別れてから、彼はシャーロットにひと言も口をきかず、目を合わせようともしなかった。反対にシャーロットは、彼のことを、新種の生き物を見るようにじっくりと観察せずにいられなかった。

彼はこちらに関心などないし、友人と思っているだけだと、ずっと信じ込んできた。シャーロットの世界が傾いた。

古い崩れかけの壁の割れ目を通り抜けて一時間ほど進み、ようやく馬車がとまった。そこはまさに松の海の途切れ目だ。木立ちを裂くように道が森の奥深くへと通じていた。

ルイゼットは馬車からおりると、荒れ果てた建物のそばにある石のベンチを指差した。シャーロットが付き添って彼女をそこまで連れていくと、もういいと追い払われた。

シャーロットは後ろに控え、息を呑む風景に目を奪われた。丈高い松の森に囲まれたエメラルドの渓谷だった。前方の道を行けば、みなが話題にしている〝幽霊の棲む〟森に通じるのだろう。彼女自身は興味がなかったが、ミス・ドレイクと母は腕を組み、興奮した様子で森へと向かっていった。そのつもりがあれば、彼女たちの後を追えばいい。そうするべきなのだろうが、わざわざ怖い思いをする気分ではなかった。

彼女たちの帰りを待つ以外にすることもないので、一人で散歩でもしようと思った。考える時間が欲しかった。

ロスベリーはわたしを求めていた。それも何年ものあいだ？　とても信じられない。それに、そのことが彼を怒らせているようだ。でも、どうして？　もしそれほどわたしを求めていたのなら、しかもそんなに長いあいだ、どうして態度で示さなかったのだろう？　どうして誘惑しようとしなかったの？　理屈に合わない。

スカートの裾が泥で汚れないように持ち上げて水溜りをよけながら、どうしてわたしなの、と思った。あれほどたくさんの女を追いかけ、征服し、拒絶してきておいて、なぜわたしなの？　どうしてわたしにたいしては、気持ちを抑えてきたの？

じきに足音が聞こえた。振り返ると、ロスベリーが追いかけてくる。心臓の鼓動が二倍の速さになる。長い若枝を伸ばすキバナノクリンザクラやジギタリスが点在する野原を、二人は無言で歩いた。

ロスベリーは物思いに沈んでいた。彼女が二度ほど顔を見つめても、視線を返さなかった。花で溢れた草原や、凍った池にできた亀裂のように草原をジグザグに流れる川を見つめるばかりだ。

「少年のころ、あの川で釣りをなさったの？」彼女が尋ねた。

彼は強張った笑みを浮かべ、一度だけうなずいた。「鱒。鮭も釣れた」

「ほんとう？」

彼はもう一度そっけなくうなずいた。

「お父さまが教えてくださったの？」

彼はごくわずかだが体を強張らせた。「いや。母だ。母は釣りが大好きだった。もっとも、餌を針につけるのは好きじゃなかった。そもそもわたしを連れていくようになったのは、そのせいだと思う。だが、母はここに来るのが好きだった。いつだって楽しかった」

「お父さまも一緒にいらしたの？」ためらいがちに尋ねた。彼の気持ちを開かせることができたら、と願った。ほんの少しのあいだだけでも。

「一度もなかった。そういうことを父としたことは一度もない」

「お父さまとはどんなことを一緒に？」

岩が露出しているところまで来ると、よけて通るのに彼が手を貸してくれた。

「ああ、ふつうのこと。父はわたしをパブに連れていって、酒を飲ませてくれた。わたしが九歳のときだ。カードを教えてやると言って、わたしから小遣いをまきあげ、わたしが取られた金を盗み返そうとしたら鞭《むち》で打った。わたしに泳ぎ方を教えてやろうと言って、溺れさせようとしたし、娼婦とはなにかを教えてくれたのも――」

「冗談なのでしょう？」

「いや、冗談ではない」彼の声には悲しい響きがあった。

なだらかな丘にさしかかると、彼はシャーロットの手を引いてくれた。

「あなたの日常の中で、お母さまが唯一の光だったみたいね」

「そうだった」彼が静かに言った。

「なにがあったのですか？」

「母は家を出た。わたしが八つの年に」

ルイゼットが、彼を置き去りにしないでちょうだい、と言ったとき、念頭にあったのは彼の母親のことだったのだろうか？

シャーロットはもっと質問したかった。もっと知りたかった。彼を思いきり抱き締めたかった。彼の声はあまりにも寂しげだった。でも、口をつぐみ、詮索したい気持ちを抑えた。

不意に彼がこちらを向いた。ウィスキー色の瞳が彼女を内側からあたためる。彼はわたしを求めている、わたしも彼を求めているのかもしれない。そのことが怖かった。でも、もっと怖いのは、自分が滑り落ちていっているのを感じることだ。

ここは下よりも寒く、シャーロットは震えた。

「震えているね」ロスベリーが言い、彼女の両手を摑んだ。大きな両手で包んで口元に持ってゆき、熱い息を吐きかけた。「馬車に戻ろう。きみの母上とミス・ドレイクはじきに戻るだろうから」

「もう少しいいでしょう？」シャーロットはつぶやき、広々としたビロードのような景色を見渡した。草原が四方に何マイルも広がっており、はるか向こうに深い森が見える。頭をすっきりさせたいとき、一人で考え事をしたいときに来る場所だ。一人で……。

ぱっと振り向き、丘の下のほうの、ルイゼットが座っていた石のベンチに目をやった。でも、彼女の姿はなかった。

「ロスベリー！　あなたのおばあさま！　おばあさまはどこにいらっしゃるの？」

二人で坂を駆けおりた。シャーロットが馬車の御者に尋ねるあいだ、ロスベリーは馬に跳び乗った。

「ここにいて」彼はシャーロットに命じ、手綱を引いた。乗り手の焦りと苛立ちを感じとり、馬は鼻を鳴らし、跳ね回った。

そうやって、ロスベリーは祖母を捜しにいった。

シャーロットも捜しにいくことにした。じきに、小さな歩道橋のたもとで、スコットランド訛りの老紳士と立ち話をする彼女を見つけた。二人は知り合いのようで、ロスベリーがちょうどやってくるまで、老紳士が司祭であることにシャーロットは気づかなかった。彼の名前はロバート・アームストロングで、歩道橋から道をくだったところの小さな田舎家に住んでいるそうだ。

ルイゼットが見つかってロスベリーは喜んだが、勝手に歩き回らないでください、と彼女をやさしくたしなめた。

それから、事態は悪化の一途を辿った。ルイゼットがにわかに早口になり、怒りに駆られてまくしたてるので、フランス語がわかるはずのシャーロットにもまったく理解できなかった。ルイゼットはしわ深い両手を脇で拳に握り、子どもみたいに地団太を踏み、血走った目が、頭の中で、病気と闘っていることを窺わせた。

ロスベリーの忍耐もつきかけていた。なんとか穏やかに話をしてはいたが、祖母と同様に早口になり言葉が舌から転がり出た。シャーロットにはたまに一言二言聞き取れるだけだった。

それでもどうやら、シャーロットとロスベリーは結婚すべきだと、ルイゼットが主張していることはわかった。いますぐに、ここで。

彼は祖母を諭そうとしている。とてもやさしく我慢強かったが、彼女は聞かない。ついにシャーロットは彼の袖に手をやり、二人きりで話せないか、と静かに彼に言った。

「わたしたちはどこにいるのですか？」二人きりになると、彼女は切り出した。

ロスベリーは顎を擦っている。「それがどういう関係があるのかわからない。きみと母上をここに招いたことは謝る。きみを引っ張ってくるべきでは――」

「謝ることはありませんわ。ここはどこですか？」

「ベリックのちかくだと思う」

「それで、ベリックというのは……」

「国境の町だ」彼は言い、風で乱れた髪を苛々と手で梳いた。

「それで、イングランドの町なんですね？」

彼は何度か目をしばたたいた。長く忘れていた情報を頭の奥から引っ張り出そうとしているのだ。「ああ、そうだ。もっとも、十三回ほどスコットランドに奪い取られたがね」

「でも、いまはイングランドの土地ですね？」

「そうだ。十五世紀からずっと、わたしの歴史の記憶が正しければ」

「よかった。それじゃ、そうしましょう」

あきらかに常軌を逸しているが、その瞬間、彼女はただただロスベリーを助けたかった。

だが、イングランドの領土にいるかぎり、結婚は正式なものにならない。イングランドでは、結婚するには特別な許可証（カンタベリー枢機卿がその裁量で与える高価な許可証）が必要だった。あるいは、結婚する二人がそれぞれ属する教区の教会で、つづけて三回、日曜の礼拝の際、結婚の予告が行われなければならない。

彼はぎょっとした。「なにを言いだすんだ、シャーロット？」

「結婚しましょうと言っているのですわ」

「なんだって？」

「正式なものにはなりませんもの、ロスベリー、ですから、おかしな人間を見るような目で見ないでください。なにも、おかしな癖が出て、月で眠ると言い出したわけではありませんから」

「しかし、シャーロット」

「大丈夫ですわ。誰も知らないことです。それに、ほんものの結婚ではありません。さあ、おばあさまにおっしゃって。でも、その前に、司祭さまに口裏を合わせてくださるかどうか尋ねてみないと」

ロスベリーは顎を撫でながら逡巡した。拒否するつもりだろうか、とシャーロットは思った。だが、けっきょく、彼は祖母のもとに戻り、報せを伝えた。

ルイゼットはとたんにしゃきっとした。自分の手に視線を落とし、指輪を引き抜いて孫に差し出した。「さあ、これ。返して欲しくはありません。いまからこれは彼女のものです」

ロスベリーは指輪をじっと見つめた。「見たことのない指輪ですが」目の前にかざして、じっくりと見る。「あたらしいものですか？」

ルイゼットは顔を輝かせたが、なにも言わなかった。

彼は首を傾げ、シャーロットに目をやり、手を差し出した。彼女はほほえんでロスベリーに寄り添った。

短い式のあいだ中、ルイゼットはにこやかだった。感情を昂《たか》ぶらせたのは、司祭が、英語で話しましょう、と言ったときと、歩道橋を渡って誓いの言葉を言わなければだめ、とシャーロットとロスベリーをけしかけたときだけだった。ささやかな願いだから、二人は言うとおりにした。もっとも、シャーロットにはそうする理由がわからずきょとんとするばかりだった。

その顔を見て、ルイゼットがフランス語でまくしたてた。「アダムの祖父とわたくしは、あの場所で結婚したのです。わたくしは迷信深い女なのよ、マ・ベル。わたくしたちは祝福された結婚をし、幸せに暮らしました。あなたたちもそうであることを願っていますよ」その説明に、ロスベリーは頭を振った。シャーロットはわからないふりを通した。

それから二分と経たずに、シャーロットとロスベリーは結婚した。

正確にはちがうけれど、とシャーロットは思った。でも、誓いの言葉が口にされ、結婚が誓言され、彼女の指に指輪がはめられた。

あっという間のことだった。それでも、不思議なことに、ほんものだった。

司祭がいて、二人の証人（ルイゼットと、コリーを連れて野原をやってきた若い少年）がいて、式の最後にキスをされた。最初がロスベリーに（リンゴのほっぺにあたたかな唇を軽く押し当てた）、それからルイゼットに（顔の両側にざっと）。

ほんものの気がしたが、なにか虚しかった。どうでもいいことだ、と彼女は思った。正式には結婚していないのだから。

ルイゼットはまったく気にしておらず、式が終わるとシャーロットを胸に抱き寄せ、これほど美しい花嫁は見たことがない、と宣言した。

すべてがとても奇妙だった。

みなで馬車まで戻ると、シャーロットの母親とミス・ドレイクはすでに座席におさまっていた。屋敷に戻るあいだ中、伯爵未亡人はヒヤシンスに向って、楽しげに結婚のことをしゃべりつづけた。母は礼儀正しくほほえんでうなずいていたが、ひと言も理解してはいなかった。それからは何事もなく屋敷に着いた。

前日にぬかるみで立ち往生したグリーン家の馬車の損傷はたいしたことがなく、すぐにロンドンに向って出発することができた。

シャーロットは小指――指輪がはまったのはこの指だけだった――につけた小さな金の指輪を回しながら、記された文字を読んだ。ヴ・エ・ニュル・オートル。あなただけに。きみが持っているべきだ、とロスベリーは言い張って譲らず、無精ひげが生えかけた頰に彼女の手の甲を押し当てた。「きみはたいせつな友人だ。そして、わたしの祖母にとても親切にしてくれた。ありがとう」

「わたしはおばあさまが好きですから。ほんとうです」

「祖母もきみが好きだ」

でも、あなたはどうなの？　そう叫びたかった。厳粛でハンサムな顔の奥で、いったいなにを考えているの？　わかる日がくるのだろうか？

「シーズンのあいだに、ロンドンへいらっしゃるのでしょう？」シャーロットは彼にだけ聞こえるように、馬車から身を乗り出した。「わたしの夫探しを手伝ってくださると、あなたはおっしゃったのよ」

「わたしが、そんなことを？」彼が冗談でかわす。わかっているくせに。

彼女はにっこりした。「ほんものの夫を」

「さよなら、わたしの妻」彼が片方の口角を持ち上げ、目に淫らな光を宿して言った。

「いらっしゃいますね？」彼女は引かなかった。「協力してくださる約束でしょう」不意に絶望的な気分になった。求婚者が見つからなければウィザビーに嫁がされることに絶望しているのではない。ロスベリーに、だ。彼がなにを考えているのか、どうしても知りたかった。

「わからない」彼は言った。「ロンドンに行くのなら、べつの目的でと思っていた」

「それは……」

「わたしの妻を誘惑するため」それを潮に馬車の横を叩き、御者に出発の合図を送った。シャーロットはお腹の底が熱を持ったような、妙な気分を味わっていた。

でも、それは恐怖ではなかった。期待だった。

16

〝紳士にとって、乗馬、フェンシング、それに、切り立った断崖から身を投げることは、募る欲求不満に対処する健全な方法である〟

二日後

「あなたにお話があったのは、わたしではないのよ、ディア」レディ・ロザリンドは言い、シャーロットの困惑をやさしいほほえみで和らげた。「弟が、あなたにお知らせしたいことがあるそうなの。でも、彼があなたをお訪ねしたら人の噂にのぼるでしょうから、わたしに手紙を出してくれと頼んだのです。あなたをわが家の客間にお招きするために」

「わかりました」シャーロットはつぶやき、背筋を伸ばした。トリスタンが空色の目でじっと彼女を見つめた。

レディ・ロザリンドはやりかけの刺繍を取りあげ、顎をあげた。「さあ、わたしは刺繍に専念しますから。あなたの言うことは一言も耳に入らないわ」

「ありがとう、姉さん」トリスタンは、少しも感謝していない口調で言った。

「礼を言う必要はないわ。姉はそのためにいるのですからね」

彼の目が細くなる。「弟を尻に敷いて、うるさがられるために……」

レディ・ロザリンドは舌打ちした。「お客さまの前ですよ。とても麗しいお客さまの。つい最近、オーブリー・パークにいらしたんですってね、ミス・グリーン。楽しく過ごされました？」

「ええ、それはもう」シャーロットは言い、トリスタンの様子に気づいた。姉のおしゃべりに苛立ちを募らせ、革張りの椅子の袖を握り締めている。「きのう戻ったばかりですわ」

「そうなの？　道はどうでした――」

トリスタンが大きな咳払いをし、暖炉の上の時計を顎でしゃくった。

ロザリンドは彼を無視してつづけた。「ミス・グリーン、こんなこと申し上げて気を悪くなさらないでね。でも、あなたはシーズンごとに美しくおなりのようね」

「わたしが？　そんな――」

「本題に入っていいですか？」トリスタンが口を挟んだ。

レディ・ロザリンドは目を細めて弟を睨み、ぴんと張った布地に針を突きたてた。まるでそれで弟を刺すところを想像しているかのように。「そしてあなたは、シーズンごとに頑固で無作法になっているわね」

「姉さんを失望させないためにね」

レディ・ロザリンドは咳払いして刺繍に意識を戻した。姉らしいニヤニヤ笑いを隠そうとして、頬にえくぼが浮かんだ。

トリスタンが身を乗り出した。「ミス・グリーン、ぼくがあなたにどんな用事があるのか、不思議に思っているのでしょうね」

彼女はうなずき、廊下に通じるドアをちらっと見た。ここに呼ばれたわけを一刻も早く知りたかった――そうすれば暇を告げることができる。きょうの午後、母と買い物に出かけるのにロスベリーが同行してくれる約束だ。

「そわそわしてますね、ミス・グリーン」トリスタンが言った。「ほかに用事がおありでないといいのだが。それとも誰かと約束が」

「いいえ、そんなことは」彼女は無作法な真似をしたくなくて、そう言った。「ただ……ロス……ロード・ロスベリーが訪ねてみえることに、それでわたし……」

「ロード・ロスベリーが？　あなたの家に？」

「ええ」

「それは興味深い。それなら本題に入りましょう。あなたにお尋ねしたいことが。今夜のラングリー家の舞踏会にいらっしゃいますか？」

どうしてそんなこと彼が知りたがるの？「まあ、ええ。ええ、まいります」

「それはよかった」彼はまた咳払いし、泣きつくような目で姉を見た。それを姉は無視した。

「ダンスを踊っていただけませんか。きょう」

「きょう、ここで？」

「舞踏会で」

彼女は眉をひそめた。「たぶん」

「よかった。それでは、楽しみにしています」これみよがしに、暖炉の上の磁器の時計をもう一度見る。

もう帰れ、と言いたいの？「あの……ご用事はそれだけですか？」なんとも妙な話だ。

「ええ、そうです」彼が叫ばんばかりに言った。やけに嬉しそうだ。「それだけです」

シャーロットが立ちあがると、レディ・ロザリンドも席を立った。

トリスタンは座ったままだ。姉が意味ありげに目を見開く。

「ああ、そうでした！　ええ」彼は文字どおり跳びあがった。「お送りいたしましょうか？　あの、そこまでお送りします」

彼女は頭を振った。「その必要はありませんわ」

「どうか」彼は一歩さがって、先に出ろとシャーロットを促した。

執事が玄関を開けると、通りの賑わいが目に入った。パラソルを片手に、レディが二人並んで歩いてゆく。ピカピカの馬車がガタガタと通り過ぎ……デヴィーン家の歩道の入り口に、ロード・ロスベリーが立っていた。

シャーロットが言葉を発する前に、トリスタンが手袋をはめた彼女の手を取り、甲に軽くキスした。

「ごきげんよう、シャーロット」

「ごきげんよう」彼女は言い、レディ・ロザリンドにさよならを言おうと顔を巡らせたが、姿はなかった。

彼女はよくわからないまま、ロスベリーに向って玄関の階段をおりていった。まるで人殺しでもしそうな目つきで、彼はデヴィーン家の玄関を睨んでいた。

「完璧よ、あなた」玄関横の小窓を覗きながら、ロザリンドは言った。「文句のつけようがない」

トリスタンはクラヴァットに指を差し込んでゆるめ、首を左右に伸ばして緊張をほぐした。

「もし彼がぼくを殺したら、あなたも殺人罪で処刑されるところを見届けてやりますからね」

「おや。どうやって見届けるの？　あなたは死んでいるのよ」

「そりゃそうだけど」彼も腰を屈め、小窓を覗き込んだ。「ロージー、どうしてまた縁結びなんて買ってでたんです？」

彼女は上体を起こした。「それは、向いているからよ」

「また、ご謙遜を」

「あら、ガブリエルとマディーのときも思ったとおりになったでしょ。二人は一緒になりたがっているって、たちどころにわかったもの」

「それで、シャーロットとロスベリーは？」

「舞踏会でいったいなにを見ているの？　恋する男の熱い眼差しに気づかないの？」

彼はにやりとした。「いいえ。恋する男の熱い眼差しなんて浴びたことないから、気づかないな」

彼のからかいを、ロザリンドは手を振ってしりぞけた。「あのことがなければ、放蕩者の伯爵はとっくの昔に彼女と結婚していたと思うわ」

「あのことって……？」

「愛する女性が、あなたに恋していると思い込んでいたことよ」

ロンドンの社交シーズンは特別だ。

女性と帽子屋にとって。

それに、婦人服の仕立て屋や、靴をデザインする者や、それに……そう、グリーン家のモーニング・ルームに散らばるありとあらゆるものに関係する者たちにとって。それらは、最近行った買い物の成果だった。

ただもう目を瞠るばかりだ。

ボンネット、手袋、ガウン、ショール、櫛、靴、ブーツ、コート、靴下……見ているだけで頭痛がしてくる。

いまのいままで、一年のうちのほんの短期間のために、若い女が必要とする服がどれほどの分量なのか、ロスベリーはまったく知らなかった。たった三、四カ月のためにだ。部屋を埋め尽くす――彼の上にまでそれはおよび、膝からレースのものを持ち上げてしげしげと眺め、手袋だとわかって床に放る――華やかでこまごました品々を眺め、結論に達した。この部屋にある布地だけでも、英国海軍の小艦隊の軍服一年分を充分に賄えるだろう。女らしいフリルのついた服を彼らが着られればの話だが。

彼が一人っ子ではなく妹でもいれば、若い娘を人前に出しても見苦しくない程度に整えるのに、これぐらいは必要だということが、なんとなくわかっていただろう。

まあ、せっかくこの場にいるのだから、何色がシャーロットをもっとも引き立てるか、どのガウンがそのしなやかな肢体をもっとも美しく見せるか、どのボンネットがその目の美しさを際立たせるか、そういったことについて助言をすることに吝《やぶさ》かではない。だが、ガウンを自分の顎の下に掲げ持つことだけはご免蒙る。いくらシャーロットが化粧室で化粧の最中で、ミセス・グリーンが待ちきれずに、彼女のあたらしいスパニッシュブルーのモスリンが、彼女の亜麻色の髪をかえって白っぽく見せるかどうか、彼を実験台にしたいと思ったとしても。

「でも、マイ・ロード、あなたの御髪《おぐし》の色は、娘のとよく似ているんですもの」ヒヤシンスが言い、期待をこめて彼を見つめた。

「お断りします」彼はできるだけやんわりと言った。

彼はシャーロットの母が好きだ。とても好きだった。彼女がわが家の聖域に彼を受け入れることにしたのが、偽りに基づく誤解であることを残念に思っていた。ほんとうのことがばれれば、彼女はロスベリーを軽蔑するはずで、彼女の母親らしい愛情を失うことになる。それは彼が味わったことのないものだ。というより、ほんの短いあいだしか味わったことのないものだ。

母娘がオーブリー・パークを訪れてから、もう会わないことがみなのためだ、とロスベリーは自分に言い聞かせた。シャーロットのそばにいれば、なにをしでかすかわからない。一度箍《たが》が外れたのだから、またそうならないとは言えなかった。だが、会わずにいられなかった。離れて過ごしたのはたった一日半だった。

だから、こういうことになった。彼の中でこういう妥協策をとった。彼女の友人でいられれば充分だと、無理に自分を納得させたのだ。たまにディナーに呼ばれ、彼女やその家族とカードゲームに興じる。シャーロットが身近にいると全身を洗う思慕の情を、ただ堪えるだけだ。だが、彼は、トリスタンが姉と住むタウンハウスの、玄関先に立つ彼女を見た。トリスタンはシャーロットの手にキスした。そして、彼女は……うろたえていた。いや。おそらくうっとりしていたのだ。

彼は椅子の上で身じろぎし、長い脚を引っ込めた。箱のいくつかを二階に運びあげようと、部屋中を跳び回るメイドに脚を引っ掛けて倒したら大変だ。

大きく息をつき、片方の膝にもう一方の足首を載せてバランスを取りながら、いったいここでおまえはなにをしているんだ、と自問した。会員になっているクラブかジャクソンズ・ルームズ（ケンブリッジ大学のアマチュア・ボクシング・クラブ）に出かけ、頭をすっきりさせるために拳を振るえばいいじゃないか？　独身男の私邸で開かれるパーティーに顔を出し、膝に座る名前も顔もない娼婦を相手に、すべてを忘れるほど飲めばいいじゃないか？　ところが膝に載っているのは、つばの広いボンネットだ。くっついてるのはなんだ？　醜くも大きな赤いケシの花？

ああ、そうだ。思い出した。彼女のせいだ。

不意にボンネットを膝からひったくられ、ロスベリーはぎょっとした。

「わたしの質問に答えてくださらないのね。今夜のラングリー家の舞踏会に、あなたはいらっしゃるの？」

彼の視線がさがってゆく。彼女のボディスへ、胸のやさしい膨らみへ、ほっそりとした腰から引き締まった小さな尻へ。まあ、ドレスの布地を通してでは、彼女の尻がどれぐらい引き締まっているかわからないが、記憶には残っていた。ああ、彼女を腕に抱いたときのあの感触……もう少しで彼女を味わえたのに……。

「きょうはほんとうに楽しかったわね？」ヒヤシンスが突然言い出し、顔を隠すほどの量の服を腕に抱え、メイドに渡した。「若かったころが懐かしいわ。どのガウンを着たらいいか、兄が選ぶのを手伝ってくれたの。兄はそういうことがとても上手でね」

ロスベリーの口元に笑みがこぼれた。彼女の母親がアヘンチンキ中毒になる危険性についてシャーロットに忠告した後、彼はタウンハウスの図書室にある医学書を何冊も熟読し、代替薬をようやく見つけた。干しブドウを――よりによって――ジンに浸けたものを、一日に八粒食べるというもので、ヒヤシンスはかなりよくなっていた。まだ関節が強張ることがあるが、以前にくらべればずっとしゃっきりしていた。

「兄に手紙を書かなければ」ヒヤシンスがつづけて言う。「娘がとてもいい友人を見つけたと知らせてあげるの」

ロスベリーが顔をあげると、シャーロットと目が合った。やさしさに溢れた瞳。ああ、やっぱり、誤解されている。

「いらっしゃるの？」彼女が尋ねた。「あなたのご友人のうち、少なくとも三人は参加なさると聞いています。ラヴェンズデール、キャントレル……ホルトも。それにもちろん、ロード・トリスタンも出席されるわ。あなたとなら、踊ってさしあげても……」

彼はやにわに立ちあがり、うなった。「帰る」

その唐突さに、彼女は目をぱちくりさせた。「玄関までお送りします」そう言って彼をじろっと見た。

なんだか気詰まりだ。まるで彼女に見透かされているような、考えを読まれているような気がした。そんな、馬鹿ばかしい。

「その必要はない」彼はやんわりと言い返した。「玄関の場所ぐらいわかる」

ロンドンに戻ったら、彼女を誘惑するつもりだと言った。たしかに、あれ以来ずっとそのことばかり考えていた。だが、それだけでは満足できないことに気づいた。まったく身勝手なろくでなしだ。むろん彼女を自分のものにしたかった。彼女を思うと血が沸き立つが、彼女の心も同時に欲しかった。いや、体より心が欲しい。

ソファーの背もたれからコートを摑み、ヒヤシンスにさよならを言って廊下に出た。シャーロットがついてきた。

「待って」

玄関で振り返り、コートに腕を通す。

彼女はちかづいてきながら手を差し伸べた。指をコートの中に滑り込ませ、鎖骨をかすめ肩へと滑らす。

いったいなんなんだ？

彼女のぎこちない指の動きに、ロスベリーはうめきそうになった。一秒後、彼女がコートの中から自分の靴下を引っ張り出した。彼がコートを取りあげたとき、ちょうどコートの上にそれが重ねて置いてあったのだろう。ソファーの背もたれで服が雪崩を打っていたから。

彼女がほほえんだ。「これを持ったままで家に帰りたくはないんじゃありません？」

いや、じつは……。「むろんそうだ」彼は強張った笑みを浮かべた。

「このごろなんだか不機嫌なんですね」彼女が心配そうに言い、コートの襟を直した。「わたしがほかのことにかまけて、あなたがレディ・ロザリンドをものにするお手伝いをしていないからかしら？」

ロスベリーはうなっただけで、トップハットをかぶり、つばをちょっと持ち上げて挨拶し、なにも言わずに玄関を出た。

これほど長いあいだ、女なしでいたことはなかった。

ロスベリーは考え込んで歩いていたので、霧雨が降り出してゆっくりとコートを濡らしていることに気づかなかった。きょう彼女の家を訪ねるのに、馬車も馬も敢えて使わないことにした。行き帰りに寒い思いをして歩けば、どんどん膨らむ欲望に水を差せると思ったからだ。

足を速めた。確固たる足取りで石畳を行くと、角を曲がった先のわが家まで、思っていたよりも早く着いた。

タウンハウスの階段をのぼると、玄関のドアがさっと開いたので入った。濡れたコートを脱ぎ、邪魔はするなと執事に言い、書斎のブランデーのデキャンタへ直行した。

暖炉には小さな火が燻っていた。目を閉じて顔を仰向け、ブランデーを一気に呷《あお》った。全身が張り詰めていた。はけ口のないまま絶えず興奮状態にあることに、うんざりしていた。

「伯爵さま」しばらくすると、戸口からサマーズの陰気な声が聞こえた。

ロスベリーは振り返った。「なんだ?」

「ご来客です、サー」

「わたしに?」

「レディです、サー」

シャーロットだ。ロスベリーはため息をついた。彼女を愛してはいるが、正直なところ、いまは会いたくなかった。付添い人抜きで、二人きりでは会いたくない。またため息をつく。

まるでうめき声だ。まあ、少なくとも彼女は玄関を使ったわけだ。

「通してくれ、サマーズ」

「かしこまりました、サー」

デスクに向って革張りの椅子にどさっと座り、わたしは呪われているのだと観念した。

マントをまとった女がするりと入ってきた。

困惑して眉を寄せ、それから腑に落ちた。

レディ・ギルトン、脚の長い、漆黒の髪、そして――彼女はためらい、マントの前を開き、床に落とした――素っ裸だった。

「わたくしが恋しかった?」喉を鳴らすように言う。背後のドアが開いたままなのに、気にする素振りも見せない。大きなため息をついて肩をすくめると、豊かな乳房が揺れた。「わたくしはあなたが恋しかった」

彼は無言で彼女の体を眺め回した。ああ、たしかに呪われている。

「あなたを恋しがっている女はたくさんいてよ。わたくしは、とくにね。あのハツカネズミに関心を持つようになってから、わたくしのことはどうでもよくなったのでしょ」

彼女は両手を腰に当て、その手でゆっくりと脇腹を撫であげて乳房を下から支えて持ち上げた。捧げ物をするように。

「ここは寒いわね」彼女が掠れた声で言う。「こっちに来て、前みたいにあたためて」

ロスベリーは椅子を引いて立ち上がり、深く息を吸い、しっかりとした足取りで部屋を横切った。コーデリアの前で立ちどまる。

手の届くところに来た彼の手を、彼女は摑んで自分の腹へと持ってゆく。「触って」懇願する。

彼の手は愛撫を与えることなく、指が内側に折れ曲がった。彼は屈み込んで落ちたコートを拾い、彼女の肩に着せ掛けた。

「帰ってくれ」彼は冷ややかに言った。「もうやめたんだ。わたしはもう父のような、おじたちのような生活を送る気はない。彼らとはちがう。最初からちがっていた」

コーデリアの笑い声は疑念を含んでいた。「なんの話をしているの？」

「出て行け」

「いやよ」彼女は頭を振った。「いや、いや、いや。あなたにはそんなことできないはずよ」

「いや。できる。さあ、出て行け」

「本気でそんなこと言うはずない！」あまりのことに驚いて叫ぶ彼女を促し、玄関へと向わせた。

「本気だ」

サマーズが玄関に控えていた。二人がちかづいてゆくと、ドアを開けた。

「まさか。本気であのおかしな小娘に惹かれるなんて、ありえない。ウィザビーのものになるのよ。みながそう言っている」

彼は顎を引き締めたが、ひと言も発しなかった。

「信じられない」彼女が金切り声をあげた。「あなた、わたくしより彼女を選ぶの？」

「信じろ」彼は言い、彼女をドアの外に押し出した。「心安らかでいられる」

彼女がくるっと振り向いた。その顔――一度はエキゾチックで美しいと思った顔――は、嫉妬と憎しみで歪んでいた。彼女の口が開いて罵《ば》詈《り》雑言を吐いたが、彼は聞かずにドアをバタンと閉めた。

ドア越しに、彼女の苛立った悲鳴がくぐもって聞こえた。

「サマーズ」

「はい、マイ・ロード？」

「これからは女性の来訪者は受けないことにする。むろんミス・グリーンはべつだ」

「かしこまりました、マイ・ロード」

ロスベリーはいまの出来事にうんざりして踵を返し、書斎に戻ろうとして執事に呼び止められた。

「書状が届けられました。伯爵さまが、その……訪問者のお相手をされているあいだに、サー」

「ドア脇の盆に載せておいてくれ。あす、読むから」

「あいすみませんが、サー、それを届けてくれた若者が言うには、ただちにお読みいただきたいと」

ロスベリーはため息をつき、執事から手紙を受け取った。書斎に戻ると開封ナイフで封を切り、弱まりかけた暖炉の火明かりに手紙をかざした。

拝啓

先日、あなたがノーサンバーランドを来訪された際に生じた事態について、ここにご報告申しあげます。あなたとあなたのレディは偽りだと思っておられるでしょうが、あの結婚式はじつはほんものであり、拘束力があります。あの橋を渡ればそこはスコットランドの領土であり、ダールトンという村はわたしが生まれ育ち、これまでずっと住んでまいった場所です。

スコットランドの法律に則り、あなたがたは祝福された結婚によって完全に結び合わされたのです。あれは偶然の出来事だと申し上げられればどんなにいいでしょう。しかしすべてはあなたのおばあさまが演出されたもので、道を行った先で鍛冶屋を営むわたしの弟から指輪も購入されておりました。どうか秘密にしておいてほしい、と彼女は懇願されましたが、キリスト教徒として、わたしはそのような情報をお知らせしないわけにはいきません。結婚証明書を同封いたします。

あなたがたの結婚に神のお恵みがありますように。末永く幸せにお暮らしください。

敬具

ファーザー・ロバート・アームストロング

祖母はなんということをしてくれたのだ？

両手が震えていることに、ロスベリーはいまさらながら気づいた。言葉もなく椅子に沈み込む。

彼女に言うわけにはいかない。自分だけの秘密として胸にしまっておかなければ。墓場まで持っていこう。なにを……なにを言っているんだ、自分をごまかすな。

彼女に告げるべきだ。ろくでなしかもしれないが、彼女を愛している。それに、これは正しいことだ。

シャーロットはどんな反応を見せるだろう？　彼女になんと言えばいいのだ？　いつ話す？

いま、いま話さなければならない。

暖炉の上の時計に目をやる。九時半。ラングリー家の舞踏会に到着するころだ。彼の友人たちとほほえみかわし、踊り、いちゃつく。そのうちの一人が求婚してくれることを願って。

彼女にいますぐ告げなければ。彼女に憎まれるだろう。きっとそうだ。トリスタンを勝ち取る望みが絶たれるのだから。彼女の人生のその章は終わりだ。

「サマーズ！」

執事がすぐに部屋に入ってきた。手紙に記された緊急な用件とはなにか、知りたくてたまらなかったのだろう。

「舞踏会に出かけるので大急ぎで支度をさせろ。馬車を回しておけ。行って妻を連れてくる」

17

〝紳士たるもの、つねに冷静でなければならない〟

長たらしいカドリール曲で、パートナーと共にステップを踏んでいるときに、シャーロットはふと気づいた。ロスベリーの喉をじわじわと絞めることに、楽しみを覚えていることに。

この二週間、あるいはもっと前から、彼はひそかに好意を持っているのではと思っていた。愛とは呼べないものかもしれないけれど、友情以上のものであることはたしかだ。

その感情がなんであれ、彼は抑えていた。ほかのことと同様に、彼は胸にしまっておもてに出さない。彼が言いやすいようにお膳立てしてあげたりはしない。わたしを欲しいのなら、正々堂々とそう言えばいいのだ。

彼の本心を引き出すためなら、なんでもするつもりだった。いささか見苦しいし、良識を失っている気がするけれど、覚悟はできていた。

舞踏室を見渡せる回廊で、手摺りを握り締めている彼の姿を見つけたとき、わずかに残っていた疑念が消え去った。彼の捕食者の視線が人込みをかすめて動き、捜していることを、彼女は目の端で捉えた。捜しているのはおそらくわたしだ、とシャーロットは思った。

彼の視線に捉えられたとたん、体の内側から熱くなり、ステップを踏む足も軽やかに、パートナーに向ける笑みも大きくなり、くだらない軽口に声をあげて笑った。

カドリールが終わった。ふつうなら母のかたわらに腰をおろすところだが、そうはせずに舞踏場を横切っていった。彼の視線があらゆる動きについてくるのを感じながら、顔をツンとあげて歩いた。

今夜はなにかがちがう。舞踏場に足を踏み入れたとき、いつもなら内に籠る気持ちが外へと広がっていった。

内気で物静かな性格のおかげで、他人の振る舞いを観察したり、ほかの人が見逃すようなことに気づくことができると思っていた――人は傷ついたときに声の調子がわずかに変化するとか、若い男性が美しいレディに踊りを申し込むとき、声がうわずるとか、彼の友人が代わりに踊りを申し込んでくれればいいのに、と心にもないことを願うときの絶望感とか。ほかの人なら鼻もひっかけないようなことに、気づくことができる。

でも、今夜は、顔が胸に埋まるほどうつむいていたときには見逃していたことが、いろいろと見えていた。今夜は、頭を高く掲げていた。そして今夜は、ほかの人の細かなことを観察する側ではなく、見つめられる側だった。

彼女のあたらしい態度がミスター・ホルトを引きつけた。三十代半ばの男やもめは、赤茶色の髪と人好きのする笑顔の持ち主だ。ロスベリーの友人の一人で、たったいま踊った相手だ。

飲み物のテーブルの前で、ミスター・ホルトは彼女の手にキスをして、ごきげんようと去っていった。と、そこへ、ロード・トリスタンが現れた。

「これはこれは、ミス・グリーン」彼がちかづいてくる。「またお目にかかれて嬉しいです」

彼女はお辞儀した。「マイ・ロード」

「今夜のワルツは、ぼくのためにとっておいていただけますか？」

彼女の頬がカッと熱くなった。その日の午後の奇妙なやりとりをすっかり忘れていた。

「申し訳ありません。わたしのダンスカードはもういっぱいなことを、忘れていました」

彼は……ほっとしている。「ああ、それなら」のんびりと言う。「パンチをお持ちしましょうか？」

それならいい。パンチならかまわない。もっとも、ラングリー家のパンチは、怪しげなワインを薄めて作った気の抜けた代物だが、ロード・トリスタンに飲み物を持ってきてもらうのは、とっても好都合だ。ロスベリーがちゃんと見ているといいけれど。

「もちろんですわ。いまの踊りで喉が喝ききってしまいました」正直に言えば、孤島に流れ着いて、飲み物はラングリー家のパンチしかなかったとしたら、海水を飲んで死ぬほうを選ぶだろう。

ロード・トリスタンはほほえんだ。口のまわりにできるしわが形の整った唇を際立たせる。

「よかった。すぐに戻ります」

「お待ちしていますわ」彼女は言い、にっこりした。

あいつめ、おれの妻にパンチのグラスを渡しやがった。

摑んでいた手摺りから離れ、階段をおりる。目はシャーロットとトリスタンに当てたままだ。

大股で歩く彼の前で、人垣が分かれた。

彼女のそばまで行き、その美しさにうろたえ足がとまった。

ライトブルーのガウンは肩先を覆うだけのキャップスリーブで、ボディスの襟ぐりはV字に深く刳ってある。胸元を隠すレースの縁取りが、彼をよけいに焦らす。

たおやかな首筋には細いレースのリボンが巻かれ、金色の髪はきれいに結い上げられ、巻き毛のひとつひとつを小さな真珠が飾っている。優雅で洗練されていて……そして、彼が願うのは、ただ彼女を裸にして全身を舐め回したい、それだけだった。

トリスタンがいることを思い出し、視線を向けた。

「ロスベリー」トリスタンが会釈する。

ロスベリーは渋面を向けただけだ。シャーロットに視線を戻した。

「きみに話がある」ぶっきらぼうな言い方だ。

「お待ちいただかないと」彼女は言い、ロード・トリスタンを見つめた。「こちらのお方がご親切にパンチのグラスを持ってきてくださったこと、見ておわかりでしょう？」

ロスベリーは彼女の手からグラスを奪い取り、ちかくにあった羊歯の植木鉢に中身を空けた。「飲まなくてよかったと、後からわたしに感謝することになる」

シャーロットは息を呑んだ。「あなたってほんとうに無作法な方ね」

「かまうものか」彼がつぶやく。

トリスタンの顔色が心持ち青くなり汗が噴き出すのを、ロスベリーは目の端で捉え悦に入った。「あの……いま思い出しました、ミス・グリーン、ぼくは、その……ミス・ラングリーに踊りを……申し込んでいたことを。ごきげんよう」そう言ってそそくさと去っていった。

シャーロットはロスベリーを睨んだ。「いったいどうされたんですか」

「話があるんだ、いますぐ。シャーロット」

彼女は言い返そうとして、彼の目の猛々しさに気づき口をつぐんだ。

「テラスで。先に行っている」

「まあ、そうですか。でも、どうやってあなたを見つければいいのでしょう」

「待っている」

「ええ、でも……」

彼は踵を返し、テラスのドアへと向った。確固たる足取りは勢いがよすぎて、行く手を塞ぐ人びとをなぎ倒さんばかりだ。

彼女はぐずぐずとためらった。あと二十分もすればカントリーダンスがはじまり、いないことがばれてしまう。誰かが探しにきて、テラスでロスベリーと二人きりでいるのを見られたら評判に傷がつく。母がそのことを知って、二人に結婚を迫ったら？

シャーロットは習い性で壁沿いを歩いた。フレンチドアから抜け出すところは、誰にも見られなかったようだ。夜気はひんやりとしていた。

テラスにはカップルがいて、庭を見渡しささやき合い、笑い合っていた。シャーロットは伏目がちにかたわらを通り過ぎ、深い闇に向って階段をおりた。ロスベリーはどこにいるのやら、まるでわからない。

暗闇に目が慣れてきても、顔の前にかざした手がぼんやり見えるだけだ。引き返そうと思ったとき、大きくてあたたかな手がウェストにあてがわれた。くるっと振り向き、驚きの悲鳴をあげたとたん、ロスベリーの唇で口を塞がれた。

その唇は熱く貪欲で、人を酔わせる。手袋をどうしたのか、彼は素手で背中を撫であげ、撫でおろし、尻を摑んできつく抱き寄せた。

彼の輝かしくも執拗な責めに、シャーロットは喘ぐばかりだった。彼に触れたかったが、五感が麻痺したようになって、腕を少しあげるのでさえ大変な集中力を必要とした。それでも両手を彼の強い腕に滑らせ、首筋へとあげてうなじの髪に指を埋め、もっと触れて欲しくて自分を押しつけた。

体の向きが変わって、テラスの石壁に背中が当たった。彼の指が下唇に触れただけで大きく口を開いていた。彼が舌を深く沈めて舌と舌が絡まる。骨が融けてゆく。

力強い彼の手が尻の丸みをなぞり、肋骨まで旅してきて乳房の上で憩った。ドレスの布地越しに乳首を弾かれ、唇を合わせたままうめいた。触れられたくてじれったくて、爪先立ちになった。下腹に屹立したものを押し当てられると、歓びに全身が震えた。

彼は自分を抑えようとしているみたい。首筋をキスで辿られると、全身に鳥肌が立った。少しずつ少しずつ、動きがゆっくりになってゆく。彼はやめようとしている。

シャーロットは彼の肩にしがみついた。「なにをしているの？」息もたえだえだった。

「シャーロット、壁にきみを押しつけて奪うことはできない」

なぜできないの？　叫び出しそうだ。

冷静にならなければ。彼の言うとおりだ。二人がいるのは庭だ。いつ人がやって来ないともかぎらない。

両手を彼の胸に当てて少し押した。びくともしない。

「きょう、トリスタンとロザリンドの家からきみが出てくるのを見た……なんの用事であそこに？」

彼が首筋から肩へと撫でる。すばらしくいい気持ち、でも、意識を集中できない。

「踊ってくれと頼まれたの」

彼の顔は見えないけれど、また顔をしかめたのはわかった。「それは無理な相談だな」

「わたしに話があるというのは、そのことだったの？」

「いや。もっとずっと大事なことだ」

フレンチドアから音楽が溢れ出してきた。つぎの踊りがはじまった。舞踏場に戻らなければば、母か踊りのパートナーがじきに捜しに出てくるだろう。

「話は後にしてもらわなければ。こんなこと生まれてはじめてなのだけれど、わたしのダンスカードがいっぱいになったの！　あなた、信じられて？」

「後にはできない」

「ねえ……あす、五人の男性が訪ねてみえることになっているのよ」

ロスベリーはにわかに疲労を覚え、足元に視線を落とした。彼女に言わねばならないが、そう簡単にはいかない。ほかの男たちから、とりわけロード・トリスタンから関心を持たれ、彼女は舞いあがっている。彼の話を聞いてさらに喜ぶはずはない。

今夜は楽しい気分のままでいさせてやろう。注目の的になることを満喫すればいい。今夜の彼女はまさに輝いていた。ほかにもなにかある。

振る舞いがちがっているのだ。ためらいがちにステップを踏み、うつむいて壁にへばりついているのではなく、かすかに自信を漂わせていた。自分の美しさを無理に抑え込もうとせず、素直に受け入れたのだろうか。

どうやらそのことに気づいた男は、彼一人ではなかったらしい。

「何人だ？」彼がにこりともせずに尋ねた。

「何人って、なにが？」

「あと何人と踊る予定だ？」

彼女は少し考えた。「四人」

彼は手で顎を擦った。「まいったな、それじゃひと晩かかる」

彼女が舞踏場から洩れる光の中に入った。いつものように、値踏みするような目で彼を見つめる。彼の考えを正確に捉え、それを声に出して発表しようとしている。「頭痛を理由にお断りしようかしら」

「いや」彼は言った。仕方がない、自分で決めたことだ。「わたしなら待てる。楽しんでくるといい」

ほかの男が彼女に触れるのを許すのは、これが最後なのだから。


四時間後、ロスベリーはいまにも正気を失いそうだと思っていた。

母の言うとおりだ。ほんとうに悪い男だった。妻がほかの男たちといちゃつくのを眺めることによって、これまでに犯した罪の報いを受けてきたのだ。

四時間ものあいだ。

それでも行儀よくしていた。固く拳を握っているとはいえ、両手は脇に垂らしたままだし、笑顔さえ浮かべた。一度。シャーロットの母親に向かって。

もっと正確に言えば、なりたてのほやほやの姑に向かって。

ヒヤシンスがかたわらにやって来て、シャーロットを家まで送ってくれないかと尋ねた。夜もふけて、彼女は疲れているので先に帰るからと。その申し出に驚いたものの、快く引き受けた。馬車でシャーロットと二人きりになれれば、話をする時間はたっぷりある。

「こっそりとね」ヒヤシンスがささやいた。「人に知られてはなりませんからね」

彼はうなずき、罪悪感に苛まれた。

「あの子はとても楽しんでいます。あんなに楽しそうな姿を見るのははじめてですわ。わたしの凝った背中や膝のせいで、せっかくの夜を早めに切りあげさせるのは忍びなくて」

彼の胸が痛んだ。シャーロットは幸せそうだ。彼はその幸せを握り潰そうとしている。だが、そうはならないかもしれない。なんとか打つ手はあるだろう。スコットランド教会に結婚無効の宣告を求めるとか。だが、実の兄妹だったと申し立てる以外に、窮地を脱する手立てはなさそうだが。

彼は夫としての務めを果たせない、とシャーロットが裁判で証言するという手もあるが、そんなこと誰が信じる？

結婚詐欺だったと申し立てるとか。

十五分後、シャーロットはロスベリーの優雅な馬車にぬくぬくとおさまっていた。すばらしい一夜を過ごしたけれど——生まれてからあんなに踊ったことはなかった——にわかに不安に襲われた。心臓が激しく脈打ち、手足が震え、呼吸が速くなった。

健康状態とは関係がない。向かいに座る、あきらかに緊張した男性のせいだ。すばらしくハンサムなその男性は、どういうわけか、彼女を貪り食ってしまいたいという目で見ることを、当然の権利と思っているようだ。

頬や顎にうっすらと生えかけたひげが、月明かりにきらりと光る。彼はなんだか……疲れているみたい。自分を観察しているシャーロットを、半ば閉じた目で見ている。艶やかな髪が片方の目にかかり、鋭い頬骨の頂に陰を落としていた。暗がりで見ると、金髪というより茶色に見えるウェーブのかかった髪が肩に垂れていた。クラヴァットはゆるめてあるが、ほかは一分の隙もなかった。

閉ざされた馬車に男性と二人きりでいることに、慣れるときがくるとは思えなかった。彼の脚は長すぎて、床のほとんどを埋め尽くしていた。彼女のために場所を空けようとその脚を畳んだら、さぞ窮屈だろう。だから、彼女が脚とスカートを畳んで横にずらし、ほとんどドアに押しつけるようにして、彼の大きさをおさめる空間を作った。

膝の上で両手を組み、落ち着いたふりをしていた。「つまり……母がわたしを家まで送ってくれと、あなたに頼んだのですね？」

彼はこくんとうなずいた。

「そして、あなた……あなたの御者に……聞くつもりはなかったんですけど……あなたは彼に、わたしを家に送る前にそのあたりを三周しろと命じていました」

「そうだ」

「なんのために？」

「きみが付添い人なしでわたしの馬車からおりたことを、誰にも見られないための用心だ」

「ああ、なるほど、それならわかります」われながら甲高い声だと思い、大きく息を吸い込んだ。これで落ち着けるといいのだけれど。

恥ずかしさに頬が赤くなる。きっと燃えているにちがいない。問題は、ラングリー家の夜会ですばらしく楽しい時間を過ごしたくせに、ロスベリーに家まで送ってもらえるとわかったら、跳びあがりたいほど嬉しかったことだ。

彼に頼んでくれと、母に無理を言ったのは彼女自身だった。ヒヤシンスは二の足を踏んだ。ロスベリーがハーバートおじさまとおなじ趣味の持ち主だと、母はいまだに信じていたが、世間はそうではない。彼の馬車に乗り込むところを人に見られたら、彼女の評判は台無しになる。

でも、母が折れてくれて、シャーロットは内心で大喜びした。じつは彼女にも計画があり、その計画にはもう一度ロスベリーとキスすることが含まれていた――そして、彼にキスをやめさせることが。

どうやったらそういうことになるかわからないが、きっとなるようになると自信を持っていた。

小さく咳払いしてから、口を開いた。「話があるとおっしゃってましたね？」

彼がまたうなずく。

「それで、いったいどんな話なのですか？」

「これだ」彼が言い、ちょっとしわの寄った紙を彼女に渡した。

紙を開き、月明かりで読もうと窓のほうにかざした。「なんですか？」

りでつっかえた。

「読むんだ」

眼鏡を直して読む。ざっと目を通して、〝ほんものであり、拘束力があります〟という下
ぎょっとして彼に目をやる。「ロスベリー、これはなんですの？」

「どうか」彼は穏やかに言った。「最後まで読んでくれ」

何度も繰り返し読んだ。読むたびに、なにか読み落としているような気がした。これは冗談だ。冗談にちがいない。

「ロスベリー……これはほんとうではありませんよね？」

彼はゆっくりと目を閉じた。「残念ながら合法と認められている」

残念ながら、と彼は言った。つまり、この結果が彼には嬉しくないのだ。「でも……わたしには理解できません。この手紙をいつ受け取られたのですか？」

「今夜」

「だったら、わたし……わたしたち……なんとか……」

「ああ。そうだ。きみの言う〝わたしたち、なんとか〟がなにを意味しているのかわからないが、きみの要求は受け入れるつもりでいる」

「このことは……」なにが起きたのか理解しようと頭がせわしなく回転していた。「このことは……じっくりと考えてみませんと。ほかに知っている人は？」

「いまはまだ。だが、じきに知られてしまう」

「それで、わたしたちはどうすれば？」

彼が唾を呑み込もうとして喉が震えるのを、彼女は見守っていた。「うちの弁護士に相談してみたところ、たしかに拘束力のある結婚だそうだが、スコットランド教会に婚姻無効宣告を求めることはできる」

彼女は手紙をに目を落とした。まさか、きょう、彼の口からこういうことを告げられるとは思ってもいなかった。彼に愛を告白されるか、あるいは、深く根を張った友情から芽生えたある種の愛情を告白されるものと思っていた。本心を言えば、願っていた。ところが、二人の結婚はほんものだったなんて、肝が潰れるようなことを言い出すなんて。しかも、彼は弁護士に相談していたなんて！

つまり、彼女は誤解していたということだ。完全に誤解していた。彼は秘密の感情を隠し持ってなどいなかった。彼のあの眼差しには……なんの意味もなかったのだ。女たらしの手練手管に、うっかり騙されるなんて。二人の関係には、なにかもっと深いものがあると信じるなんて。

こめかみを揉もうと手をあげたら、手紙が床に落ちた。

顔をあげると彼と目が合い、驚いた。琥珀色の斑点のある瞳に浮かぶ感情の取り合わせが、なんだか妙だったから。でも、それに名前はつけない。もう自分が正しいとは思えなくなっているから。

今夜こそ、彼のことを理解できるだろうと思っていた。でも、いままで以上にわからなくなった。

「きみはどうしたい、シャーロット？」彼が淫らなささやき声で尋ねた。

「正直なところ、いまはふたつの質問に答えていただきたいです」

彼はクッションにもたれかかり、足を投げ出した。膝と膝が擦れた。

「このところ、憂鬱そうにしてらっしゃった。それは……ほかの方を求めてらしたから？　たしかに、あなたがロザリンドの心を勝ち取るのに、力を貸してさしあげなかった、でもいまは――」

「シャーロット」ロスベリーがゆっくりと頭を振った。「彼女を求めてはいない」

シャーロットは眉をひそめた。「そうなんですか？」

彼はまた頭を振り、下唇を舐めて湿らせた。

お腹の底が熱を持ちはじめ、彼女はごくりと唾を呑み込んだ。

「いつから？」彼を信じるべきかどうかわからなかった。

「最初から。はじまりのその前から」

「だったら、マデリンは？　あなたはわたしの友人に結婚を申し込まれました」

「シャーロット、わたしが欲しかったのはきみだけだ」

彼の告白に、全身から息が抜けた。でも、踏み止まった。その言葉が頭に達するのを許さなかった。「でしたら、つぎの質問に移らせていただきます」

「ああ」彼は言い、闇の中の悪魔みたいににやりとした。

彼にはこちらの考えが読めるの？

「もう一度キスしていただけますか？」

18

〝紳士たるもの、レディの評判を大事にしなければならない。どんな事情があろうとも、レディが情熱に屈するのを促してはならない〟

シャーロットはじっと待った。さらに待った。

「もう一度キスしていただけますか？」

最初に尋ねたときには、彼は瞬きをしただけだった。もしかしたら聞こえなかったのかもしれない。いいえ……ほんの少し前、彼は言わなかった？　二人の結婚の法的効力について、弁護士に相談したと。

気恥ずかしさに頬がチクチクした。きっと最初から聞こえていたのだ。ただ、キスしたくないだけなのだ。

でも、そんな不安は消し飛んだ。彼が手を伸ばして彼女の腰を掴み、引き寄せて自分の膝に座らせたのだ。

「そういう要望なら叶えてあげられると思う」彼はささやき、ゆっくりと唇を重ねた。

「まあ、ありがとうございます」彼女はなかば開いた彼の口に向かってささやき返した。「ご親切に」

「どういたしまして」

それから唇で唇を撫でる。最初はやさしく。二人の吐息が混ざり合う。彼の唇は引き締まっていて、でもやわらかくて、それが入念に、ゆっくりと彼女の唇の上を動き回った。

馬車が不意に揺れた。

「一周目だ」彼がキスの合間につぶやいた。

「はあ？」

彼がキスを中断した。指で彼女の下唇をなぞる。「あと二周したら、御者はきみの家の前で馬車をとめる」彼女の口元を見つめたまま、ロスベリーが言った。

そうだった。彼は御者に三周しろと命じた。つまり、まだ少し時間がある。もう一度キスするぐらいの時間は。

シャーロットは少し唇を開いて、おずおずと舌を差し出し彼の指に触れた。

「指先を口に咥えて」

彼女はそうして、やさしく吸った。

彼が鋭く息を吸い込んだので、気に入ってくれたのがわかった。

彼は濡れた指先をシャーロットの顎へとおろしてやさしく押した。それからまた唇を口で覆って、最初はやさしく、だんだんに強く噛んだ。

シャーロットは喘ぎ、両手を彼の上着の上に這わせ、それから下に差し込んだ。彼の唇が餓えたように動いて眠っていた欲望を目覚めさせた。

彼の硬い腿の上に座っているだけなのに、彼の熱にすっぽりと包まれているように感じられる。彼はシャーロットの口を貪りながら、片手を背中で滑らせて頭を包み込み、もう一方の手を尻までさげていった。

舌が差し込まれると彼女は喜んで受け入れ、大胆にもその動きを真似た。もっとも彼の舌のほうがずっと支配的で、ずっと要求が厳しかった。

彼のほんの少しの説得と、たくさんの布地をたくし上げることによって、シャーロットは足を広げて彼の膝にまたがった。靴下に包まれた腿が、彼のブリーチの布地をやさしく擦る。じっとしていられない。肌と肌を触れ合いたくて、どうにかなりそうだった。

もどかしく彼の上着を引っ張った。

キスを中断することなく、彼はその要求に応えて上着を引き千切らんばかりにして脱いだ。シャーロットは硬い胸板に指を這わせながら、シャツも脱いでくれたらと願った。

彼の口の中で喘ぎ、もっと求めた、もっと、もっとなにかを……。

後頭部を包んでいた手が喉へと回ってきて肩を撫でおろし、ボディスを引っ張った。熱い唇がキスを刻みながらおりてきて、首筋をからかうように咬んだ。

彼女は震え、頭をのけぞらした。

彼がボディスをぐいっと引っ張ると、乳房がこぼれ落ち、馬車の動きにつられて跳ねた。

彼がしばらく見とれた。「きみは美しい、シャーロット」彼が言い、ツンと立った乳首を吐息で愛撫した。

彼の髪に指を絡めて、シャーロットは自分のほうに引き寄せた。

その無言の哀願に、ロスベリーがいそいそと応える。

乳房を賛美してから舐め、吸い、疼く乳首を唇で撫で、舌で弾いた。

華々しい感覚が一気にくだり、彼のしていることが腿のあいだのその場所に直接伝わって濡れてゆくのがわかった。

彼は片方の乳首を吸いながら、もう一方の乳首を親指と人差し指で挟んだ。声が洩れて、体が彼のほうへと倒れる。

もう一方の手が彼女の足首を摑み、掌がゆっくりとふくらはぎから膝へとのぼってゆき、ガーターを越して腿をぎゅっと握り、器用な指が円を描きながらだんだんに濡れた中心へとちかづいていった。

馬車がまた傾いた。二周目に入ったのだ。

手が乳房から離れると、シャーロットは小さく失望の声をあげた。それも一瞬のこと、彼が腰と尻を摑んで膨らんだものに触れ合わせると、全身が歓びに震えた。馬車の揺れが二人に加勢する。

子宮の中で痛みが脈打つ。もっと欲しかった、なにかもっと……。

「ロスベリー、お願い」懇願する。「お願い」

すると彼の指が中を探検し、湿り気をまわりへと塗り広げた。彼の動きに合わせて、彼女が腰を回し、落とす。シャーロットはうめき、彼の名を呼んだ。彼がうなり、一緒に喘ぐ。彼がたくみにシャーロットを操る。リズミカルに、甘く、拷問にかける。

「ブリーチの前を開いて」彼がささやいた。

彼女はそうした。

じきに彼のものは自由になり、硬く立ち上がって彼女の熱い部分を探した。

「わたしを見て」彼が食いしばった歯のあいだから言った。

「これからやることは、わたしの人生でただ一度、きみを傷つけることになるだろう」

シャーロットは眉根を寄せ、なにが言いたいの、と尋ねようとしたとき、彼のものの先端が、体の中心で脈打った。

「そのままで」彼が強張った声で言った。

シャーロットは彼の肩にしがみついた。ロスベリーが尻を摑んで持ち上げ、ほんの一瞬、ためらった。

「きみは望んでいるのか？」

うなずいて、音を発した。鼻にかかった「イエス」という言葉を。

彼がまた乳首を咥えた。長いこと彼女を持ち上げたままで、乳首を弄んだ。弾いて、包み込んで、下の歯の根本にあてがってやさしく転がした。

彼女が身悶えをはじめると、一度の素早い動きで彼女を貫いた。

叫び声をあげ、彼から逃れようとした。

「シーッ。シーッ」彼が瞼に、頬にキスをする。「最初だけだ、マイ・エンジェル。痛いのは、最初だけだ」

彼がじっとしている。なんらかの反応があるのを待っているのだ、とシャーロットは思った。

いままでは歓びしか感じなかったのに、いまはとても痛かった。彼のもののまわりから、痛みが広がっているようだ。呼吸をゆっくりにする。こんなはずはない。きっともっと……。そのとき、むず痒さのようなものを感じた。結び合った体を見おろすと、彼女の襞に隠れた小さな肉の塊をロスベリーが親指で素早く打っていた。それが……気持ちいい。

魔法にかけられたように、彼女の腰が彼に合わせてうごきはじめた。呼吸が速くなって、脈を打つ濡れた歓びが戻ってきた。彼に向かって揺れる。

「そうだ、いいぞ、シャーロット」彼が喉元でささやいた。「よくなった?」

彼女は恥ずかしそうにうなずき、耳たぶを齧《かじ》られると、上半身に小波が広がった。

大きな両手が背中を支えてうまく調節しながら、原始のリズムで彼女をうねらせた。無精ひげの生えた顎を乳房に擦りつけ、からかうように乳房の脇や乳首を咬みながら、馬車の動きに乗って揺れた。

シャーロットが激しくうめき、体の芯で高まりつつある緊張が解放されることを願った。

彼はうなって自分の腰をわずかにあげ、小さな肉の塊を圧迫するように体の位置をずらした。

彼の名前を叫んで、シャーロットが肩にしがみつく。腰の動きが激しくなり、脈打つ痛みがどんどん激しくなって、ギリギリと巻き上がってゆく感じだ。ついに爆発した。

そうして、二人とも叫び声をあげ、うねる波のようにあがってさがって、歓びに体を震わせた。

彼がシャーロットを抱き寄せてその肩に顔を埋めた。呼吸がふつうに戻るまで、そうやって結び合ったままでいた。

「これは……ああ、こんなことって」彼女が喘ぎながら言った。「いつもこんなふうなの？」

「シャーロット」彼が言い、乳房の膨らみに小さなキスをした。「こんなのははじめてだ」

馬車が横に揺れて、最後の一周にはいった。じきに彼女が家族と住むタウンハウスに到着する。

彼女が身繕いをするのを手伝っていて、ロスベリーが顔をしかめた。胸の谷間に顎を擦りつけたときにできた擦り傷だ。

彼女は、心配しないで、と手を振り、彼のかたわらで体を丸めた。しっかりと抱いてくれるから安心だった。ため息をついた。

数分後、馬車がとまった。

「そのまま」彼がささやき、こめかみに唇を押し当てた。「わたしと一緒にうちに帰ろう」

「できません」

「だが、きみはわたしの妻だ」

それはそうだけれど、シャーロットの両親は小さな秘密を知らない。だから、彼の家でひと晩を過ごすことはできなかった。

馬車からおりる前に、振り返って彼にキスした。放縦な眼差しの奥に潜んでいるのが、ただの欲望だけでないことを願って。

19

〝賢明な紳士は、レディの足元に真心を捧げるのにふさわしい時を心得ている〟

コトッ……コトッ……コトコトン……。

シャーロットは寝返りを打ち、まくらを叩いて気持ちよく膨らませ、またぬくもりに沈み込んだ。

コトッ……。

片目を開けて部屋を見回し、いつもと変わりないことを確認し、まどろみに戻った。

空耳だったのだ。そうとしか説明がつかない。

台所の入り口から家にこっそり入り、うたたねするネリーの横を忍び足で通り過ぎた。数カ月前のこそ泥事件以来、彼女はときどき、棍棒を抱えて炉辺の椅子で寝ながら番をするようになった。

階段をあがるときは、上から二段目を抜かした。ギーギーときしむので、両親を――というより父を起こしてしまうだろうから。

ようやく自室に辿りついた。メイドに背中のボタンをはずしてもらうと、もういいわ、とさがらせた。シュミーズの裾に血がついていることに、馬車の中で気づいていた。メイドに見られたらなにを言いふらされるかわからない。

顔を洗い、ナイトガウンに着替えて髪を梳かし、ベッドに潜り込み、天井を見つめたまま、ロスベリーと交わした愛を追体験しようとした。

でも、その日の出来事と驚きの報せで頭は混乱し、筋肉は疲れて重かった。だから、上掛けの下に体を横たえると、気だるさがじきに眠気を呼び寄せ、深い眠りに落ちた。こんなにゆったりとした気分は生まれてはじめて。

コトッ……コトッ……。

ああ、もう、苛立ちの声をあげ、寝返りを打った。

コトッ……コトッ……コトコトン……。

大きなため息をついて上掛けをめくり、脚をベッドの脇におろした。重たい腕を持ち上げてローブを羽織る。

コトコトいう音はバルコニーのドアから聞こえる。

蠟燭をともして、音のするほう、フレンチドアに向かって慎重に進んだ。ネリーを呼んだほうがいいかしら？

小石が窓ガラスに当たり、ぎょっとして跳びあがった。

「なんなの？」

バルコニーの下に誰かいて、低く口笛を吹いている。

蠟燭を置いてカーテンを開き、鍵を開け、ドアを押し開けた。

ナイトガウンの襟元を掻き合わせて小さなバルコニーに出ると、下の菜園に目を凝らした。

長身で胸が痛くなるほどハンサムで、黄褐色の髪の放蕩者が、片手を背中に当てて立ち、彼女に向かってにやりとした。

ロスベリー。

彼を愛していると気づいたのは、その瞬間だった。心の底から。彼は友だちで、最近では恋人で、そして、いまから永久に夫だ。なんてすばらしいことだろう。いつの日か、彼女の愛の半分でも、彼が愛してくれることを願うばかりだ。肉体の愛なら彼の得意とするところだけれど、ほんものの愛は？ ろくでなしに囲まれて育った男に、愛がわかるだろうか？

「そこでなにをしてらっしゃるの？」彼女はささやきかけた。

「そこまでのぼる方法を探している」

疑念が忍び寄る。「またウィスキーをお友だちにして？」

彼が低く淫らに笑った。「いや。ブランデーをほんの少しだけだ」

「なんですって？ わたしにはシェイクスピアを捧げてくださらないの？」

彼の笑顔が渋面に変わる。「ああ。シェイクスピアはなしだ。でも、これを捧げる」背中から取り出したのは、ひと摑みのピンクのチューリップ。夜だから花びらは閉じていた。

彼女はほほえんだ。声をあげて笑いそうになった。声に非難を込めようとしたが、うまくいかない。「母の庭から摘んできたんじゃないわよね？　母に絞め殺されるわ」

「いや」彼は侮辱されてむっとした顔をしてみせる。「けっしてそんなことは」

「ごめんなさい」彼女は首をすくめた。

「きみの家の隣の庭から摘んできた」

思わず笑い出し、ナイトガウンの袖で口を押さえた。「人に見られる前にのぼってきて」

ロスベリーは小さな花束をブリーチのバンドに差し、カエデの木をのぼりはじめた。太い幹から分かれた四本の枝がバルコニーのそばまで伸びている。

彼がのぼるにつれ、上のほうの枝が揺れ、葉が揺れて、それから静かになった。

まあ、彼は落っこちたの？　なにも聞こえなかった。

つぎの瞬間、ロスベリーの両手が手摺りを摑んだ。シャーロットが差し出した手を断り、彼はひらりと手摺りを乗り越えた。

目の前に立つ彼を見ても、この人が夫だとは思えなかった。それにしても、彼はここでなにをしているの？

「ここでなにをしているの？」花束を受け取りながら、尋ねた。のぼってくる途中で、いくつかの花びらが落ちていた。「つまり、あなたに会えて嬉しいけれど、どうして家にお帰りにならないの？」

「妻が眠る場所がわたしの家だ」

「あなたはここで眠るわけにいかないわ」彼女はやさしく言い、部屋の中へとさがった。あくびが出る。「いま何時かわかってらっしゃるの？　そろそろ夜が明けるころだわ」

彼もあくびをしながらついてきた。「四時半」

ゆったりとした足取りで彼女の部屋の中を歩き回り、ときおり立ちどまって小さな装飾品を取りあげ、しげしげと眺めた。

シャーロットはフレンチドアを閉めて鍵をかけ、カーテンを引いた。

「長居をするつもりはない」彼が言い、鏡台から小さな容器を取りあげた。蓋を開けて、鼻の下で振ってみる。「レモンだ」ほほえむ。「いつもレモンの匂いがするのはこれのせい？」

「そ、そうだと思います」ベッドの足元に置かれた青い縞模様のベンチに腰をおろす。「母と二人で作っているの。そばかすができないように。わたしの香りに気づいてらっしゃるとは思っていなかったわ」

彼が振り向き、じっとシャーロットを見つめた。「わたしが気づいていることはたくさんある。きみは知らないだけで」

全身が震えた。膝に視線を落とし、チューリップを忘れていたことに気づいた。

立ちあがる。「失礼します」部屋の隅の本棚へと行き、四つある花瓶のうちいちばん合いそうなのを選んだ。ピンクの縞模様の白い花瓶なら、ピンクのチューリップにぴったりだ。洗面台の水差しの水を注ぎ、チューリップを差した花瓶を、窓辺のライティングデスクに置いた。

しばらく花を眺めて、振り返ると……ロスベリーがベッドですやすや眠っていた。

狸寝入り？

そっとちかづく。

彼の胸が規則正しく上下している。彼がやってくるまで、シャーロットが眠りを楽しんでいた枕に顔を埋めて。

彼は……そう、若く見える。皮肉な笑みがすっかり消えていた。それに……満足そうで、あたたかそう。彼女はあくびをした。

ほんのしばらくなら、彼のそばで丸くなっても悪いことはないと思った。


ロスベリーは寝たふりをしていたので、シャーロットがかたわらにやってきても身じろぎひとつしなかった。

ゆったりと安定した呼吸をするのが難事業だった。彼女が部屋に入ってくるだけで五感が研ぎ澄まされるというのに、まして彼女が胸に頭を載せ、シャツに向かってあくびし、すり寄ってくるのだからなおさらのこと。

体の熱が伝わってくる。その香りときたら、ただもうすばらしかった。レモンのように軽やかな匂い、それに……深く息を吸い込む……ジャスミンの匂い。

彼女が小さな声を出した。ほんの二時間前に馬車の中で出した声とはちがう。彼女は喩《たと》えようもなくすばらしかった。自分は彼女にふさわしくないと思いながらも、その唇からこぼれ出る言葉を聞きたくてたまらなかった。それがほんの一日であっても、彼女がトリスタンを見つめるように見つめてくれたら、馬鹿みたいに幸せになれるだろう。

ずっと長いあいだ、女を誘惑し操る役割を演じつづけてきた。前伯爵の指導で、その役を楽々とこなすことができた――もっとも、気高さとは無縁の父親に〝指導〟という言葉はふさわしくないが。

だが、父やおじたちの人生を形作っていた生き方が、ロスベリーの心に根を張ることはなかった。

少年時代は、俗悪で酒飲みで、ときおり暴力的になる父親のそばにいるよりは、狩りや乗馬や、牧場の手伝いや釣りや、祖母のカードゲームの相手をして過ごした（むろん彼女はいかさまの名人だった）。

一緒にいてもつまらないと思っていることを言葉や表情で示すと、父親はことのほか暴力的になった。アダムがほんとうの気持ちを隠すことに慣れてしまったのは、きっとそのせいだろう。

成長するにつれ、母から疎まれるようになった――やがては彼も、ファラモン家の男たちのような生き方をするにちがいないと、母は思っていたのだろう。そういう血筋なのだから、放蕩者になってあたりまえだと。大酒を飲んで、ギャンブルと女にうつつをぬかす、怠惰で情のない浪費家。

ジョセフィン・オーブリーが父のような男のどこに惹かれたのか、アダムにはわからなかった。男としての魅力？　それとも親が決めた結婚だったのか？　彼にはわからず、尋ねてみる機会もなかった。

シャーロットがかたわらで身じろぎした。

片目を開けて、しどけなく眠る姿を見る。白い綿のナイトガウンにいたるまで、想像していたとおりだ。

いや、そうではない。想像していたよりもはるかに美しい。

彼女はぐっすり眠っているようだ。ついほほえむ。彼女にキスしたい自分がいる。いますぐにまた愛を交わしたい自分がいる。そして、妻のかたわらに横になっているだけで満足している自分もいた。

妻。

彼女に話したいことはたくさんあった。いずれ時機をみてちゃんと話そう。だがいまは、彼女が信頼しきって寄り添ってくれているいまなら、なんでも打ち明けられそうだ。

彼女を起こさないように低い声で、母親の国の言葉で語りかけた。彼女には理解できないと知っているから言えることを。彼女の前に心を曝す覚悟がまだできていなかった。彼女の愛情はいまも、彼の友人に向けられているかもしれない。

だから、母親のことを語った。母と一緒にやったこと、母を恋しいと思っていること。母が荷物をまとめて出て行った日のことを、母に置き去りにされた日のことを語った。彼はまだ八歳だったから、彼女が出て行かなければ、もっとひどいことになるということが理解できなかった。行かないでと懇願する彼に、母は耳を貸さなかった——彼を突き放した。

もし祖母がいなかったら、彼は死んでいただろう。だから、自分の力がおよぶかぎり、祖母を幸せにしてあげたいと思う。

すべてを語り終え、眠る妻に、むろんフランス語で、どれほど愛しているか告げた。知っていることをすべて告げた。

だが、シャーロットが眠ってなどいなかったことを、彼は知らなかった。

20

〃紳士たるもの、レディの気を動転させないよう心がけねばならない〃

ヒヤシンスは、毎朝、歌を歌う。

本に出てくるような、あるいは教会で歌われるような歌ではない。一日のはじまりに家の中を歩き回りながら、即席で作った歌を歌うのだ。歌詞はないようなものなので、歌というよりハミングだった。

生まれてから毎朝耳にしていたので、シャーロットは慣れっこになっていた。

彼女はベッドの中で手足を伸ばし、お腹の上では猫が丸くなっている。ついにっこりしたくもなる。

ヒヤシンスは規則正しい生活を送っていた。食事は毎日おなじ時間にとった。毎晩、針仕事をするが、それは居間でと決めていた。メイドたちにも時間をきちんと守らせた。そしてかならず毎朝、シャーロットの部屋にココアを運んできた。

深く息を吸い込むと、芳しい香りが漂ってくるようだ。

体を伸ばして、お腹の上の猫の眠りを妨げた。

はっと目を開ける。

「うちに猫はいない！」彼女は叫び、跳ね起きた。

ロスベリーが寝ぼけ眼で彼女を見ている。いつもはきりっとしているハンサムな顔に、無愛想な表情を浮かべて。こんなに焦っていなければ、笑うところだ。

「まだここでなにをしているの？」

「もう眠っていないことはたしかだな」

「出て行ってちょうだい」叫び出しそうになって声をひそめた。「母がもうじき入ってくるわ」

「食事の時間？　お腹がグーグーいっている。なにか食べさせてもらえないかな？」

彼女は枕でロスベリーの頭を殴った。「ロスベリー、自分がどこにいるかわかっているの？　わたしが誰だかわかっているの？」

彼は髪を指で梳きながら、疑わしげな目で彼女を見た。「スージー？　ジョーン？　マーガレット？　ローラ？」

「もういいわ」彼女は笑った。「さあ、出て行って。さあ、さあ」彼をベッドから追い払う。

そのとき、ドアの取っ手がガチャガチャいった。母が部屋に入ってくる。

「戻ってきて戻ってきて戻ってきて」彼女はささやき、彼が頭から飛び込めるように毛布を持ち上げた。

「こういうことをする意味がわからない」ピンクの上掛けの下から、くぐもった低い声が聞こえた。「わたしはきみの夫だし、きみの母上は、わたしをハーバートおじさんと同類だと信じているのに」

「それでも、こういうところを母に見られたくないの」

「彼女が気絶するのが心配？」

「母は気絶しません」

ドアが開いた。ヒヤシンスは背中でドアを押して、後ろ向きに入ってきた。片手にはシャーロットのためのココアを、もう一方の手にはトーストの皿を持っていた。

「おはよう、マイ・ディア！」ヒヤシンスが満面の笑みを浮かべ、部屋を横切ってやってくる。シャーロットのベッドを通り過ぎ、鏡台のそばの椅子の上に置かれた木製のベッドトレイを取りにいった。

「ココアを持ってきましたよ」彼女はいまやトレイを掲げている。ベッドへと引き返しながら、部屋をざっと見回した。

ふだんなら、トレイを運ぶのにシャーロットが手を貸す。ふだんなら、シャーロットはベッドの中にハンサムな男を入れてはいない。その男はいま、彼女の腿に熱い息を吹きかけていた。

「トレイはこちらに」彼女は言い、両腕を差し出した。母がトレイをロスベリーの頭の上に置いたらたいへんだ。

いつもなら、ここでヒヤシンスは部屋を出て行く。ところが、母は腰に手を当てて、シャーロットを見つめていた。

シャーロットはそ知らぬ顔でトーストに齧りついた。みじんも疚しいところはないというふうに。

ヒヤシンスがにっこりする。

シャーロットはトーストを噛む。

「さて」母がようやく言った。「おまえのお父さんの様子を見に行かなければね」

シャーロットはまたトーストに齧りついた。

ヒヤシンスは回れ右をして、部屋を出て行った。両手を腰に当てたまま。

ドアが閉まると、シャーロットは安堵のため息をついた。

だが、それも一瞬のことで、またドアが開いた。

ヒヤシンスは、どういうわけか、今度は後ろ手にドアを閉めた。どういうわけか、胸の前で腕を組んでいる。

「どうかなさって、お母さま？」シャーロットがトーストを頬張ったまま尋ねた。母の気を逸らすために。口にものを入れたまましゃべるのは野蛮人のすることです、と母に小言を言わせるために。

うまくいかなかった。

「マーティンご夫妻が」ヒヤシンスが固い表情で言った。

シャーロットは目をぱちくりさせた。「マーティンご夫妻？」

「ええ、マーティンご夫妻」

「おかあさま、大丈夫ですか？　どうしてお隣の名前が出てくるのですか？」

ヒヤシンスは大きく息を吸い込んだ。「それはね、マイ・ディア、マーティンご夫妻が、けさ訪ねてらしたの」

「朝早くから？」

「ええ、ゆうべ、お庭に泥棒が入ったそうなのよ」

シャーロットは頭痛がしてきた。

「それがね、おかしなことにね」

シャーロットは頭を振った。

「泥棒が盗んでいったのが、こともあろうに……チューリップなのよ。おまえの鏡台に飾ってあるのと似ていなくもないのよ、それがね、マイ・ディア」

「わたしがマーティンご夫妻の花を盗んだと、そうおっしゃりたいのですか？」

「いいえ。そんなこと言いませんよ。マーティンご夫妻は、花を盗んだ泥棒が走って逃げる姿を見ているのよ。はっきりはわからないけれど、男だったような気がすると、ご夫妻はおっしゃってるの。もっとはっきり言うと、ロスベリー伯爵」

「まあ、おかしなこと」シャーロットの声が裏返った。

「ほかにもおかしなことがあるでしょ？」

シャーロットは頭を振った。

「おまえの上掛けの下のその塊」

けっきょく、ヒヤシンスは気絶した。だが、ロスベリーが娘の部屋にいたからではない。彼が娘の夫になっていたからではない。そうではなく、ロスベリーがハーバートおじさまと同類でもなんでもなかったから、それで彼女は気絶したのだった。

21

〝特別な許可をえてするのが、もっとも優雅な結婚のやり方だと、紳士はみな知っている〟

三時間後、あたらしいロスベリー伯爵夫人はファラモン家の馬車に乗り込み、数分揺られただけで、彼女を待つ夫のもとへ送り込まれた。

シャーロットは待ちきれなかった。

母のショックがおさまると、敬虔なミスター・グリーンも含め、みなが一堂に会した。

シャーロットの父親はたいてい家にいて、読書や宗教学の論文の翻訳に没頭し、彼女や彼女の母親を嘆かせていた。社交シーズンのあいだ、タウンハウスで一緒に暮らしていても、社交行事に参加することはけっしてなかった。

シャーロットにとって、今度のことにそんな父がどんな反応を示すか、いちばん気がかりだった。

シャーロットとロスベリーは、結婚のいきさつを語り、この結果に二人とも大変満足していると言い添えた。

すでに落ち着きを取り戻していたヒヤシンスは、見るからに安堵した様子だったが、ウィリアム・グリーンの表情は不信から驚きへと変化し、最後には細めた目でロスベリーを睨みつけた。

つぎにどうなるかわかっていたから、シャーロットはうめきだしそうになった。

ウィリアムの態度が変化した。背筋を伸ばし、顎を高くあげた。

「書斎に来なさい」彼はきつい口調で新郎に言い、立ちあがった。

ロスベリーは少しためらった後、立ちあがり、ミスター・グリーンにつづいて部屋を出て行った。一度振り向いて、シャーロットに向かって片方の眉を吊り上げたが、彼女は無邪気に肩をすくめ、手を振って彼を追い出した。

哀れなロスベリー。

信心深い人生の大先輩から、神聖なる結婚の誓いをどう守り抜くかという厳粛なる講義をされることぐらい、新郎を怯えさせることはないだろう。あまりにも酷だ。妻の立場でよかったと、シャーロットは思った。

それから三十分かけて、彼女の父親は長々しく説教を垂れ、そのあいだロスベリーは辛抱強く耳を傾けていた。

なぜそれを知っているかと言えば、父の書斎に通じるドアの隙間からこっそり覗いていたからだ。

ロスベリーはウィングバック・チェアに座って長い脚を伸ばし、椅子の袖に肘を突いて長い指で尖塔を作り、適当なところでゆっくりとうなずいていた。

おそらくまだ紅茶を飲んでいなかったせいだろうが、父の講義は大きく脇にそれ、肉欲の罪へと突き進んだ。

シャーロットはうめきそうになったが、思いとどまった。彼女がドアの隙間から覗いていることに、ロスベリーは気づいている。彼女がそこにいて耳を傾けていることを、知っているのだ。なんと彼は目配せした。

これまではその仕草を誤解してきたが、それがなにを約束しているか、いまはちゃんとわかっていた。

だから、期待に胸を躍らせて、いま彼女は馬車をおり、当世風の彼のタウンハウスを見あげた。

玄関のドアが開くと、ロスベリーがそこにいた。いつもと変わらず淫らでハンサムだ。伏せた目に激しい光を湛えて、射るようにこちらを見つめている。どうしていままで気づかなかったのだろう――彼が感情を隠すのが上手なせいだ。彼がシャーロットの両手を取る。

「お帰り、伯爵夫人」彼がにこやかに言い、欲望を掻き立てるその口元に彼女の両手を持ってゆき、キスした。

優雅なしつらえの玄関ホールに招き入れられる。背中にあてがわれた彼の手が熱い。

あたらしい女主人に挨拶するため、ホールには召使がずらっと並んでいた。シャーロットはあたたかな笑みを浮かべて、全員と挨拶した。それが終わると、さがってよい、とロスベリーが言った。

「さあ」彼女の手を摑む。「家の中を案内しよう。憶えているだろうけれどね」

泥棒みたいに忍び込んだことを思い出し、彼女は笑った。

最初に案内されたのは、伯爵夫人の部屋だった。広々として女らしくて、シルクの壁紙は紅藤色の小花とあかるい緑の蔦の模様だ。

あまりにも急な結婚だから、部屋は模様替えがまだで、家具にはすべて真っ白なシーツが掛けられていた。

「きょうの夜までにはここを整えさせておく、約束する。自分の手で模様替えしたかったらするといい。きみの自由だ。だが、きみが眠るのは、つねに、いいか、つねにわたしと一緒にあちらの部屋だ」右手のつづき部屋に頭を倒した。

「あなたに腹をたてているときも？」

「ああ、腹をたてていればなおさらのこと」

手をつないだまま部屋の中を歩き回り、隣の部屋へと案内された。

ドアを開けると、彼はシャーロットの手を引っ張り、腕に触れた。最初に入れ、と言っているのだ。

前に来たときとちがって、彼の寝室は光で溢れていた。使われている色は男らしい濃茶と黄褐色で、差し色にバーガンディーが使われている。

目の前に巨大なベッドが鎮座していた。子どもみたいに走っていってベッドに飛び込みたいという思いに駆られたが、なんとか我慢した。

「まあ、美しい……」

言葉が尻つぼみになる。ベリー色のデイドレスの背中のボタンを、彼が器用にはずしていることに気づいたからだ。

深い欲望がふつふつと湧いてきて、激しく興奮し体が震え、ぐっと唾を呑み込んだ。

彼が荒っぽくドレスを引きおろした。袖から腕を抜くことで、彼女は協力した。彼はつぎにシュミーズを脱がし、コルセットの紐をほどきにかかった。そのあいだに彼女は手袋を脱いで、靴を蹴って脱いだ。裸で彼の前に立つ。身につけているのは眼鏡と、靴下と……ボンネット。

クスクス笑いながら、リボンをほどこうと手を伸ばした。

「いや、待て」彼が淫靡な口調で言い、シャーロットの顔を自分に向かせた。「ずっと想像していた……この姿を待ちわびていた」

彼の喉が震えた。胸が力強く盛り上がり、目がなかば閉じてじっと彼女の体を見つめている。指の裏で乳房を撫でた。

その手が震えているのを見て、シャーロットはいくらか驚いた。

彼が一歩ちかづいてきた。胸が硬くなった乳首を擦る。こちらは文字どおり裸なのに、彼がきちんと服を着たままなのが、とても淫らな感じでぞくぞくした。

彼が顎を指で持ち上げて、やさしいキスで唇を塞いだ。体を離して彼女の目を見つめる。

「シャーロット、この瞬間が現実になるとは思っていなかった。思っていたら、最初からきみを執拗に追いかけていた。きみの心を勝ち取れるとは思っていなかった。ずっときみを愛していた」

彼女の心が舞い上がった。彼が唇を重ね、ゆっくりと動かした。このうえなくやさしい動きに、彼女の心が痛んだ。

シャーロットは彼の髪を指に絡め、気だるく舌を深く差し込まれると、小さくうめいた。体と体が密着して、背中にあてがわれた彼の両手が硬い膨らみに彼女を押しつけ、擦りつけた。

じれったくて彼の服を引っ張る。裸の彼を見たい、肌と肌を触れ合いたい。でも、彼が拒否する。いまその指は背中を動き回り、うなじに達してボンネットを傾けた。

キスは永遠につづくかと思われた。ゆっくりと勢いを増して猛攻撃となる。まるで火がついたみたい。大胆にも乳房を彼のシャツに擦り付けた。触ってという無言の懇願。

彼の手が肩でとまった。キスを中断して体を離し、情熱にギラギラと輝く目で全身を眺め回した。

どちらも息遣いが荒くなっていた。彼があたたかな両手を乳房にあてがい、ぎゅっと握って、ツンと立った乳首に親指を這わせた。

シャーロットは彼の頭を掴んでさげた。

ロスベリーが乳首を舐めて吸って、口の中でその味わいを楽しんでいる。嬉しい。体を震わすと、彼がうなった。

彼にはもう待てなかった。彼女を味わわなければ。すべてを味わわなければ。彼女の前に膝を突き、唇で愛し、唇で崇めた。お腹に、腰に、腿にキスをして、ようやく濡れた秘部に辿りついた。

シャーロットが彼の名前を叫んだ。この行為に衝撃を受けているのがわかったが、気にしなかった。

彼女を貪った。口を押しつけて、飲み干した。舌で渦を描くことと、長くゆっくりと舐めることを繰り返して彼女を歓びへと導き、うめかせ、ため息をつかせた。彼女の体が震える、もうじき達する。それがわかったから動きを速くした。

両手を彼女の尻からウェストへ、脇腹へと滑らせ、乳房まで。襞に隠れた肉の塊をすりながら、乳首を摘んだ。

彼女が叫んだ。その膝から力が抜けるまで、甘く責めつづけた。

彼女を受け止める。抱きあげてベッドへと運んだ。ペニスが猛りくるい、いまここで彼女を奪わなければ頭がおかしくなりそうだった。

驚くほど素早く服を脱ぎ捨て、彼女の待つベッドに入る。彼女が広げた腿のあいだに体を沈めた。

シャーロットは四肢を震わせ、両脚を彼の腰に巻き付けて、夫の唇を求め、キスをねだった。

彼の体は脅威だ。筋肉質の背中から腕、胸へと手を走らせながら、そう思った。

重ねあった体のあいだに手を差し込み、おずおずと彼のそのものに触れた。熱くて硬い。それでいて滑らかだ。先っぽを摘んだ。

彼がキスをやめ、喘ぎながら息を吸った。

「痛かった？」ぎょっとして尋ねた。こんなときに、そんなことをしてしまうなんて。

彼が目を閉じ、慌てて頭を振り、口をへの字にした。

「ロスベリー」ささやく。「わたしの中で、またあなたを感じたいの」

彼が瞼を震わせて目を開き、視線を合わせた。目を見つめたままで、彼が態勢を整え、片手を彼女の尻にあてがって最初はゆっくりと入った。きのうのきょうだから、まだひりひりしているにちがいない。

シャーロットが体を弓なりにして、無言で訴える。もっと深く入って。

そうしたとたん、われを失いそうになった。

一緒に動きはじめる。そのリズムは安定して、力強かった。じきに彼女のうめきが必死なものになり、踵を彼の尻に深く埋めた。

彼がペースを速め、激しく突いた。二人一緒に絶対の至福へと昇りつめたかった。

そうなったとき、彼は名前を何度も呼んだ。「シャーロット……わたしのシャーロット……」

長いこと絡み合ったままでいた。息遣いがゆっくりになるまで、心臓の鼓動が安定するまで、充足した深い眠りに二人で落ちてゆくまで。

シャーロットが目覚めたとき、高い窓から月の光が降り注いでいた。ロスベリーはうつ伏せに寝て、枕の下で腕を組んでいる。

お腹がグーグーいっていた。ロスベリーを起こして台所の場所を訊こうかと思ったけれど、それはやめて自分で探すことにした。

広い背中にキスすると、彼は意味不明なことをつぶやいた。

ベッドを抜け出し、爪先立ちでつづき部屋へと向かう。驚いたことに部屋は真っ暗だったが、なんとか鞄まで辿りつけた。

中からナイトガウンとローブを取り出し、身支度をした。

そっと廊下に出る。お腹がふたたび盛大に鳴り、家中の人を起こしてしまうのではと怖くなった。

空腹を抱えて階段をおり、闇の中で台所を見つけ出せますように、と願った。

階段をおりきったところには、バラの香りが漂っていた。

シャーロットは鼻にしわを寄せ、家の裏手に向かって進んだ。どこかに花瓶があるはずだ。匂いからして、すでに咲ききっている。捨てたほうがいい。

ところが、廊下を進むにつれて匂いがきつくなった。

前方の床に白い斑点が見える。目を凝らすと紙だとわかった。屈んで拾う。

ロスベリーへ
　もうこれ以上つづけられません。わたしの思いはほかにあります。彼のもとにいますぐ行かなければ。どうか連絡をとらないでください。

シャーロット

「いったいなんなの？　こんなもの書いた覚えはないわ」

そのとき、頭のてっぺんを激痛が走り、すべてが真っ黒になった。


ドサッという音で、ロスベリーは目を覚ました。

ベッドで起きあがり、隣が空っぽなことに気づいた。

「シャーロット」

なにかひどいことが起きたと、瞬時にわかった。上掛けを撥ねのけ、ベッドから跳び出した。

急いで服を着て廊下に出て、階段を二段おきに駆けおりた。

彼女はどこに行ったのか、あの音がなんだったのかわからないが、不安が胸を締め付ける。

階段をおりたとき、バラの香りが鼻孔を直撃した。嗅いだ覚えのある香りだ。

玄関ホールのサイドテーブルから真鍮の蠟燭立てを摑み、ロスベリーは忍び足で進んだ。角を曲がると紙が見えた。足でその紙を自分のほうにずらし、屈んで拾いあげた。目は廊下を見つめたままだ。

紙を掲げてざっと目を通した。

ほんの一瞬だが、心臓がとまったかと思った。それから、思いを振り払った。

裏口のドアがバタンと閉まった。音のほうに走ってゆくと、二人の人間の姿が見えた。片方がもう一方の髪を摑み、摑まれたほうがあげたくぐもった悲鳴が彼の魂に沁み込んだ。

シャーロット。

その残忍な手で彼の妻を摑んでいる人物の正体はわかっていた。疑いようもなかった。

ホーソーン家の仮装舞踏会の日、廊下でぶつかったのが最初で最後の出会いだったから、レディ・ギルトンがこれほど暴力的だとは思ってもいなかった。

でも、喉にペーパーナイフを突きつけられ、髪を摑まれて暗い路地を引き摺られたら、誰だって相手を見くびっていたと思うだろう。

「さえない小娘め」レディ・ギルトンが食いしばった歯のあいだから言った。「わたくしが彼をそう易々と諦めると思う？」

不意に彼女が立ちどまった。抵抗するシャーロットを引き摺ってきた緊張で息があがっている。

シャーロットがよろめいたので、ペーパーナイフが肌に食い込んだ。痛みにハッと息を吸い込む。

「馬鹿みたい！　自分で自分を傷つけたのね？　彼ががっかりするわ。完璧で傷ひとつないおまえを欲しがっているのだから」

「誰が？」

「ウィザビーよ。おまえのあたらしい愛人」彼女が言った。ほくそえんでいるのが声からわかる。「彼のところにおまえを連れていくのよ。わたくしのロスベリーに、おまえの体を奪われた後だと知ったら、彼はさぞがっかりするでしょうけれどね」

シャーロットの中に、不意に強烈な怒りが湧きあがった。体をひねってレディ・ギルトンの手を振りきり、腹を蹴った。レディ・ギルトンは煉瓦の壁に背中からぶつかって歯を剝き、ペーパーナイフを振りかぶった。だが、シャーロットに襲いかかる前に、背後で拳銃の撃鉄を起こす音がした。

レディ・ギルトンが凍りついた。

シャーロットはくるっと振り向いた。

「ロスベリー」レディ・ギルトンがつぶやく。

彼は頭を振った。「いったいなにをしてるんだ、コーデリア？」

「わたくし……わたくし、彼女を助けようとして」まるで追い詰められた野生動物のようだ。

「彼女を逃がすところよ。彼女はあなたと一緒にいたくないんですって……」

「シャーロット、きみはここにいたい、そうだな」

「ええ、そうよ」

「コーデリア、わたしに愛されたいと思っているなら、無理な話だ」

コーデリアは息を呑んだ。

「いいかい、マイ・ディア」彼の目が邪な光を帯びる。「わたしの妻を乱暴に扱ってもらっては困る」

「あなたの妻？」

「そうだ」

シャーロットを見る彼女の目は、傷ついていた。「あなたを愛している」レディ・ギルトンが唐突に言った。「とても愛しているから、わたくし……あなたのためならこの女を殺せると思った」はじめて見るもののように、自分の両手をじっと見つめた。「わたくしのどこがいけなかったの？」

しゃべりつづける彼女に、ロスベリーはちかづいていった。

彼に腕を掴まれても、レディ・ギルトンは抗わなかった。

「さあ、家に戻ろう。きみのご主人を呼びにやる」

「ああ、だめ。いいえ、そんなことしないで」彼女は頭を振った。「一人で帰るから。そうするわ」虚ろな声で彼女は言った。

だが、けっきょく、彼はこっそり彼女の夫を呼びにやった。そして、レディ・ギルトンの不安定な精神状態について、夫と二人で話し合った。ロード・ギルトンは自身も浮気を繰り返し、妻の行状も知っていたが、ロスベリーのタウンハウスに妻がいることを知って驚いた。ぶつぶつつぶやく妻を連れて、ロード・ギルトンは帰っていった。

二人が去ると、シャーロットはロスベリーに駆け寄って抱きついた。

彼がその髪にキスした。

シャーロットは彼を見あげた。「あの手紙を書いたのはわたしだとは思わなかったの？ わたしではないとわかっていたの？」

彼はあいまいにうなずいた。「そうだな、わたしは……そう願った」

「愛しているわ。愛しています。わたしはけっしてあなたを置き去りにしない」

彼がほほえむ。輝く瞳には愛情が溢れていた。「嘘じゃないね？」

「嘘のはずがないでしょ」不意に思い出したことがあった。「でも、あなたに嘘をついていたわ」

「それはおたがいさまだと思う」

「そうなのかしら。あなたはわたしを誤解させた。でも、わたしは……そう、わたしもあなたを誤解させていたんだわ」

彼が問いかけるように片方の眉を吊り上げた。

「きのうの晩、あなたがわたしの家にやってきて、ベッドで寝てしまったとき。あなたがずっとおしゃべりするのを聞いていたの。わたし、眠っていなかったの。眠ったふりをしていたんです」

「眠ったふり？　それで、わたしに誤解させた？　シャーロット、打ち明けるほどのことではないだろう」

「そうね。だったら、もうひとつ、小さな秘密を打ち明けても驚かないわね。わたし、フランス語はよく理解できるの」


翌日の夜遅く、シャーロットは怠惰な猫のように、夫のベッドで体を伸ばした。愛を交わしたばかりで、それも、その日三度目だったから、手足が重たかった。贅沢な重さ。


幸せすぎて死ぬことってあるのかしら？

二人の秘密の結婚はロンドン中に広まり、玄関ホールに置かれた盆には、招待状が山となっていた。ゴシップ好きがこぞって寄越したものにちがいない。

ロスベリーがホールに出ると、弁護士が待ち構えていた。手紙を見せたいというのだ。

ドアがゆっくりと開いた。裸のシャーロットはベッドに起きあがり、シーツを胸に掻き寄せた。夫の顔に驚愕の表情が浮かんでいるのを見て、心臓の鼓動が速くなった。

「どうかしました？」

彼が手紙を掲げた。「手紙だ、シャーロット」

「それで……」

「ファーザー・アームストロングからの手紙だ。詳しく調べたところ、わたしたちが渡った橋はイングランドの領土内にあるそうだ。ダールトンというスコットランドの村は、小道をさらに二マイルくだったところにある」

「つまり……」

「わたしは純潔を奪い、きみは、マイ・ディア、美しい人、わたしの妻ではない。わたしたちは結婚していないんだ」

沈黙があたりを満たし、二人はじっと見つめ合った。

それから二人とも笑い出した。魂を洗い清めるような心からの笑いだった。

彼女のいるベッドに潜り込んでも、ロスベリーはまだクスクス笑っていた。それがキスへと移って、じきに歓びのため息となり、愛をたしかめ合い、秘密裡に結婚証明書を取る相談になり……。

エピローグ

一八一四年八月　オーブリー・パーク

「神の御前で、そして、ここに列席された方々の前で、わたし、アダム・バスティアン・オーブリー・ファラモンは、自らをあなた、シャーロット・フェイ・グリーンに捧げ、自らを夫とし、あなたをわたしの妻とします。あなたを愛し、貞節を守り、あなたに忠実であることを約束します。わたしたちが生きているかぎり……」

「そしてその先も変わらずに」シャーロットがロスベリーにだけ、声に出さずにささやいた。

「そしてその先も変わらずに」ロスベリーがやさしく繰り返し、南側の芝地に並んだ招待客たちを喜ばせた。

蔦と花をつけたスイカズラがびっしりと絡みつく鉄製の東屋の前に立ち、祖母が鍛冶屋から買い求めた指輪と、ロンドンで彼自らが求めた指輪――ダイヤモンドに挟まれてサファイアが輝く指輪――を掲げ持った。

「神の御名にかけて、わたしの約束と二人で分かち合うすべてのものの象徴として、この指輪をあなたに捧げます」彼は言い、妻に寄せる愛の力を輝きにして瞳に湛えた。それは陽射しに煌く指輪の石にまさるとも劣らぬ輝きと価値をもっていた。

「神の御前で、そして、ここに列席された方々の前で、わたくし……」

二人の横の椅子には、得意満面のルイゼットが座り、かたわらのミス・ドレイクに向かって、完璧な英語でささやいた。「ほらね。あの子をいつか真人間にしてみせると、わたくし、言ったでしょう。ぼけているふりをするだけでね」

訳者あとがき

恋愛小説にどっぷり浸れるかどうかは、ひとえに主役二人の魅力にかかっていると思いませんか？　それに、二人が惹かれ合う気持ちに寄り添えるかどうか。この男性なら、この女性なら好きになって当然、えもいわれぬ〝恋の科学反応〟が起きて当然と思えるかどうか。

『花嫁選びの舞踏会』で新人作家らしからぬうまさをみせたオリヴィア・パーカーは、魅力的な二人を描くのがほんとうに上手です。筋運びに無理がない。たいしたものだと思います。

そして本作の主役はシャーロットとロスベリー伯爵、そう前作に登場したあの二人です。シャーロットは典型的な〝壁の花〟、内気で物静かで、いいなと思う男性の前ではしどろもどろになり、ただうつむくばかり。ロスベリー伯爵は、前作で主役のマデリンをして「あの人は女に対して無礼です」と言わしめた女たらしです。

物語のはじまりは、前作の最後の〝花嫁選びの舞踏会〟。結婚する気も子どもを持つ気もないウォルヴェレスト公爵、ガブリエル・デヴィーンが、血筋を絶やさないために遊び人の弟、トリスタンをなんとか結婚させようと苦肉の策で開いた舞踏会です。まずロンドンの屋敷で舞踏会を開いて花嫁候補七人を選抜し、ヨークシャーのウォルヴェレスト城に招き、二週間滞在させて、そのあいだにトリスタンに一人を選ばせるという趣向です。でも、二週間のあいだに恋をしたのは、トリスタンではなく兄のガブリエルでした。相手は、親友であるシャーロットを助けるためにしぶしぶ参加したマデリン。頑固で傲慢で人前ではにこりともしない彼が、不器用でお転婆でキュートなマデリンに惹かれ、声をあげて笑うようになる、そんなすてきな物語に胸がキュンとなった読者も多いのではないでしょうか。

そして本作。シャーロットは六年ものあいだ、ロード・トリスタンに恋心を抱きつづけていましたから、七人の中に選ばれると、「これは運命だわ」とすっかり舞いあがりました。二週間の滞在中、トリスタンの好みの女になろうと大奮闘しますが、けっきょく彼が選んだのはほかの女性でした。失意の彼女に手を差し伸べてくれたのが、ロスベリー伯爵。酒と女にうつつをぬかし、肉体的快楽のみを追求する男です。世間ではそう見られています。世の母親たちが、年頃の娘に、「あの人にはちかづいてはいけませんよ」と注意する男です。でも、不思議なことに、シャーロットはロスベリーの前だと赤くなってもじもじせずに、ふつうに話ができました。女がうっとり見惚れずにいられない美貌の持ち主で、放蕩三昧の男が、自分に関心をもつはずがないと思っているからです。そしてあろうことか、彼に「友だちになりましょう」ともちかけます。おたがいに理想の相手が見つかるよう共同戦線を張りましょう、と。ロスベリーはむろん断ろうとします。「男と女がただの友だちになることはできない。ありえないことだ……仮に友人になれたとしても、時がたつにつれて異性としての魅力に目が向き、恋愛感情が友情にとって代わる」と、しごくまっとうなことを言って。でも、シャーロットは聞く耳をもちません。すっかりお友だち気分です。そのあたりのやりとりの、なんともおかしくて、かわいいこと。男と女の友情は、はたして恋愛感情へと発展してゆくのか？

ところで、この時代（十九世紀初頭、摂政時代）も、身分の高い女性たちは、依然として働いてお金を稼ぐことが許されず、独身時代は親に、結婚してからは夫に依存するしかありませんでした。だから、社交シーズンとなると、親も娘も花婿探しに目の色を変えるのです。結婚できるかできないかは死活問題なのですから。「つねに饐《す》えた葉巻の臭いをさせた黄色い歯の年寄り」だろうと、安定した生活が送れるのだから、と親は娘を嫁がせようとします。親が財産を残してくれれば、たとえ結婚できなくても未婚婦人として静かな生活を送れるでしょうが、それもないとなると悲惨です。そういう女性たちはどうするか？　住み込みの家《ガヴァ》庭教師《ネス》になるという道があります。シャーロット・ブロンテ『ジェーン・エア』のジェーンがそうです。ジェーン・オースティン『エマ』にも、十六年間主人公エマの世話をした後、歳はくっているけどお金のあるやもめの後妻になるガヴァネスが登場します。彼女たちは、相応の言葉づかいや礼儀作法を身につけた、中・上流階級出の〝レディのなれのはて〟です。余談ながらガヴァネスについてもっと知りたいという方にお奨めなのが、中野京子著『怖い絵3』（朝日出版社）です。この中の作品十二「かわいそうな先生」を読んでみてください。おもしろいです。

ガブリエルの妹、レディ・ロザリンドを主人公にした三作目*Guarding a Notorious Lady*が二〇一〇年七月にアメリカで刊行されるそうです。楽しみ！

二〇一〇年六月　加藤　洋子

壁の花の舞踏会

2010年7月16日　初版第一刷発行

著……………………………オリヴィア・パーカー
訳……………………………………加藤洋子
カバーデザイン………………………小関加奈子
編集協力……………………アトリエ・ロマンス

発行人………………………………高橋一平
発行所…………………………株式会社竹書房
〒102-0072 東京都千代田区飯田橋2-7-3
電話：03-3264-1576（代表）
03-3234-6208（編集）
http://www.takeshobo.co.jp
振替：00170-2-179210
印刷所……………………凸版印刷株式会社

定価はカバーに表示してあります。
乱丁・落丁の場合には当社にてお取り替え致します。

ISBN978-4-8124-4256-2 C0197
Printed in Japan

「赤い薔薇を天使に」

ジャッキー・ダレサンドロ 著　林啓恵 訳／定価 920円（税込）

怪我を負った公爵家の跡取り、スティーブンを救ったのは、天使のような娘だった……。

グレンフィールド侯爵スティーブンは、ある日、森の中で襲われる。目を覚ました時、隣にいたのは天使と見まがうばかりの娘——親を亡くし、幼い弟妹の面倒を一手に見るヘイリーだった。暗殺者の目を欺くため、家庭教師と偽ったスティーブンは、ヘイリーの看護を受けるうち、やがて彼女に惹かれるようになるが……

すれ違う心がせつない、珠玉の恋物語。

「愛のかけらは菫色《すみれいろ》」

ローラ・リー・ガーク 著　旦紀子 訳／定価 870円（税込）

運命の雨の日、公爵が見たのものは……

古物修復師のダフネは、雇い主で、遺跡発掘に情熱を燃やすトレモア公爵にひそやかに恋していた。彼に認められることこそが至上の喜び。ところがある日、公爵が自分のことを「まるで竹節虫《ナナフシ》」と評すのを聞いたダフネは、仕事を辞めることを決意。優秀な技術者を手放したくないだけだった公爵だが、やがてダフネの才気と眼鏡の奥の菫色《すみれいろ》の瞳に気がついて……。

リタ賞&RTブッククラブ特別賞受賞の実力派、日本初登場!!

「愛の調べは翡翠《ひすい》色」

ローラ・リー・ガーク 著　旦紀子 訳／定価 910円（税込）

君といる時にだけ、音楽が聞こえる。
事故で耳に障害を持った作曲家の女神《ミューズ》……

高名な作曲家、ディラン・ムーアは事故の後遺症で常に耳鳴りがするようになり、曲が作れなくなっていた。絶望し、思い出の劇場でピストルを構えたとき、ふいに音楽が聞こえた。ディランが目を上げると、そこにいたのはヴァイオリンを奏でる緑の瞳の美女。名前も告げずに消えた謎の女性といるときにだけ再び作曲できると気づいたディランは彼女を探すことを決意するが……。

リタ賞作家ローラ・リー・ガークの描く追跡と誘惑のロマンス

「愛の眠りは琥珀《こはく》色」

ローラ・リー・ガーク 著　旦紀子 訳／定価 910円（税込）

あなたのベッドには戻りたくない——すれ違いながら続く、9年の恋

9年前、公爵家令嬢ヴァイオラはハモンド子爵ジョンに恋をした。だが結婚から半年後、彼女は夫が式直前まで愛人を持ち、持参金目当てだったことを知る。以来有名な仮面夫婦だったふたりだが、ジョンのいとこで親友の爵位継承者が亡くなったことで事態は一変する。ろくでなしの次候補に跡を継がせないため、ジョンが選んだ手段は、ヴァイオラともう一度ベッドを共にし、跡継ぎを手に入れることだった。「情熱がどんなものかを思いださせる」ジョンの言葉に怯え、反発しつつも激しく惹かれてしまうヴァイオラ。ジョンの真実の心は——？

リタ賞作家のロマンティック・ヒストリカル

＜ブリジャートン＞
シリーズ第5弾!

「まだ見ぬあなたに野の花を」

ジュリア・クイン 著　村山美雪 訳／定価 940円（税込）

どうか、あなたが想像どおりの人でありますように……。
令嬢はパーティを抜け出し、大きな賭けに出た。

5月の夜、子爵家の次女、エロイーズはロンドンの舞踏会を抜けだし、馬車を走らせた。会ったこともない文通相手で、野の花をくれたサー・フィリップの元へ。親友の結婚にショックを受けたエロイーズは、彼となら真実の愛を手に入れられるのではないかと無茶な賭けに出たのだった。一方のフィリップは愛ではなく子どもたちのよき母親を求めていた。やがて到着したエロイーズは、手紙とはまったく違うフィリップの無口さに驚き、フィリップもまたエロイーズの愛らしさと快活さに戸惑う。想像を越えた出会いをしたふたりだったが……。

＜ブリジャートン＞
シリーズ第6弾!

「青い瞳にひそやかに恋を」

ジュリア・クイン 著　村山美雪 訳／定価 940円（税込）

放蕩者が初めて愛したのは、親友の花嫁。
この恋は、決して……

マイケルはその青い瞳に、激しい恋に落ちた。あと36時間で親友で従弟の伯爵、ジョンの花嫁となるフランチェスカの瞳に……。友人となったふたりだが、ジョンの不慮の死によって、事態は大きく変わってしまう。マイケルの心にはくすぶる恋心があったが、従弟を裏切ることも、想いを秘めたままでいることにも耐えられなくなり、インドへ旅立ってしまう。——数年後、フランチェスカはスコットランドを出てロンドンに到着する。奇しくも同じ日、マイケルもまたインドから帰国していた。期せずしてロンドンで再会したふたりは……

ラズベリーブックス 新作情報はこちらから

ラズベリーブックスのホームページ
http://www.takeshobo.co.jp/sp/raspberry/

メールマガジンの登録はこちらから
rb@takeshobo.co.jp
（※こちらのアドレスに空《から》メールをお送りください。）
携帯は、こちらから→

発売日は地域によって変わることがございます。ご了承ください。